张炜

梭罗木屋

张炜 著

山东文艺出版社

目　录

第一辑　作　家

- 003　苏东坡之波
- 006　歌德之勺
- 009　爱默生礼帽
- 012　佐藤春夫馆
- 015　艾略特之杯
- 018　梭罗木屋
- 023　蒲松龄之道
- 026　惠特曼的摇床

第二辑　书　院

- 031　筑万松浦记
- 044　美丽的万松浦
- 047　万松浦纪事
- 078　它们：万松浦的动物们
- 112　穿行于夜色的松林

第三辑　山　水

- 117　山水情结
- 146　济南的泉水、钟楼和山
- 149　济南：泉水与垂杨
- 152　东部：美城之链
- 155　利口酒
  　　——访德散记之一
- 162　梦一样的莱茵河
  　　——访德散记之二
- 168　去看阿尔卑斯山
  　　——访德散记之三
- 175　默默挺立
  　　——访德散记之四
- 180　犄角，人事与地理

第四辑　夜　思

- 233　夜　思
- 264　午夜采访
- 302　绿色遥思
- 310　鸟之倔强与幽默
- 313　拉网号子考

第一辑

作　家

苏东坡之波

第一次接触这伟大的、浪漫的作家，是在胶东海边。一想起"苏东坡"三个字，就马上想到了那片天色，那片海浪，那种清冷的气氛。这就是我心中的苏东坡，关于他的感觉的全部。

过去的登州府所在地即今天的蓬莱城。城西北有个蓬莱阁，阁里有苏东坡那块有名的石碑。那块石碑上的字据说越写越自由，畅美的苏家书法就这样留在了高高的阁上，供人瞻仰，发出无尽的慨叹。苏东坡只在登州待了极短一段时间。这是因为当年朝廷黑暗，不断地对年迈的苏东坡任任免免，故意让其在上任的路上折腾。往往苏东坡刚到任还没有几天，新一道改任的圣旨又到了；更有甚者，苏东坡正走在赴任的路上，新的任命就在后面"飞马来报"了。这是催命。

故意不让一个杰出的人物安定，而且企盼他在百般折磨中早夭。阴心之恶，古今皆然。

苏东坡尽管只在登州待了短短的一小段时间，传说中也还是为当地人民做了许多好事。站在阁上，凭海临风，想象他当年在这片大涌前的领悟。他的显赫与坎坷，大起大落，大概在古今文人当中也是十分罕见的了。对于世事的洞察力，他不会亚于当时和后来的所有智者。一个敏锐的南方人、多情的南方人，一个怀才知遇的诗人，一个常常倒霉的天才——就是这样一个人，做梦也想不到被一家伙支派到了这个海角。当然他后来还谪居海南，那里离死神只有一步之遥；但他毕竟是个南方人，往南，在我眼里并没有什么稀奇。让我稍稍吃惊的是他这一次竟然来到了我的家门口。我的出生地离这里可太近了。

我长时间注视着这个神秘的伟人流连之地，试图寻到他的脚印。

我站在阁上，迎着北风，看着浪涌把海底的沙子荡起。这浪涌一代一代荡个不停，人生也只能这样注视它。人的感悟力原来是无边地有限。比如现在，一个人如此地怀念一个既陌生又熟悉的先人。

后来我又去了杭州。杭州与苏东坡的名字连得更紧。作家在这儿待的时间长得多了，所以作为也多。他在这儿整修了西湖，留下了举世闻名的"苏堤"。

我去杭州的时间是一个秋天，菊花正好时节。记得那一天有些冷，和我同行的一位朋友不断地在身侧发出"哧哧"的声音，夸张地表达着挨冷的感觉。天要变了，天色已经不好，偌大一个西湖显出了灰暗阴沉的样子。风在隐隐加大，湖水已经在拍岸了。秋天的感觉非常强烈。

我又一次觉得苏东坡一生都是在这种秋冷里编织他的梦境。他是一个浪漫的人，一生无论怎样坎坷，都童心未泯，都要设法做一些梦。他至死都要追求完美。他这一生，从南方到京都，被贬、被宠，宦海沉浮，多少次死里逃生。可他仍像一个孩童那样纯洁无邪。

他也有幸，后来结识了一个叫"朝云"的女孩。

朝云好。朝云非常好。她小小年纪，却有能力理解博大的、命运多舛的诗人，理解顽皮的、以酒浇愁的诗人。她娇惯他如同娃娃，他厚待她如同小妹。他们相持相扶走完了一段奇妙的人生里程。

只从朝云死了之后，苏东坡就跌入了大不幸。命运对他一而再，再而三地击打，然而只有朝云之死，才是致命的一击。

水波扑扑，都是诉说。

歌德之勺

八七年，从北到南走了一趟德国。尽管是草草地走。

来的时候落脚波恩，走的时候去了法兰克福。那一天时间很充裕，我就和朋友在法兰克福大街上闲走。走着走着，突然想起了歌德。这儿不是与老诗人的名字连在一起的地方吗？这儿有他最重要的故居啊。

我和几个朋友立刻匆匆去寻。

这是一个奇特的人物。在文学的星云中，像他一样的文坛"恒星"大概不会太多。在中国，也只有屈原李白等才能和他媲美。然而屈与李离现在太久，他们的神秘有一部分是时间赠予的。歌德却离我们近多了，从时间上看，他显得亲切易懂。

第一次读《少年维特之烦恼》，扳指计算着作家当时的年龄，感受一个少年的全部热烈。那时觉得如此饱满的情感只会来自一种写实，而不需要什么神奇的技巧。现在看这种理解有一多半是对的。一件伟大的艺术品，究竟需要多少技巧？不知道。我们只知道它会是一位伟大的艺术家写的，它只要源于那样的一颗心灵。心灵的性质重于一切。

今天终于以另一种方式接近了你。今天来到了从小觉得神秘的这位艺术家生活过的实实在在的空间。多么不可思议，多么幸福。我们可以用手抚摸一下诗人触摸的东西，小心翼翼。我们试图通过逝去的诗人遗留在器物中的神秘，去接通那颗伟大的灵魂。

歌德故居是一幢三层楼房，当然很宽敞，很气派，与想象中的差不多。书房，卧室，客厅，最后又是厨房。我不知为什么，对这个宽大的厨房特别注意起来，在那个阔大的铁锅跟前站了许久。记得锅上垂了一个巨型排汽铁罩。所有炊事器具一律黝黑粗大，煎锅，铲子；特别是那把高悬在墙上的平底铜勺，简直把我吓了一跳。

我从来没见过这么大的一把炊勺。

这样的炊具有没有办法做出精致的菜肴，我不知道。但我可以想象出当年这里一定是高朋满座，常常让诗人有一场大欢乐大陶醉。可以想象酒酣耳热之时，那一场诗人的豪放。大厨房约可以让十几个厨子同时运作，他们或烹或炸，或煎或炒，大铁勺碰得哐哐有声。

诗人的一颗心有多么纤细。我难以想象他需要这样的一间厨房。为什么，想不出。这样一间厨房足可以做一家大饭店的操作间，太大、太奇怪。

主要是勺子太大。

从厨房中走出，到二楼，又到三楼——那里主要是一些关于诗人的各种图片，它们悬了满墙。我没有看到心里去。我好像还在想着那把大勺子。它是铜的，平底，勺柄极长。我就是弄不懂它是做什么用的……人的一生无非是"取一勺饮"，而对于像歌德这样的天才，其勺必大。

这样一想，似乎倒也明白了。

关于诗人的全部故事，我所知道的一些故事，都在这个时刻从脑际一一划过。回想他那两卷回忆录《诗与真》，还有他与那个年轻人的谈话录（爱克曼《歌德谈话录》），感受着一个长寿老人的全部丰厚。他在魏玛宫廷任过显赫的官职，一度迷过光学研究，七十多岁时还与一位少女热恋，激动得浑身灼热。长篇短篇戏剧样样皆精，一部《浮士德》写了几十年……是的，他像所有人一样，只是一个过客，只是"取一勺饮"。然而他的"勺子"真的比一般人大上十倍二十倍。

那天我坐在书房里，在一个非常精致的小桌前凝视。一排排漆布精装书，岁月已使其变得陈旧；它们有些褪色；为了保护书籍，一排书架一律加上了铁丝网。这些书既不允许触摸，也不允许拍照。但我忍不住心里的渴望，还是说服管理员拍了一张。

怎样评价歌德，有一段话我们是耳熟能详了。恩格斯曾这样说歌德的"两面性"："在他心中经常进行着天才诗人和法兰克福市议员的谨慎的儿子、可敬的魏玛的枢密顾问之间的斗争；前者厌恶周围环境的鄙俗气，而后者却不得不对这种鄙俗气妥协、迁就。因此，歌德有时非常伟大，有时极为渺小；有时是叛逆的、爱嘲笑的、鄙视世界的天才，有时则是谨小慎微、事事知足、胸襟狭隘的庸人。"

在法兰克福的歌德之家，我们能够很具体地理解恩格斯的这段话吗？

我却更多地站在诗人钟情的那个少女素描像前。她的眼睛一直望过来，既专注又茫然，好像随时都要与人展开一场永无终了的诉说和辩解。

在他的故居中，徘徊于诗人的物品之间。突然，上一个世纪的特异气息浓烈地涌来……

爱默生礼帽

爱默生在我们眼里够古旧的了。他是一位绅士，是在美国波士顿来来往往的大文人。由于他的作品离现在的潮流颇为遥远，所以人们一度把他视为很古典的作家。我们不太注意他的特立独行。他的确是美国的一位经典作家，那一茬一列几位，很让历史短浅的美利坚人自豪。他是当时"超验主义"的代表人物。至于什么是"超验主义"，现在讲起来已经颇费口舌了。

爱默生是一位极有名的演说家，常常去国外搞巡回演讲。那时的作家都是非常重视演讲的，他们的许多时间都花费在讲台上，花费在面对听众的这种方式上了。由于这样做的不是一位两位，所以我们必得考虑其中的原因。可能是视听技术没有像现在一样大面积普及，这样那些作家要将声音和形象直接送到大众面前，也只得以这种方式。再说当时的听众远比现在要多得多，他们的兴趣更容易集中，这就给了作家演讲的群众基础。

爱默生的一生基本上没有间断演讲，他的许多重要作品直接就是演讲稿。他常常举办"春季系列演讲""冬季系列演讲"。演讲而成"系列"，这在我们今天的作家看来大概是不可理解的。

他的由于常常直接面对听众，而且又是个性情中人，所以免不了要得罪人。那时就有人坚决反对自己的孩子去听他演讲，并连续发动有力的抵制。但爱默生从不畏惧。这使我们想到，19世纪的演讲者，不是或不完全是因为传播工具的不发达才大批涌现的。这也是时代风尚、个人勇气等诸种因素的综合结果。

无论如何，作家的品质在退化或改变。现代主义的一个重要特征，就是作家们更多地、纷纷地走向所谓的"自我"，同时写作活动越来越走向职业化。他们再不屑或不敢像上一茬作家那样直接面向广大读者。大声疾呼者越来越少了；并且，一个"岗位"论者可以把退却和各种怯懦行为说得冠冕堂皇。

爱默生有太多的话要对人说。他是个多么不愿隐藏自己观点的人。当然，他觉得自己有这样的责任。这大概不错。一个优秀的作家当然不能太职业化，他如果说有自己的"岗位"的话，那就是永远站在牢记自己的责任、并始终要为这责任勇敢向前的"岗位"之上。非职业化的作家才是真正意义上的作家，才会融入精神的历史，他的思想才会织入时代的经纬之中。作家的最大行为就是写作，这样讲不错；可是一个作家的全部行为，他的一生，又会是一部大书：这样讲非但不错，而且还更为完整。

到了波士顿，立刻想到的就是爱默生。爱默生后来定居于一个美丽的小城，叫康科德。于是又去康科德。它离波士顿不远了。我很少见过有比康科德更漂亮的小城了，我相信像爱默生这样崇尚自然的人，才会毅然决然地定居在这样的静谧之地。

他的故居在小城西边一点，已经离那片有名的林子不远了。那片林子中有个极有名的湖，叫"瓦尔登"，湖边上曾有个怪人、作家、爱默生的朋友：梭罗。故居是一座带阁楼的两层小楼，白色。同样是白色的木栅门围起的小院里，绿草茵茵。等了许久，从中午直等到下午四点，才是开馆时间。

门口已经有了三四个人，后来又是十几个。有人从远远的加拿大赶来；当然更远的还是我，从东方，从孔子的那个省来到这儿。美国人大多都知道孔子。他们很自豪地介绍着他们的爱默生。

我注意到这座小楼在作家生前得到了多么好的利用。楼梯的拐角和其他一些角落，都放了一些书架。与以前看到的作家和其他人物的故居不同的是，爱默生的书虽然也是精装的，但都是小开本的。这与我前几天刚刚看到的美国铁路大王故居的藏书就形成了鲜明的对比。那些书一律大开本，豪华，彤光闪闪。

屋角有一个衣架，上面放了一顶小小的礼帽；再不远处，就是他的那根手杖了。仿佛主人刚刚从外面回来，摘下礼帽放下手杖，就上楼歇息去了。于是我踩着吱扭作响的楼梯往上。一张简朴的床，床旁仍旧是小小的书架。墙上有夫人的照片。他一生有两个夫人，第一个夫人叫爱伦，与他成婚后一年左右就病逝了，年仅十九岁。他第一次结婚时二十七岁。到了三十二岁上，他才与一个叫莉迪亚的女子结婚。墙上悬挂了两个夫人的画像，一个端庄，一个美丽。

一种爱默生特有的气息阵阵袭来。我打了个冷战。四处寻找，不知这气息从何而来。我看着楼上沉默的床，后来又从另一侧的楼梯回到一楼。我一眼又看到了那个斜放在衣架顶端的礼帽。是的，是它在这儿重现一个栩栩如生的爱默生。

1866年他获得了哈佛大学荣誉博士学位。就是这一年，六十三岁的作家给儿子爱德华读了刚写成的一首诗（《终点》），其中写道：

"衰老的时刻来临了，/应该收帆减速……"

佐藤春夫馆

这位日本作家在中国虽然影响不大,但也算个知名人物。他最有名的书,那本晚年写成的《晶子曼陀罗》,我们一直看不到汉译本。他那些用梦幻般的笔触写成的短篇小说我们也看得不多。只有《田园的忧郁》和《都市的忧郁》,被收进一些散文选本中。

极少看到有一个人像他那么厌烦都市,像他那样感知着走向现代化前夕的都市之病。作家本人已经深中了都市之魅。他深刻地反省自己,在一个角落抒发着特异的情怀。

作为一个小说家、诗人和评论家,他一生的创作可谓丰富多彩。在如上三个领域内,他都留下了自己的代表性作品,并产生了广泛的影响。

和歌山县的新宫市是他的出生地。而他的主要活动和生活的地方是东京。我于十月份到了东京,由于匆忙,竟没能到他的纪念馆去。为此,心中一直存有不少的遗憾。而在新宫市,我的这一心愿却得到了满足。到一个作家的出生地来看一看,这会是非常之重要的。新宫市十分看重自己的作家,不惜花费巨大代价,将作家在东京的一座楼房原样不差地移建到了他的出生地来。屋内一切面貌摆设，一切皆依作家生前的样子；就连房子周围的景致，也尽可能一丝不差地"完全照搬"。

佐藤春夫与今天的日本作家差异何等巨大。走进他的居所，立刻会感受到一种强烈的"上一茬人"的特有情调。这是一处故居，更是一处纪念馆；以我的感觉看，没有哪一个人物的故居比这儿更像一个"馆"的了。什么才是"馆"，这要具体地感受才回答得出。馆里的小桌、小椅子、小榻、小扇、小屏风、小画，小橱、小茶几，一律精细而规矩，圆润润油滋滋，一下就让人想起中国二三十年代的一些文人居所；还让人想起城里老人的一些"公馆"。

在这儿喝茶最好。

我觉得作为一个居所，这楼房的光线好，透气通风的窗子设计也合理。只是楼梯太窄太陡了，主人一上年纪就有危险。馆里陈列的几幅照片中就有一幅主人站在陡陡的楼梯上。那是主人六十岁左右的样子。而我现在扶着楼梯上上下下都感到困难，脚下的吱呀声太大了。像许多老式日本建筑一样，它的板壁很薄，一律木结构，一碰咚咚，共鸣性很强。

与以前看到的西方作家居所不同，这儿透着一位东方老人的别一种情怀。比如西方一些作家的居所，给人更多的是一种舒适和随意感；这里则让人觉得闲适，多有情趣，是对生活的玩味，爽而不腻，清淡。住在这样的地方，穿和服好，穿西装不好；穿中式服装也好。我说过，喝茶更好。

佐藤喜欢抽烟，墙壁上挂的好几幅照片上，他都手持一根长烟嘴，上面插了一支香烟。

那一茬的日本作家汉文往往很好，书法也好。佐藤春夫的书法作品就悬在墙上；他的手稿镶在镜框里，也是毛笔竖写，所用的纸也是红条竹纸。他的砚和笔都放在一个显要的位置展出，在那儿静静的，散发着汉文化的气息。

佐藤六十八岁那年获得了政府的一枚文化勋章。老作家高兴地在自己的寓所前摄影留念。大勋章垂在胸前，衬着作家肃穆的面容。

四年之后，作家去世了。好像当时他正在自己居所里搞什么录音，突然就逝去了。

两年后，新宫市民会馆前面，建起了作家的一座"笔冢"。

艾略特之杯

美国有这样一个去处：它不算现代，没有当代都会最摩登的建筑，看上去好像也不那么令人眼花缭乱地奢华繁荣，但确是一个极有名堂的地方。它有故事，有传统，有自己独特的历史。这就是纽约区的格林威治村。

一些老文人都在这里留下了他们的踪迹，这儿的一些著名街道上，至今还能隐隐听到他们脚步的回响。

比如说"费加罗咖啡馆"。这真是一个美国人怀旧的好去处。它的有名，主要是因为当年的一些艺术家经常光顾。最有名的是大诗人艾略特，他在这间咖啡馆品味、写诗或获取灵感，总是流连忘返。

艾略特的代表作《荒原》中出现过这样的句子："喝咖啡，闲谈了一个小时。"他有多少时候是在这间咖啡馆里度过的？我们不得而知。当年一个大脑袋、梳理着非常整齐的分头的人坐在桌旁，使者走过来，面对这位老熟人微笑，为他端来一杯热腾腾的黑色饮料。他像是在这儿消磨并不太好消磨的时光，构思着他那奇妙的、不能预知的未来。

如今这间咖啡馆极力想挽留过去的时光，而拒绝走进二十世纪末。为了这个愿望，它已经用尽了办法。比如当年的旧报纸、图片，一张张都贴到了墙上；这里有非常多的老照片；当年墙上贴的老猫画，现在有增无减；当年使用的粗糙的老杯，现在依然在用。这是一种沉重的粗白瓷杯，样子极笨拙。这儿的咖啡又太浓，一般人都不加糖，所以成了真正的苦杯。

只有这种杯子才是正宗的艾略特之杯，我这样想。成功，极大的成功之前的杯子，都是这样的苦杯。这样的苦杯最耐品味。

不仅是杯子，就是桌子椅子，也都老旧。侍者穿了黑色圆领衫，朴素非常。他们都一律随和，微笑，看东方人的眼神让人觉得有趣。

整个格林威治村罩在夕阳温和的光线下，等着黄昏。这里的生活节奏仿佛突然变得缓慢了。在纽约，唯有这儿显得懒洋洋的。这就与纽约的百老汇、洛克菲勒中心、华尔街等地方形成了鲜明的对比。这儿没有什么高大逼人的建筑物，让人活得亲切、安适。在纽约，这样的地方就等于北京城里的"四合院区"了。看着街头的建筑、各种装饰、色调，即便是一个对此地毫无了解的人，也会有一种怀旧感从心头滋生出来。每个人怀的都是不同的旧，并不一定是格林威治村的往昔。比如艾略特，他当年走在这里的街道上，想的就是自己的心事。

这儿是老文人区，老艺术家流连之地，气氛特异，风俗不古。如今这儿有一些奇奇怪怪的角落，什么同性恋酒吧"查理叔叔"，著名的无政府主义者的定期聚会地，巨幅女性生殖器彩绘，所谓的前卫艺术；当然，这儿更有一些不错的画廊，有大大小小的书店，有东方才有的那种老古玩店。

这儿被称为"作家艺术家的圣地"。

圣地必有圣迹,费加罗咖啡馆算是一处。有人还会向你指指点点,讲述海明威,惠特曼,菲茨杰拉德……一串流光溢彩的名字。一个地方让一批而不是一二位艺术家钟情,其中必有缘故。艺术家内心的向往在这里表达得多么清晰,这就是:他们可以远离奢华,但却不能没有为人的一份宁静、自由,以及蕴含了内在张力的那种创作的激情和欲望。

格林威治是一只满溢的杯,它盛了怀念,安怡,温情,激动,还有黄昏的光色。

梭罗木屋

多少人向我推荐梭罗的《瓦尔登湖》。几年前我看了。我得承认这是一本不会消失的书。不是因为它有什么惊心动魄的主题和思想,也不是耸人听闻的事件和故事,更不是令人沉迷炫目的才华。它的不可磨灭,是因为作者透过文字所表现出的那种怪僻异常的思路,那种执拗的不愿苟同性,那种认真而非矫情的实验精神。

他在林中生活了一年左右,而且那片林子离人烟稠密的康科德镇很近,在当年步行也不过三十分钟;现在步行大概二十分钟即可。据许多人回忆,那一阵的梭罗时不时地到爱默生家饱餐一顿,并在回去时带走大量吃食。再说那里有一个美丽的湖泊,湖里有鱼,梭罗常常垂钓。

总之在那里住一年二载不是想象的那么困难。瓦尔登湖边也绝非蛮荒老林。这些我在去瓦尔登之前就已经知道了一些,并有了如上的判断。我还不是那么容易就在书本面前冲动起来的人。我没有那么天真,天真到顺着梭罗的指示去想象,一路越想越远,最后感动得热泪盈眶。我有我的经历和经验,我知道什么才叫难和苦。我见过真正的苦难。瓦尔登湖边的苦太不算什么了。这是一个书生之苦，多少有点"为赋新词强说愁"的意味。

他的动人，在于精神。一个没有出路的大学生，一个被人嘲讽的年轻人，采取了近乎极端的方式，给眼前的文明世界来了一家伙。这需要勇气、勇敢，需要敢为人先的那么一种倔气和拗气。这才不容易。在一个文明世界敢于放弃，自我流放，敢于自愿地走向所谓的落魄，这绝没有什么好事在等着他。谁如果不信，就破罐子破摔地来一次试试。生命的实验不是闹着玩的，它形成的缺损，破洞，大多数时候不可修补。

梭罗一去不回头。不是不从林子中回头，他很快就返回了；而是他在已经选择的人生道路上再不回头了。从林中，从瓦尔登湖边回来的人，已经不能再像过去一样地做个好孩子了。结果他也从不打谱去做。他因不纳税而遭捕，还在里面写了《论公民的不服从》，准备在放他的那一刻宣读，对抗他认为的坏政府。人的自由，包括对坏政府的不服从，在他看来是一个人的基本尊严。这儿值得注意的两个字有"公民"。"公民"长期以来被赋予了一种奇怪的逻辑，这就是"服从"，而且是无条件的"服从"。这真是荒唐到了极点。公民的真正权利是什么，包括哪一些，从梭罗的这篇文章可以了解。此文应该成为当代公民的必修读物。他的这篇文章现在已成经典。

其实一篇《论公民的不服从》，即可概括梭罗的全部精神。不服从，就是不服从，不服从既成的一切陈规旧习与偏见。人生需要许许多多的探索和实验，勇于投身进去的，就一定是真正的人，大写的人，堂堂正正的人。

梭罗去瓦尔登一场,其实不过是一次行动的宣言,这宣言不是写在纸上,而是写在大地上,写在了瓦尔登湖上。

人们都愿意用诗人式的偏激来原谅梭罗式的言行。这其实是一种对探索者的侮辱。原谅者摆出一副宽容的样子,只是不知道自己的平庸与恶劣。请听听梭罗在文章中是怎样说的吧:

"现实地以一个公民的身份来说,我不像那些自称是无政府主义的人,我要求的不是立即取消政府,而是立即要有一个好一些的政府。""我认为,我们必须首先做人,其后才是臣民。""我有权承担的唯一任务,是不论何时都从事我认为是正义的事业。"

说得多么好。我们是不是自问过:我们曾经要求过这样的权利吗?这种要求现在看是那么合情合理。

我来到了瓦尔登湖。

我不想夸张,而是实实在在地说,我极少看到过这么美丽的湖。它看上去既不过大又不过小,而是正好。在视野里,它正好。碧绿碧绿,无一丝污染,四周都是高山,山上被绿色全部覆盖。关于湖的大小、形状,以及它的水产和春夏秋冬四时的不同景致,它的一些基本情况,尽可以去看著名的《瓦尔登湖》,它把一切都记述得详而又详。

湖的南面就是那片有名的林子了,梭罗就在那里亲自动手盖了一幢小木屋。这座小屋吸引了多少人的注意,引出多少意趣,已经是人人皆知了。它必有其特别之处,这是肯定无疑的。当年梭罗费尽心思搭起的屋子早已坍塌。而且我还怀疑是被好事之人给拆毁了的。中国外国在这点上差不多,那就是都太愿意破坏了,而不太愿意建设。不过这个世界上的多情者,懂得事物价值者，也大有人在。所以后来林子里又建起了一幢小木屋，并且与当年的一丝不差。不仅如此，而且里面的陈设也一一依照原样。

现在与过去的不同处，除了人去屋空之外，再就是小屋前面添了一尊梭罗雕像。他在那儿伸着手，好像在继续向人们诉说倔强的理由，不服从的理由。棕黑色的木屋和雕像，简朴得就像梭罗自己。从小窗上可以清楚地看到屋内的摆设：一床，一椅，一桌。这些都在他的书中写得明白。

这屋子太小了，屋里的设备也过于简单了。这是因为一切都服从了主人回归自然、一切从简的理念。他反复阐述道：一个人的生活其实所需甚少，而按照所需来向这个世界索取，不仅对我们置身的大自然有好处，而且对我们的心灵有最大的好处。一切的症结都出在人类自身的愚蠢和贪婪上。人的一切最美好的创造，无不来自简单和淳朴。

他的理念是美的，因为饱受现代病摧残的当代人，越来越明白过分地消耗资源所造成的不可挽回的恶果，明白我们自身与大自然和谐相处的重要性。

因此我得说，我在瓦尔登湖畔看到的小木屋，是人世间最美的建筑之一。它非常真实，就像梭罗那么真实。而我们知道，时下的世界上，有诸多东西都是谎言堆积起来的。

作为一个作家和诗人，梭罗并没有留下很多的创作；但是他却可以比那些写下了"皇皇巨著"的人更能够不朽。因为他整个的人都是一部作品，这才显其大，这才是不朽的根源。

一个用行动在大地上写诗的人，我们要评价他，也就必得展读大地。

他是一个如此放松的人，亲近自然，与周围的一切和善相处。他在当年出门时几乎从不锁门。他发现来光顾这间小屋的人也大致友好,他们既不破坏也不拿走这里的东西。他觉得一切既是大地所赐,那么他也就没有理由将这些东西据为己有。他把木屋向着世界开放。

而今我看到的却是一个锁闭的小屋。

他离我们远去了,于是后人就把他的小屋禁锢起来。

蒲松龄之道

我看过蒲松龄的画像,彩色的,坐在大圈椅子上,穿了官服,一绺胡须。他希望留下一个官的形象,尽管一辈子求官不得。据说他的代表作《聊斋志异》就是刺向官府的,寓意极多。求官不得,又发现官坏,就刺官。

他离我们很近,所以关于他的行迹考证起来并不难。山东一带是他生活的地方,所以去的地方也比较多。他还曾到南方短期生活过。崂山上,太清宫面南大殿,左边的厢房就被指定为蒲先生当年写书的地方。这个厢房阴气甚重,方砖铺地,小桌卷边,很有些特色。

我已经去了崂山许多次,每一次都小心地探头看那个小厢房。里面有浓烈的香味和烧纸味。这气味传达的是一种说不清的感觉,但非常熟悉。我并不觉得有多么浓烈的宗教气息;相反,一种世俗的、底层的感觉,一种迷信状态,总是在烟火里环绕着。真正的宗教并不完全依靠迷信支撑,相反,它总是由求知的主体来确立。宗教离开了科学与思辨,也就开始变质。

蒲松龄的书总由极多的矛盾所交织,并不像一些研究者说的那么简单和纯粹。他们说他是借说鬼道妖来刺贪刺腐。其实他的兴趣分散得多，思想也芜杂得多。比如对待官场，他的态度就有羡与嫉，有恨与鄙，更有些不可割舍的情结在。他是一个迷信的人；而迷信，与我们现在讲的"宿命感"又有不同。迷信是一种更简单的、更浅直的思维。总之他是一个非常民间化、底层化，非常世俗化的文人。他是个文章高手，但又仅仅是个乡下秀才。他的境界还停留在乡间秀才的水平上，这又与他极高的文字技巧与修养不太相符。

其实这种现象古今皆同。当今文场也是这样。不少人在走"大俗大雅"的文路。这样做不是深得文章之道的结果，而是囿于各种条件走不出自身屏障的缘故。这样的道路也只能"大俗"，并由此获得自身的生命力。但这样做到了极致，往往也只是第二流境界。因为这样做其实只是"民族唱法"与"通俗唱法"的混合物。而第一境界常常由"美声唱法"或"民族唱法"才能到达。因为手法本身也需要一种纯粹性。

蒲松龄之道，是松弛就便之道。

我从浓浓的烟火气中，真实地感到了这位说狐的高手。小桌冷清，冬天会格外艰苦。想一想这里的寒夜，烛光跳跃，老先生勉强握住一支毛笔，写出自娱的文字。一个失意的秀才如果没有自娱，简直就是要了他的命。

从崂山的写作厢房再回头看淄博故居。那里的陈设也像一个庙。那里面供的是蒲先生。

有这样的屋与人，才有那样的文字。这样的文字有别一种色彩。乡间隐秘都从他的笔底透露，各等传闻也都由他转述。他是一个民间故事的搜集者，也是一位整理者。他在记录和整理的时候并不那么忠实。因为他总顺着自己的心愿改写一二或大部。好在那些传说的精神仍然完好地保留了，这又构成了他的文章之魂。他的全部文字，其实正是以这样的民间魂魄来传世，来不灭。

中国民间喜欢迷信。如果想在民间畅通，一个文人就要装神弄鬼。蒲松龄的可贵处是他并不太装，而是真信鬼神。这又有了一份纯洁和简单。他的故事的魅力，自此也就滋生出来。这样，他既有了不平凡的一面，同时又有了民众喜欢的一面，二者得到了相当好的统一。

《崂山道士》一篇流传甚广，也是他的作品中较易诠释的一篇。故事生动，新鲜，而且发生在一个道教圣地，人们可以具体地指点言说，进一步地生动。还有一篇《香玉》，就是写太清宫的白牡丹和耐冬——它们变化的仙女。

我在崂山上看到了仙风道骨的人。他们就是道士。蓝衣，黑冠，白袜，裹腿。走路时双手轻甩，灵动生风，有些爽气。看着看着想起了蒲松龄笔下那个又荒唐又不走运的年轻道士，心中一笑。当年蒲翁真的在此写下了这个奇妙的传说吗？不敢轻信。不过他来过崂山，并多有流连，这大概是可以肯定的。

惠特曼的摇床

美国长岛出生了一位伟大的诗人,他就是写《草叶集》的惠特曼。以前觉得他非常遥远,远在天边。然而今天读他火热的诗章,随他一起歌唱"带电的肉体",于感动之中又多了一份亲近。他是一个脉搏扑扑跳动的、远在天边近在眼前的人。他的一生最重要的创作叫作《草叶集》,他永远难忘的正是长岛的蓬蓬绿草。"骑马围绕旧地,/观察沉思停留,/五十年前的景象,/我的童年……在我诞生的房子,/在一片丰腴的草地中。"

多么渴望看一眼他所独有的那片"丰腴的草地"。

这一年十月,一个最好的季节,我来到了长岛。从纽约乘火车到长岛不到半天时间。这儿风景如画,是美国人,特别是纽约人最为向往之地。然而在当年,在惠特曼出生时节,亨廷顿小镇还到处是林密草深的野地,据记载当时不过是一条街,两排木房。他出生的屋子就在这样一个地方,在一片草地上。

这是一幢十分简朴的二层木楼,外墙皮披满了木板,已被时光之手漆成了棕黑色;这样墙上几个乳白色的门窗,倒显得特别白亮出眼。楼的四周都是草,浓绿浓绿的草。

一推门进去就是一条窄窄的过道，过道一旁是厨房，一旁是一间稍大一点的客厅。这儿陈列了当年家里的日常用具，如切肉的刀，烤肉的架子。客厅连接着卧室，里面一个不大的壁炉，炉边就是一个触目的大床。这个大床上铺了蓝白相间的布幔，极像中国的蜡染布。床的四角立着木杆，支起了幔帐。诗人就诞生在这张大床上。而床的一边，又放了一个独木舟似的小床——摇篮床，极小极小。这就是他一二岁时使用的卧床，一个可爱的人生之舟。

谁在当年想得到，这个平凡的娃娃将由此启程，驶向整个的世界。

踩着吱吱响的木楼梯登上二楼。这儿主要是两间：一间出售他的书籍和纪念品，一间悬挂了许多诗人的照片。有一幅黑白放大照片我以前从未见过，是诗人头戴礼帽、留着雪白大胡子、进入庄重的老境的一帧。这张照片特别令人感动，我在照片前默视了十几分钟。一旁有放大的诗人的手迹，这就是有名的诗句："船长，哦，船长／可怕的航程已经结束……"

当年林肯总统被刺，消息传到惠特曼家中，诗人立即写出了这首著名的诗篇。他在诗中称这位总统"脸极丑又极美丽"，说这位总统崛起于"木屋，林间的空地和树木"。这使我们想起诗人自己也是崛起在同一种地方。也正因为这种出身，这一类人才往往具有极强盛的生命力，这是其他人所无法比拟的。他们都是极普通的草叶，然而却永远不会消失。它们从天涯海角长到高山之巅，在天地之间燃烧。草，野性的草，织成无垠之海的草，在风中扬着波涌的草，永远都可以作为人民的象征。

而诗人从来都属于底层，是他们的一个不会屈服的、鸣叫的器官。

惠特曼曾在长岛当了一年左右的小学教师。有一幢红色的小房而今改成了私宅，它就是当时的小学校舍。从学校离开后，他又投身于报界，亲手创办了一份《长岛人报》。但这份报纸不过办了十个月，就被他出让了。他认为报纸的生命实在太短暂了，"报纸来得快，去得也快，生命和死亡几乎同时"。

这份报纸至今还在办着，并在上面印着创办人的头像，表达着它的非同一般的出身和渊源，也表达着后来人的永久的纪念。

办报结束后，他就只身一人去了纽约最繁华的曼哈顿。他在这个世界上最热闹的角落整整渡过了十五个年头，据说至少在十家报纸做过，在印刷所当学徒，干过木匠，甚至做过房地产生意。这时候的诗人多半在为生计挣扎。他这一只航船在水面上徘徊，等待着一泻千里的机遇和时刻。

他从纽约曼哈顿出发，又去了布鲁伦。就在这儿，在朋友开设的一间印刷所里，他自己排字，印出了第一版《草叶集》。

我们仿佛看到诗人的小船正在起航，加速，船头顶起了微微的波浪。

然而这本书印出七年多了，诗人仍在为解决自己的生存问题而不停地劳碌。他一边补充这本心爱的书，不断地填进新的诗篇。接着第二版第三版出版了。它开始走向自己的完美。它的粗倔的声音响彻美国、英国，最后传遍了全世界。

我把长岛亨廷顿的草当成了绿色的海洋，我把诗人最初的摇床看作了一只航船。他从那里驶向四面八方，驶向我们。

北美洲的风雨日夜不停地冲洗着这间棕黑色的小屋。它默默不语。不，它在吟哦。

我们屏息静气倾听，听到了如海潮一般的呼啸。是的，这正是《草叶集》引来的咆哮，它已势不可挡。

1998 年 4 月 10 日

第二辑

书　院

筑万松浦记

我一直想找一个很好的地方,在那里做一点极有意义的事情。是什么事情还不知道,但我想它要能足以引起自己的长久兴趣。当然,它对许多人来说都应该是极有意义的。它的整个过程还应该是朴素的、积极的。它要具有相当长的生命力,并且在未来让人高兴。它还需要由许多人以各种方式去参与,而不是被许多的人去索取一空。它从一开始就将拒绝那些只想到索取的人。

小岛对面

在龙口市的北部,渤海湾里有两个小岛,桑岛和依岛。桑岛上有八百多户,有松树和槐树林,有灯塔和礁石。这是个很美的岛,关于它的传说很多。其中有一个传说与它的命名有关,说的是秦代的智慧人物徐市(一作徐福)被秦始皇遣去东瀛寻找长生不老药,行前曾在岛上种植桑树,养蚕织造。徐市后来带走了很多人,包括史书上记载的三千童男童女、五谷百工,当然也少不了各类智慧人物。他这一去发现了日本列岛,高高兴兴过起了独立王国的日子，再也不回来了。这就是所谓的"止王不归"：整个的事件记录在中国的信史《史记》中，可见已不是传说了。

桑岛之名的由来倒是个传说。不过如今岛上已没有大片桑树，也没有纺织业，只有其他林木，有发达的渔业。从南岸去岛上有十几分钟的水路，这是指现代客轮的速度。我在中学时坐了木制机动船去过一次海岛，大约花了二十分钟。那一次我在岛上待了一个多星期，住在同学家里，尽享岛上新奇。进岛前站在南岸看一片海雾中的葱绿，如同仙境；进了岛，则不停地往南边的大陆遥望了，望到的是一片无边的林木，林木前镶了一道金边，那就是海滩了。

当年桑岛上的房子都是一种黑色岛石垒起的，屋顶覆以海草。岛的四周永远有鸥鸟环绕，正像岛的四周永远有扑扑的水浪和细细的沙岸一样。它的西北方，仅仅二三华里远的地方就是那个依岛了。如果把我们脚踏这个岛比作地球，那么依岛就是月亮，不过它不会绕桑岛运行罢了。我们当年极想去依岛上看看，可是没船。因为小小的依岛上面没有人烟，而且与桑岛之间隔开了一道湍急的暗流，据说除非有第一流的驾船技术才能渡过。渔民介绍说，依岛上过去只有一幢小小的茅屋，那是为躲避风浪的渔人准备的。一旦来了大风不能及时赶回，捕鱼的人可以就近靠岸，并在小屋中歇息下来，里面总是有常备的水米。如今岛上空空荡荡，一派灌木白沙，风景秀丽。一大群野猫成了这里的实际主人，据见过的人说它们靠吃水浪涨上来的小鱼小虾之类，个个长得干净强壮。

今天，这两个岛对于城市人来说已是旅游观光的最好去处。但要在岛上长期生活下去，要做一点想做的事情，似乎还缺少点什么。我去了岛上,像过去那样向对岸的陆地遥望,再次惊讶地盯视那片无边的葱绿。我的心头涌起了一阵感动。正对着这个小岛的是绵长的沙滩,茂密的树林。

那里与人口繁密的小城相距二十分钟的车程。

港栾河

有许多天,我一直在小岛对面的那片海滩上徘徊。这是一片真正迷人的沙岸,洁白到了无一丝粗粝和污迹;碧蓝的海水,退潮时露出五十多米的浅滩。这里没有鲨鱼出没,是天然的优良海水浴场。更为可贵的是它背靠了一大片松林,大得足可以藏禽隐兽,一眼望不到边,只听到鸟声不断,与近海翩飞的海鸥遥相呼应。与海岸交成直角的是一条古河道,叫港栾河。河的上游源自南部山区,很早以前与曲折密集的山下水网相连,接受丰富的山落水,水流量终年很大,这由古河道的宽大壮观可以看出。河的入海口有古港遗址,而今的小旅游码头就建在遗址右侧。

像许多古河道一样,如今的港栾河也在时间里萎缩了,充其量只能算是一条中小河流。但好在它还有辉煌的历史可以留恋。它的下游建有不止一个村庄,可以说它们都拥有得天独厚的地理条件。河中有鱼蟹,它有别于海鱼海蟹。入海口有洄游产卵的鱼类,所以每到了四月春阳照耀时,浅海里到处都是捕捞鲈鱼苗的男男女女,他们将把一个春季的收获卖给淡水养殖场。河道里有茂密的蒲苇,河堤上有高大的槐柳。由于古河道淤积土深厚肥沃,所以河两岸的树木比其他处茁壮得多,夏秋里看去真是冠盖相连,如雾如峦。槐柳与成片的松树相依衬,形成了另一种风韵。槐柳的碧嫩与松树的墨绿相间，层次错落；冬天和秋末松树浓绿依旧，槐柳则剩下了裸枝。槐的苍枝和柳的红条在绿色中闪烁，该是画家们的向往之地。

走在河岸上，就会把海浪的噗噗声遗忘，耳郭与视野全是淙淙水流。青蛙和鲫鱼在水中窥视，它们以漂亮的翻跃引人注目。有咕咕声响在密集的荻草中，不是水鸟就是穴中动物。这条河的珍贵在于它在许多时候为林中的鸟兽提供足够的淡水，如今堤岸下到处可见一溜溜小兽蹄印，可以分辨的有兔子、刺猬和獾之类。也仅仅是十几年前，河两岸还有狐狸出没。

人们的传统居住理想，就是尽可能在河边筑屋，做所谓的"河畔人家"。而眼前的情与境何等诱人：海岸林中河边，三位一体。更为难能可贵的是，这里离那个去海岛的小码头仅有一华里之遥，安静便利，却没有喧闹。除此之外这里还有历史掌故，有传奇，有静下来即可听到的古河的哗哗之声。

万亩松林

最为诱人的还是这片无边的松林。准确讲它有两万六千亩，主要是黑松。据说这种松不易见到一万亩以上的面积，所以说眼下的规模实在可叹。它的形成是漫长的，除了原生树木，再就是依靠了人工种植。大约四十年前有一场浩大的造林活动，出动了万人营造沿海防风林，是这样的日积月累才产生了如此伟大的造就。苍茫海滩上的原生树种有小量黑松，其余就是一些灌木；乔木类有白杨、槐树、榆树、小叶杨、橡树和柳树。当人工松林于四十年后蔚然壮观之时，原有的大树就显得苍老豪迈了。它们间杂在一片林海中，是树木的尊长，是自然的智星。

有了不同的树种，有了偌大的面积，也就有了丰富的大自然的内容。我们今天的人对于大自然的蕴含越来越陌生了，简直是十分隔膜。关于一些动物的故事，我们仅仅是从书中、特别是从动画片上获得。我们还不习惯于发生在眼前的、身边的动物故事。我们知道动物的故事通常主要是发生在大面积的林子中，它们比起家里和动物园中的动物，会是完全不同的。

我走进这片松林，愈走愈深，竟有两次迷失了方向。从河的左岸向西向南，会走向它不测的纵深。林深处一片呜呜响起，这就是无时不在的松涛了。只要稍有一点风，就有这低沉浑厚的声音；但是如果有大风吹起，林中又是最好的避风之地。

随着往前，林中空地上出现了小动物的劫痕：散羽和断蹄，凌乱的兽毛。这里有隐下的猛禽，也有食肉四蹄动物。抬头寻觅，最常见的是红足隼和雀鹰。我们马上想到的是厮杀，是弱肉强食。在无声的嘶嚎中，在一时安静得出奇的林莽间，一低头就是零散的羽毛；再就是黄色的小花，是小蓟与荠菜，还有草丛树下探出的蘑菇圆顶。在林中行走随手采下蘑菇是一件快事，那是毫不费力的收获。这里最多的当然是松蘑，还有杨树蘑和柳树蘑，都是最受人们青睐的美味。如果在春天，林中的松脂气味正浓得化不开；更有槐花的清香、满林满地杂花野草的熏蒸，人走在里面真像一场特别的沐浴。我与朋友在林中仅仅走了半个小时，鞋子就被花粉全部染成了黄绿色。那时各种不知名的飞禽成群掠过，云雀在高空欢唱，野鸡在深处鸣叫。我们惊扰最多的是野兔，它们有许多次被我们同时惊跑了三两只。鸟窝遍藏在深草中、树丫上，有时一不小心就会惊起正在孵蛋的鸟儿。

无论是雨天雪天,进入这片林海常常都会有一种享受。林雨淅淅好,大雨怒吼也好——它别有一种气势,让你在稍稍惊异中领略许多。你会看到各种动物在雨中的姿态,树与草在洗涤中的欢快。脚下是刚刚润湿的沙土,是一簇簇顶着满身珍珠的绿叶。当然最好还是淅淅小雨,那时会有一种绵绵不绝的低语伴随着你的行走和深思。不过大雨滂沱是骤然而至的,这时我们就再也不会忘记闪电的颜色,记住在万木丛中急速穿行的风雨之声。在冬天,当踏着雪后的林地,会惊讶这里奇特的安静和干净。只要走动,脚下就响起无法形容的雪的声音;此时围拢在四周的全是清冽的脂香。林子在冬天变得幽深和优雅,树隙的天空闪烁新的瓦蓝。积雪在这里会存留一个冬天,或者再加上一个初春。雪后只需多半天,地上就是叠起的一个个小兽蹄印了,是它们留下的一些巧妙的图案。走在林中雪地辨认兽蹄是一种乐趣,有经验的林中老人能一口气认出二十多种。

走在林中,难免想象做一个林中人的幸福。可是这种打算太奢侈了。这种奢侈不可以留给自己,而应该留给更多的人。

人　缘

一个情境在心中渐渐完成,这就是在栾河边、万亩松林的空地上盖一处书院。是"书院"而不是别的什么,是因为这两个字所包含的"内美"。

中国古代有著名的三大书院,如今除了岳麓,其余学术不兴。书院是高级形态的私学,起于唐,盛于宋,是中国大学的源头。现代书院该是怎样的姿容,倒也颇费猜想。静下思之,她起码应该是收敛了的热烈,是喧闹一侧的安谧和肃穆。热闹易,安稳难。在记忆里我们从来都是热闹的,不同的时期有不同的热闹。可是一些深邃的思想和悠远的情怀,自古以来都成就在有所回避之地。它的确需要退开一些,退回到一个角落里。

于是就想到找一处角落、一个地方。龙口地处半岛上的一个小小犄角,深入渤海,像是茫茫中的倾听或等待,更像是沉思。更好在它还是那个秦代大传奇的主角——徐市的原籍,是他传奇人生的启航之地。港栾河入海口处的古港也曾被认为是他远涉日本的船队泊地,当然更多的人认为是离它不远的黄河营古港:东去三华里,二者遥相呼应。一个更迷人的故事就发生在脚下:战国末期,强秦凌弱,只有最东方的齐国接收了海内最著名的流亡学士,创立了名噪天下的稷下学派。"百花齐放百家争鸣"就源于稷下。随着暴秦东进,焚书坑儒和齐的最后灭亡,这批伟大的思想家就不得不继续向东跋涉,来到地处边陲的半岛犄角"徐乡县"。这里由是成为新的"百花齐放之城"。而今天的港栾河入海口离徐乡县古城遗址仅有十华里,正是她当年的出海口。

可以想见,秦代一统海内最初几年,徐乡城称得上天下的文心。

十余年来龙口人越来越多地迷于"徐市研究",而且声动南北,呼应京津,大约几十位教授发起成立了"徐市国际文化交流协会"。不说它的学术,只说这种追忆和缅怀所蕴含的一种地方自豪感、也许还有他们未及领会的另一些东西的珍贵。思想需要一种连绵性,传统也可以在追溯中慢慢建立。这个艰苦的过程已经开始并且不能停止,于是就给了我许多启发。多少年来,当地有多少热衷于文事、具有文化眼光的境界高远之士,在此不再一一列举。那将是令人感动的一长串名字。没有他们的热烈倡议和实实在在的支持,书院择址海滨河畔的意念就不会生成,更不可能坚定。

在那些令人难忘的日子里,不止一位朋友与我一起实地勘察,迈步丈量穿林过河。往往是多半天过去,面无倦容手持野花而归,谈吐间全是书院遐想。朋友即便身负重任,日理万机,也未曾把一件浪漫的设想掷于脑后;那种于俗务操劳中顽强存留的超拔的精神,实在令人钦佩和铭记。好像从来如此,一种信念和决意必须在人缘里生成,没有帮衬就不可能成功。

后来又有远城友人、海外文士抵达这个犄角。我们仿佛一起倾听了当年的琅琅书声和稷下辩论,激动不已。至此,对我来说,书院还未破土心中先自有了梁木。它是众手举力搭建的。

读书处

十余年来我一直寻找和迷恋这样一个读书处:沉着安静,风清树绿;一片自然生机,会助长人的思维,增加心灵的蕴含;这里没有纠缠的纷争,没有轰轰市声,也没有热心于全球化的现代先生。在这里可以赏图阅画,可以清诵古典,也可以打开崭新的书简。可惜这在以前仅仅是耽于幻想,而在我徘徊林中河畔之时,这样的机会总算实现了。只要带上书,携一个水瓶来到林间空地,坐上干艾草或一段朽木,背倚大树即可有一日好读。来时天气晴好,心情自然。若风雨袭来时则可奔海边渔铺,太阳热烈时会有枝丫遮护。远近是鸟鸣兽语,海浪扑扑;仰向高空,或可见一只盘旋的苍鹰。

我相信有一些好书必需自然的润释，不然字迹就会模糊不清。记得以前苦读中尚不能明了之处，一旦坐上林中空地则一概清明、进而着迷。特别是中国的典籍，那简直是由花草林木汇成的芬芳精华，除非远离现代装饰的房间而不能弥散。我与三两好友入林读书，一天下来不觉得疲累，也不感到漫长，而是于陶醉中享用了宝贵的时间，有一种最大的休憩和充实的快乐。

我不知道古代的稷下先生们踏上这里是怎样的情景，此地又做了什么用场。但我相信这里绝不会是林荒。因为它离一个繁荣的古港只有短短一华里，想必会有不薄的文明。时越两千余年，它的斯文不灭，仅仅是沉淀到土层而已，化为一片繁茂的绿色生长出来。我甚至想象那些稷下先生就站在此地辩理说难，手掌翻飞，一个个美目修眉，仙风道骨。总之沧桑巨变，隔海听音，丛林守护的大半是永恒的精神。

林中阅读的间隙少不了神飞天外，幻想起浪漫的远古。我想象那些远涉大洋的探访，琢磨《史记》上记载的那段惊心动魄的大迁徙，心中怦然。这段史实比哥伦布发现新大陆还要遥远和惊险。不知有多少次了，我与朋友在这里流连，时有讨论。有一次当我们安静下来，甚至发现了一只专注倾听的大鸟，它隐在枝叶间一动不动。这或许是两千年前的一个灵魂，是他们飞越时空的化身。我记得朋友先是一怔，接着响起喃喃诗声，连接了草木的一片窸窣。

在这样的时刻我们不能不又一次意识到，这种情与境在全球化的喧嚣中已近梦幻，它真的是太奢侈了。这种奢侈实在不可以独有。一种分享和转告的念头滋长起来，并在心底发出催促。我们知道，应该脚踏实地做点什么了。那种长期以来的理想和期盼正与此时心境暗合如一,让人把一个深长的激动悄悄隐藏下来。

多么静谧的林子,海浪都不忍打扰它了。

开筑了

修筑一座现代书院的心愿渐渐化为一张蓝图。书院不是研究所,也不是一般的学校。"书院"这两个字所包孕的精神和内容,或许只可意会。它在今天将是什么形象和气质,真得一个独自守持的人才能把握。当然,它不能奢华也不得张扬,只应安卧一角倾听天籁,与周边天色融为一体。静下时不由得问一句:自宋代风行的书院体制缘何由兴到衰,它宝贵的流脉直到今天不绝,其缘由又在哪里?

我知道,在一个角逐急遽同时又是极尽虚荣的时光,筹集巨资团结商贾筑起皇皇楼堂已不是难事。难的是始终敛住精神,收住心性。今天做事未必秘而不宣,却难得坦然自为。一切不仅是为了结自己的梦想,而是接续那个千年的梦想。一条港栾河波浪不宽,如何载得起这么多沉重,可见须得一点一点经营,一抔一抔堆积。首先学会拒绝,然后才有接纳。砖石事小,人脉为大,有一些质朴的精神,有一点求实的作为,这样才能有一个起码的开端。

我让善绘者一遍遍描叙轮廓,让专门家细心制定结构,又经历三番改动五次争论,终于有了个主意。我甚至想象,它该是顺河而下的船夫登岸歇息处,是造访林莽的远足借宿地,是深处的幽藏和远方的消息,是沉寂无言者的一方居所。朴素是不必说了,但要坚固得像个堡垒。古代书院并不高大,今天的书院也不应太隆。它要隐在林中空地上,伏下来静听河水和海声;每天到了午夜,它会有一个深长的呼吸与林海河流相通。不言而喻,它的身边还应有古树老藤,就是说它系连着原野上的一草一木。我对施工的人说:在这儿人是第一宝贵,树是第二宝贵。

开筑了,最初的日子颇为顺利,但地基深挖下去就遇到了古河淤泥,这就需要清泥填沙,需要打进粗长的水泥桩。还有尽力躲避空地林木的问题,因为一不小心就会碰折一棵树。事至半截有野夫纠集一起,有零零散散的阻拦,这些当不出预料。有人出面化解鼎力相助,更是感激在心。总之同志们未敢懈怠,只盼早日成就起来才好。整个过程都有赖地方,他们守土有责,爱惜文物,拳拳之心令人铭记。七月大雨,冬月霜冻,施工者辛苦劳作,操持者多有勉励。

一砖一瓦都取舍再三,权衡难定。最后采用了京西山地层石做了瓦顶,南国粗砖做了围墙。一时见仁见智,褒贬纷纷。

筑 起 了

不管怎么说石瓦砖墙在绿树下闪闪烁烁,再加上地场开阔,真是令人目光一亮。它绝不似拟古之物,又不像摩登馆所,只与林河海野两相厮守。砖石事毕,剩下的事就是把周边整饬一番,把内里稍加装修。这一切当然还是力求朴素,以功能为先,要让人既安居又心定,于是尽可能放弃炫目扰神的饰物。现代的时髦累赘务必去掉,一味仿古的不伦不类也当力戒。总而言之有适当之形式,有合理之心情,能居能为,可迎可送,如此这般也就可以了。它绝不该是声名远播的辉煌庙堂之类,也不会有高僧在这里日夜诵经。这只是当今的人和事,是现代的一处藏书访学和研修之地。

古书院素有三大要务:一是讲学,二是积书,三是接待游学。今天三大要务需一一承续,但又不可强为,不可一味拘泥;一切或可量力而行,所谓的随缘成事;既有所发挥,又能够坚守根本。现代书院既未有先例,也就多了许多尝试的功夫。这一点我和朋友认识同一,只想从头做起。凡事不求广大,不追虚名,不恋热闹,不借威焰。有三四同道即可,有远方讯息则安。爱书籍爱思想爱自然,勤奋劳动,不打扰乡邻不增添俗腻,始终如一地做下去就好。

我和朋友一起制定了个公约:书院选址在此,就要爱惜此地自然,绝不能损伤一点动物林草;所有在书院做事营生者,都要做个体力劳动与脑力劳动相结合者,不得终日室内攻读或消闲懒散,而要每天于野外做工,所有劳务凡能自己动手绝不找别人帮助;最好每人学一份手艺,农事,木工,园林,装裱,陶艺,所学必得应用,并在应用中日见精密;无论做学问做日常功夫,都不必受时尚驱使;要心安勿躁,勤勉认真,崇尚真理。

书院建于此,不仅因为自然之诱惑,还借助人事之祥和。所以要人人自珍。书院大门上左书"和蔼",右书"安静";进入大厅右折进入接待室,则可见内悬匾额:"这里人人皆诗人"——由最初的平静温煦入门,待登堂入室,再感受一种热烈和浪漫。书院的最终、她的本质,仍还是一种执着求索的情怀。能够保护和持守这一情怀的,当然首先还是一种自主自为的精神环境,一种与喧嚣稍有隔离的自然环境。这也许是现代生活中最为宝贵的。

终于说到她的命名了:"万松浦书院"。其中的"万松"不难理解,因为地处两万亩松林;"浦",是河的入海口。

　　中国历史上有许多书院。其中成名并流传的有三大书院,至今仍然运行的仅余一二。书院废弃的原因各种各样,比如人们马上会想到的兵火战乱之类。但细究起来还是人们面对野蛮,特别是面对庸常时渐渐失去了坚持力。因为直接被大火烧掉或失于兵匪的,毕竟还是少数。而在绝望的岁月中慢慢坍塌冷落拆毁的,恐怕要占十之八九。

　　万松浦书院立起易,千百年后仍立则大不易。

2002 年 12 月

美丽的万松浦

这个秋天我住在万松浦。这是我多年来第一次住在一个恍若梦境的地方。

书院有一个不大的院落,它约有一百余亩。说它不大,是指它坐落在两万余亩的松林里,在大海之滨,在一条长河的旁边。我的写作与读书处就在松林里,就面向了大海。一抬头就是松海之绿,就是波涛之上的各色船只。鸟儿们不停地在窗前嬉戏,探头向里观望,这使我愉快中反而不能专心。倒是远方的天际苍茫之色,引发我的邈远之思,让我想到此地此时的深意和情缘。我不能不一次次梳理心绪,沉浸和缅怀,于无尽的苍穹之间、极目之处,寻找自己的来踪与归路。

我心中是从未有过的清澈和安定,也是从未有过的多思和想念。许多事情想从头做起,又有许多事情想从头再做一遍。因为我有把握做得比以前更好。这时候没有过多的奢望,却有了更多的劳动的欲望。我和同伴们在读书写作之余一起盘算,想每人学一份手艺:有的学园艺,有的学陶工,有的学装裱;我则学木工。我想做一条很大的三桅帆船模型,还想做一些常用的器具。除此而外，依照原来的约定，我们还要每天到野外做一些工作，如除草、修剪、耙地、种植，莳弄茶园。这种活计每天不得少于五十分钟。与每天的苦读一样，这一切都是我们书院的功课。

很快，大家的皮肤比过去更黑了，举手投足间倒也少了许多呆气。思维也较过去直率单纯，并且有力。有客人说这真是个"桃花源""乌托邦"啊。可是我们林中人却丝毫没有觉得有什么特别之处，倒是充实自然得前所未有。我们劳动，体力脑力并用，室内野外兼顾，乐而忘返，总是于太阳落山之际方记起收工用餐。

有一天，下午四点钟左右，我携锹具走向院子，不意间打扰了七只公野鸡：它们正在墙边草地上觅食，胖躯长尾缓缓挪动，见了我一齐飞起，掠起的风都是笨重的。那七彩长尾啊，只有童话中才有。如此看美丽的自然离我们原本不远，仅仅是稍加看护，它就呈现出这般奇异。我于感动中连问数个朋友：你们可曾有过这样的机遇，一次竟发现七只公野鸡？他们摇头。

有一天早晨，一个朋友在书院松林上空看到了四十多只盘旋的雄鹰。

有一个下午，另一个朋友在书院的水杉树上一口气数到了一百多只喜鹊。

这儿不是"桃花源"和"乌托邦"，这儿是北方自然中的一隅。它在围困之中，它在等待之中，它在保护之中，它更在希望之中。不远处即是嚣嚣之声，幸有徐徐海风将其吹散，有滔滔松音稍稍覆盖。有什么美妙的情愫在这里孵化，然后就是艰难和欢乐交织的养育。

　　松枝上，我不时会发现一处修筑得十分结实的鸟巢——风起时它们仍然完好无损。

　　我在心里为这些鸟巢祈祷和祝福。

2003 年 11 月 12 日

万松浦纪事

古河道

万松浦书院东临的港栾河,如今看只是一条波澜不兴的小河。早在建院之初就有专家来勘测地形,他们同时也要关心周边的风貌。我请其研究一下古河道,心里很想知道这里原来的情形,因为以前听过许多关于它的传说。勘测的结果大出所料:原以为古河道再宽也不逾五六十米,谁知它当年竟然宽达一百四十余米,而且还是最保守的估计。

据说它在古代是一条大河,宽阔到足以行船扬帆,入海口处还形成了一个大湾,偏右一侧就是一个大码头,往东不远约十华里,就是更有名的古代军港:黄河营港。它们当是姊妹港。今天的港栾河湾右侧仍然是一个码头,一个小渔港兼旅游码头。

现在的河床里只逢大雨天才有水头从上游下来,平时虽然河水充盈,也只是随着大海潮涨潮落。河里鱼蟹很多,主要是鲈鱼和海鲇。在春秋天里,钓鱼少年在阳光里携一条银白的大鱼,模样煞是好看。书院门卫是个逮海鲇的好手,他用一个柳条篮子蒙一面纱网，里面再放几块西瓜皮投进水里，一会儿就能捉一些海鲇。

这条河与龙口界内注于渤海湾的绛水河、泳汶河、黄水河差不多，都起源于素有胶东屋脊之称的黄县南部山区，属于境内四大河。今天看这四大河中最小的就是港栾河了。大自然往往在不知不觉间发生一些惊人的变故，这个过程尽管在人间显得十分漫长，但在自然神的眼里只是短短一瞬。

也仅仅是四十多年前，龙口海滨的雨雪还大得吓人——有人说更早的时候雨雪还要大上几倍。我印象中，四十多年前的雨是真正可怕的：在夏天和秋天常有水灾，只要遇上一连几天不能停歇的大雨，老人们就要祷告了。在老人的祈祷声里，大雨浇泼下来显得格外恐怖。大雨像是毫无来由地下着，下个不停，虽然早已经沟满壕平。

当年记忆中的平原，到了夏秋天常常出现一片片大湖，那是白亮亮无边无际的大水。虽然地处海滨，但因为排水系统不够顺畅或干脆就是雨水太大的缘故，积水总是一连数周不能消退。高秆庄稼露不出梢头，地瓜和花生一直泡在水底。猪和羊被主人牵到了沙岗上，用绳索一一系上。那时猪要像狗那样戴上脖扣，模样显得十分可笑。

一开始下大雨是有趣的，因为一片大湖给人畅游的诱惑，给人新奇感。但是不久大人们的懊丧情绪就感染了我们。我们也开始忧心甚至是恐惧了。

最不能忘怀的是秋天收地瓜的情景：虽然好看，但性质是很悲惨的。年轻人划着门板到大水中央，然后一个猛子扎进去，冒出水面时手里擎着一个地瓜。这样的地瓜煮不烂，有一股难以下咽的苦味。那时候的收获真是可怜，不歇气干上一天，门板上才有一小堆地瓜。

只有捕鱼的事是令人欢快的。到处是水，也就到处是鱼。大人捕大鱼，小孩则捕小鱼。大人捕鱼为了生计，孩子们捕鱼是为了养在瓶里。那时候见过了各种各样的鱼：红的黑的，细细的宽宽的，还有长了绿色鳍翅的。那有着斑马一样花色条纹的鱼，在我们眼里简直就是不可思议的神奇生灵。

大水季节里发生什么奇怪的事情都不会让人吃惊。因为我们已经来到了一个怪异的日子。那时候我们常常听说一些闻所未闻的事情，有一次甚至听说海上出现了人鱼：它长得到处与人一样，只不过仍然还是一条鱼；它面对下网的人会流泪，会发出哇哇的叫声。它的眼睛据说像小姑娘一样妩媚。传说的事情虽然近在眼前，但可惜仅有极少数的人亲眼见过，而且问他们，他们总是一副遮遮掩掩的样子。

雪季同样让人心悸，让人难忘。那是铺天盖地之雪，是压在平原和沙岗上一冬一春不会消融的雪。厚得惊人的大雪使整个冬天都上演着悲剧：无数的鸟儿因为无处觅食而倒毙，一些身个不算小的动物也饿死在雪地里。还有不得不走上旅途的人，也时不时要掉在雪窟中。原野上再也无道路无标界，浑茫一片。在这样的日子里，只要变天了，乌云积得遮天蔽日，一家之主一定要在临睡前把铁锹收拾到门边，以防大雪封门时捣雪出门。

如今回想这些，竟然觉得像梦境一样不可信了。

这大概就是今天港栾河萎缩的原因。河里没有了帆影，没有了浩荡之气。时间的水流变得如此纤细，以至于难以承载自己的历史。在这条河的两岸，谁还能如数家珍地讲述当年？比如这条河的今昔、关于它的故事,更有两岸人物,他们那些惊天动地的豪举?

可是我们不能忘记书院是建在一片古河道上,不能忘记它的昨日波澜。

码　头

港栾码头每到了春天就热闹起来。我们书院沾尽了这个码头的光。只要有渔船来归,必是海物丰盛之期。渔人身穿胶布衣裤,浑身闪亮从船上下来,然后张罗卸鱼。小码头上的海物比城里鱼市上要便宜许多,而且鲜美无比。

码头西侧是一处绝好的泳场,沙岸洁净,滩底平坦,且没有激流,没有鲨鱼出没。东侧是最好的垂钓处,在这个地方可以毫不费力地钓到海鲇和小鲷鱼。有一年春天我们三两个朋友一起,只用了两个小时就钓到了一大桶。最愿上钩的是有毒的小河豚,它们模样可爱,不知好歹,贪吃成性。我们每次都把上钩的小河豚摘下来抛进海里,因此要费去不少时间。如果能到码头里面,在伸进大海那一面的人工礁上下钩,就会有更大的收获,比如钓到珍贵的红鲷。

从书院步行到小码头只需十几分钟;而从小码头坐船进岛,水路也不过才一刻钟。站在海岸这边遥望海里绿蓬蓬的岛,常有许多美好的想象。我们曾多次与客人一起进岛,并且带了车辆、备足了吃食,在岛上度过一天。

历史上,这个小码头远没有东边的黄河营港大。那里称之为"营",因为是一个军港,一个要塞。直到今天,那里还常常在周边挖出许多古物，如巨大的带辙印的铺路石、古军营兵器、大船锚碇等等。这个"黄河"不是通常所说的第一大河，而是胶东的一条大河。

《史记》中所载的方士徐市（福）骗过了秦始皇，三次去海中神山求长生不老之药的好戏，就在这里上演。其中的第三次带足了所需之物，并携走了三千童男童女和一些智慧人士、五谷百工等等，更有药品和其他种种。总之完全做好了一去不归的准备，然后就消失在茫茫大海之中，再无消息。

其实徐市这之前已经多次在海中寻访探究，起码前两次是勘踏路径。第三次即最后一次，也就有了这决定性的远航。这是中国历史上的一个大传奇，为中国的信史《史记》所载。《史记》上写到"齐人徐市"，写到他统领浩大船队抵达东瀛，看到了"平原广泽"，于是"止王不归"。许多人之所以把徐市的传奇当成彻头彻尾的传说故事，是因为他虽然骗的是千古一帝秦始皇，但毕竟是消失在渺海之中，于是只有开始，没有结果——整个故事没有了后半截。当时的航海技术对于西部蛮王秦始皇而言还多少算是陌生之物，但东部沿海的徐市们却运用娴熟。所以一队人马一旦入海也就如同泥牛，再无音信。

整个大传奇的后续故事在大陆上戛然而止，却没有完全消灭在深渊里，而是发生在东瀛列岛，即今天的日本。从考古上得到的越来越多的证明是，自徐市东渡以后，尚处于石器时代的日本一跃进入了弥生时代。而且关于徐市的故事和传说，已经遍及今天的日本列岛。

徐市东渡的摇篮就是这两个海港：黄河营港和港栾港。这已为众多徐市研究者所首肯。

这两个海港既是徐市庞大船队的集结地和出发地，也是他建造船队和训练水手的营盘。这一次伟大的探险和跋涉大大早于西方的哥伦布，其准备之周详，行动之隆重，意义之深远，也早已超出了哥伦布当年。

今天已在中国境内发现的有关徐市东渡遗址的，就有山东胶南的琅琊，青岛的沐官岛，河北的千童县，江苏的连云港。这说明一次划时代的壮举并非一蹴而成，而是经历了诸多筹划、百般计议、无数实施。这其中必有虚实相间，有尝试和失败，也有暗中的密谋和得计。

想一想当年的坎坎伐木之声，造船的浩大场景，再看看今天小港的微风撩波，尽可以留下万千感叹。

桑　岛

这个椭圆形的岛与书院相对，二者隔开了十里水路。海岛横卧于碧波之中，绿色葱茏，房舍或隐藏于雾气或闪亮于艳阳，是对面一片不变的诱人美景。我想该有一个上等骚客为其写下一首"桑岛赋"才好，可是几千年过去，华文美章还是没有等来，殊为可惜。

岛上有九百户人家，可见也不是一个很小的岛了。名为桑岛，可是如今岛上并没有几株桑树。它的西部和北部都是一片槐林。传说是当年徐市在岛上植桑养蚕，并从这里将纺织丝绸的技术带往日本列岛。由徐市把桑蚕带往日本是可信的，但桑岛作为养蚕基地则有些牵强。因为龙口一直是富饶的古莱子国故地，其西北部一直为鱼米之乡，不可能唯有一个海岛才更宜于植桑纺绸。当年这个岛上很可能生长着可观的桑林,以至于成为一时的风景也未可知。

岛上几乎全是渔民,早在二十多年前就拥有出外海捕捞的大型渔轮。中学时期开门办学时,我们几个同学被遣来岛上,曾在这里度过了一段欢乐时光。那时我们常常作环岛游,在南部的滩涂上拣海菜,在东边的礁丛上捉螃蟹。记得有一次捉了一只海参,因为第一次面对这种活的海珍,一时竟不知该怎么办,只用手攥住,想不到走了一会儿松开手掌,它早已化成了一汪汁水。我们那时胆大妄为,合计着要写一个船队去远海捕鱼的剧本,还提出上大渔轮出海以"体验生活"。一个红脸船长听了哈哈大笑,说你们在风浪里折腾一天就会呼天号地。我们仍然坚持上船,但最终未被应允。

现在岛上有了城里人开发的旅馆房舍,而过去全是清一色的海草房子。岛中出产一种深黑色的岛石,坚硬致密,是最好的建筑用材。一般的岛上房屋都由岛石做基,配以海草屋顶和泥墙,望去别有一番韵致。全岛只有一个淡水井,井口的石板上已磨出深深的绳痕。几十年来曾多次勘查淡水井,结果都没有成功。可是这唯一的淡水井用了千百年,想不到近些年渐渐有了麻烦:开始渗出咸味,最后竟不能饮用。现在岛上不得不使用一套海水淡化装置。

有一个夏风轻拂之夜,我和一些朋友站在书院北边的海岸上,突然对面的岛上放起了焰火。海里映出彩练,星夜更为绚丽,一时照亮了几千年的荒芜。

一年多来,我一直与朋友筹划一个事情,就是为书院在桑岛置几间海草房子。因为每一次与来访学者去岛上,都会引起他们的一片钦羡之声。如果岛上有我们的居所,就可以让四方友人安心地住在岛上,让他们尽情地亲近这个岛。

现在虽然岛上也建了旅舍,但奢华并非适宜于我们的朋友。我们倒希望这始终是一个淳朴的岛。因为我们知道所谓的各色开发,各种现代变革,带给自然之子的往往是更大的不安,有时甚至是可怕的变故。如果桑岛一直能够拥有一片洁净的海水,能够世代捕捞丰富的海产,过上一份安定丰足的生活,就是最好的事情了。实际上几十年里岛民的生活一直优于对岸,他们并不羡慕岛外的人。

特别值得一提的是,桑岛出产的海参品质极优,售价也远高于国内其他海域,是一种效力奇特的滋补珍品。在龙口,甚至是整个胶东地区,人们最为信服的滋补品就是海参。说到什么营养和进补方式,他们首先想到的也是它,很快会睃着你问一句:"还能比得上海参吗?"

提起桑岛海参,当地人神情傲然。

依　岛

依岛如果称为桑岛的卫星岛也不为过。因为它就在桑岛的西北侧,是一个没有人烟的荒岛。从桑岛去依岛并不是一件容易的事,虽然二者相距不远,但中间有一道难以逾越的激流。我曾请朋友摇一条小船送我去一次依岛,朋友伸伸舌头没敢应承。

依岛其实是一个极为有趣的岛,我早就听过许多关于它的传说故事,这些故事虚虚实实,难辨真假。有人说很早很早以前岛上曾过有一户人家,他们想必是胆大过人,敢于独居。想想看,在一座孤岛上，没有四邻，又因激流阻隔出岛极不方便，生活起来该是多么冒险。可是他们也会拥有另一种快乐，那大概是国王般的快乐吧。一个岛国，领地也就那么大，可是能够任由独一无二的主人自主自为。

这个小岛上没有淡水，所以那一户人家只能采集雨水。听说如果从那儿到桑岛上来，只有一条水路可以稍稍绕开那道激流。我们想象独居小岛的人家每一次回桑岛会是怎样的情形。桑岛对他们来说就是母亲岛。

即便是桑岛的人也很少有登上依岛的。问一句依岛，渔民们往往笑而不答。再问他们依岛平时派什么用场？他们就说：那是躲避风暴用的。这让人不明白，桑岛为什么就不可以躲避风暴？要知道海上起了大风，船驶回桑岛与依岛都差不多啊。

可能是过去的渔场在西部，那儿离依岛更近的缘故吧。但更有可能是从渔场回返时，依岛的水路更顺畅一些。我们知道，有经验的老渔人放眼去看大海，就像我们平常瞭望大地一样，哪里有沟坎河流，都一清二楚。

反正后来那唯一的一户渔民也从依岛上消失了，他们搬离的原因不明。现在依岛上还留有半坍的房屋二间，是否为原来的居民留下来不得而知。但据说里面锅碗瓢盆齐全，还有一点饮用水和吃的东西。这一切都源于渔民的一个规矩：时刻为遇险的渔人准备着。

传说岛中的小屋里还有两块叠放的大石头，石头下压住了一个小纸包，里面有一点神秘的药面：所有在海中被毒鱼所伤的人都可以被它挽救。

近几年来不断听说一些巨富打起了依岛的主意，想把它买下来开发经营。有的竟然放言，说要在岛上开设一个大赌场。他们大概要效法沙漠中的拉斯维加斯，想起了灯红酒绿和声色犬马。不言而喻，现在的一些人是极善于模仿的，特别是模仿西方。但可惜对于这块属于国家的、很小又很完整的水中方寸，许多主事者也没了章程，一时真不知该怎样处置。所以十分有幸的是，它至今还在那儿荒芜着。

只要留下一个岛屿，也就留下了一片诗情、一些故事，更有一些美好的想象。

屺姆论剑

屺姆岛是个伸进海中的半岛，距离书院只有十几华里。那里与两个海岛不同的是，它已经被尽情地开发了，上面已经有了胡编乱造的"名胜古迹"和一片花哨拙劣的建筑，以及必不可少的一个泳场。那里澄清碧蓝的水域倒是可爱无比。

岛上还有两大雕像：一是明代的名将胡大海，一是东渡日本的秦代方士徐市。徐市东渡时期少不了在这个天然的深水码头徘徊，这里与港栾码头及黄河营码头同属"东渡"的旧址范畴，当不算虚言。但胡大海的传说与"屺姆"的由来却有些可疑。它说的是这位名将在征战中不得不将老母寄托岛上，因而此岛才得名"寄母（屺姆）"，还以岛上有许多胡姓为证。此说牵强，显然经不住推敲。

胡大海的雕塑没有特色，属于泛泛之作，大概出于商业雕工。徐的雕像颇有内容，神色凝重，或许当初有过一些认真揣测。

前几年我陪一个诗人去岛上游泳，因为天色太晚，看一看岛景迷人，也就宿了下来。当时正逢酷夏，四处热得不可忍受，唯有屺姆凉爽宜人。那一天直到深夜，我们面对明月，迎着徐徐海风，真有点不忍睡去。我们一会儿凭栏远眺，一会儿又端坐窗前，最后躺在床上还是聊天。陪我们的另一个朋友就在一旁，我们坐他也坐，我们躺他也躺，只是于黑影里不吱一声。

不记得那个美好的夜晚都说了些什么，只有一片愉快留在心里。可是那个陪同的朋友事后说起来却仍然兴奋，用力点一下头说："你们那是——'屺姆论剑'啊！"

多么有意思啊。不过怎样论呢？

那个朋友说我们那一晚的话他还句句记得，并且觉得十分受用。我问谈了什么？我们不过是在闲扯啊。他摇摇头："嗯。可不是闲扯。"但他什么也没有讲，不再复述。

一些美好的朋友来到一起，就像最好的自然景致一样，一旦经历也就会长久地记在心头。我今天回忆起来，有时候那些美好的相逢的确是难忘的，每每回想起来就在胸口那儿温暖一下。不过，像屺姆之夜一样，交谈的一些具体内容许多时候倒也记不清晰了。

那一次，有一个当地官员第二天赶到了屺姆。他是慕名而来，因为他年轻时就读过诗人的词句。官人前来索求一部诗集，诗人懒洋洋地看着对方，一直没说行还是不行。吃饭时官人请客，饭菜当然丰盛。可是其中有一盘腌辣椒，简直辣得可怕：诗人伸手捏起一枚填到嘴里，抿抿舌头就咽下去了，面色不改。官人于是满脸惊异地看着诗人，又看看大家。诗人目不斜视，又捏起一枚填到嘴里。

这一天分手时，官人又提到了诗集的事。我代诗人应了一句："他回去会寄的。"

诗人走了。一年之后，那个官人找到我，有些沮丧说："他还是没有寄。"我问："我也写诗，我送你一本不行吗？"官人摇摇头："两回事的。"

莽林的阴影

龙口在我的心中是这样一个形象：丛林茂密，一望无际，天气湿寒。可是现实并不如此，除了南部山区有些林木外，再就是书院附近的几万亩松林了。所有来书院的客人放眼四周，无不大赞一声：好一片松林。

其实这仅是我记忆中的十分之一。眼下的林子诚然可爱，但美中尚有不足。这遗憾留在心头不为人道，却不能说没有。也许本来就不是遗憾，而直接就是痛，是伤口。

龙口受伤的历史，其实就是整个人类受伤的一个缩影。这样讲毫不夸张。我们的大地如何变迁，我们的家园怎样受辱，只需看看龙口大地便可知晓。早在秦代这里就属于天下名郡黄县的属地，一直有"金黄县"之称，在海内最早拥有渔盐之利，是炼铁术和丝绸纺织业的发源地。古黄县统辖范围大约是今天的几十倍，包括辽东半岛的一部分，更囊括今天胶东的主体，有山脉有平原，东与南北三面临海，且有兴旺的畜牧业，盛产稻米。黄县的大部分土地原来属于古莱子国，这个古国后来被齐所灭，齐于是获得了东部沿海最富庶的地区，一跃成为最强盛的大国。古莱子国的都城就在黄县境内，即今天的龙口市归城一带，那里至今还保留了古国的夯土城墙。齐国既是天下繁荣之邦,最后却被相对落后的西部秦国所灭。秦国强悍,齐国则强而不悍。在古代,先进地区被落后地区所战胜的例子屡见不鲜。物质极其丰富、文化极其繁荣的国家,尽管其科技水准相对先进,但由于普遍处于农耕时代,对落后地区不见得就有什么军事优长,更多的却是被物质所累——面对异常强悍的民族进攻反而失去了抵御力。

当秦国一切都还处于粗粝原始的阶段,齐国已经拥有相当细腻的生活了,那些贵族阶层可以说出有豪车居有华屋;齐都临淄,商业极为发达,一片歌舞升平。几千年前的孔子在齐都听了韶乐,竟然兴奋激动得三月不知肉味。

当年天下所有的美酒丝绸骏马,先是悉数集中于莱子国,囤积于黄县归城,再后来就是——齐都临淄。

今天的黄县只是古黄县的缩影。就像上帝有意为之、格外偏爱似的,这里三分之一是平原,三分之一是丘陵,三分之一是山区;另外还有自己的两个岛屿、一个半岛。从上苍的眼里看下来,这里可能就是一个美丽的盆景。几百年来,在葱茏的胶东半岛上,黄县一直是富饶安逸的代名词。

不说遥远的古代,只说一百多年前,这里是怎样的自然风貌?根据记载,也还有老人的回忆,此地是一片茫茫无际的森林,到处流水潺潺,古树参天。

直到六十多年前,近海四十多华里的一片广袤还被自然林所覆盖,那时候的人轻易不敢单独深入林中,人人害怕迷路。四十多年前,沿海的林地虽然大大萎缩,但仍然拥有好几处林场,有一片片阔叶林和针叶林交混生长的十万亩苍茫,其中活跃有很多狐与獾、黄鼬之类;天上有苍鹰盘旋,草间有野兔飞驰。今天呢？苍鹰犹在，野兔尚存，可是林木只剩下了区区两万亩，而且以人工防风林为主。

如果人类的认识再深入到远古呢？那么这几十年来的地质勘探告诉我们，黄县龙口一带沿海并深入海中几十公里，当年全为茂密的丛林所簇拥。时光流逝，物非人亦非，无边无际的丛林被埋到了一百多米的地下，所以今天这里就诞生了中国第一座海滨煤田。

原来自从有了人类以来，我们就一直走在一条告别绿色的道路上。我们离曾经有过的那片莽林越来越远，越来越远，直到今天，已经快要走到了一片不毛之地。

雕　　塑

我们一个多才多艺的朋友在书院待了十几天，临到走时觉得来去空空，没有为书院留下点什么，遗憾得两手搓动。他在院子里来回走了一会儿，又站在高坡上看一看，最后长时间望着北部的大海。后来他说：让我为这儿搞一个雕塑吧？我们都吃了一惊，因为他虽然是半个画家，但从未听说他还是个雕塑家。有人将信将疑，问用什么材料？他说：铁。

接下来，一连几天他和书院的人出门找材料，在一些工厂的废铁场里转悠，回来时或沮丧或兴高采烈。他们找到了一些粗铁筒、角钢、铁球等等。这些废料装车时，场里工人十分困惑，问书院随行的人：弄这些能做什么？对方答：咱不知道。工人又指着铁球问雕塑家：这好做什么？回答：头发。"头夫（发）？""头夫。"

雕塑家把一堆乱七八糟的铁料运到了离书院不远的小码头上，然后就干了起来。他找来的帮手是一个码头气割电焊工，两个人比比画画，极为认真投入。电焊工脸色黝黑，有时点头，有时目光呆滞地看着他。

他们工作了一个星期，小码头围看的人越来越多，有打鱼的，有渡轮上下来的游客。大家都产生了不能遏止的好奇心，在一边指指点点。他们猜测，还在一旁打赌，看谁估计得更对：有的说是要做几个放东西的大铁筒，带盖；有的说是某种器具的壳子；还有的干脆说就是在制造垃圾箱之类。但唯独没有人想到这是一件艺术品。

又过了一个星期，两个粗铁筒不仅连在了一起，而且上部出现了镂空的眼睛，有了嘴巴和角钢做成的鼻梁。围看的人终于明白了什么，看懂了这几天两个人一直在忙什么，于是一齐叫起来："是做了大胖孩儿！"喊过了，有人又细细端详，发现了新的问题，觉得实在受不了，面红耳赤走出人堆，指着镂空的地方问："眼珠呢？"对方回答："没有，这里不用了。""不用眼珠？嗯？"他愤怒地望向四周，希望得到支持。可是这时候围看的人都直盯盯看着这件奇怪的玩意儿，其中有一个嘻嘻笑着："一个胖孩儿没有嘴！"另有人指着圆筒上部、四周连在一起的那些铁球说："看吧，这就是头夫（发）！""真是头夫！"

两天之后，雕塑家和电焊工把他们的作品移到了书院广场上，使用了一台吊车。安放在哪里呢？雕塑家四下转了一圈，提议放在西南部槐林边的草地上。可是这件雕塑需要一个基座，哪里去弄呢？事前又没有计划。大家都围在一块儿议论，愁得要命，嘴里咕哝着："怎么办呢？想个什么法儿？"正这会儿过来一个黑黑的个子不高的人,原来是住在书院的另一位客人——他两手逐一分开围拢者,两只手掌分别向下轮换挥动,说:"这么办!这么办!"

他领几个人走向海边。那里堆放了一些修砌海堤的巨石,他从中挑选了最大的一块,上面还有一个洞眼,他说正好用来固定雕塑作品。吊车转眼就把石头弄进院里,然后很快把雕塑安放妥帖了。接着就是喷漆,喷成了火红色,与一片碧绿的环境相互映衬。

这时候退开几步再看雕塑吧——原来这是几个神色凝重的人,他们高高矮矮并肩而立,正望向西北方,那里即是一片无边无际的苍茫大海。他们永远这样遥望着。

怎样命名?雕塑家咬着嘴唇,面有难色。围看的人相互瞥瞥,一时都说不出什么。正这会儿又听到了一旁有人大声说:"这么办!这么办!"原来又是那个黑黑的个子不高的人,他伸手拨开众人,手掌往下一挥说:"就叫'凝望'!"

是的,没有异议,就叫《凝望》罢。

惶　恐

去年十月间,闻声来访书院的客人中有两个异人。一个是雕塑家,长得身高腰隆,巨腹吓人,宛如将军,单名一个"艟"字。另一个面如釜鼎,身个不高,浑壮有力,单名一个"犅"字。艟已年近五十,心性志趣却与儿童无异。这人确有奇才,敏而有悟,能把所见一切人与动物模仿得毕肖。他听了《二泉映月》,抓过二胡撸弄一会儿,竟然发出了与音乐磁带录音极其相似的演奏声，可惜只有第一句。他还善画唐马——即肥臀细腿的那种，这都是看了一个画家之后的模仿。来书院后他觉得应该有所贡献，每天端着大碗吃过之后，嘴里就念一句："今日吃饱这顿饭，再为书院立新功。"

㠭找来了一些瓷盘，然后就画了起来。那都是一些绚丽的现代画，看上去真是独一无二。上面画了猫和狗、虎豹之类，但面容却酷似一些熟人。他画的一只小老虎，一眼看上去绝对像同住书院的那个牅。有一天他正画着，看到了一位大家都熟悉的倩女在电视上哭，于是随手就把她画了出来。

傍晚走在书院松林中，他听着狗叫就说："空气多么清新；还因为——有树；听听狗叫，亢、亢、亢，是一种金属声。"他对书院同时期来的客人，最喜欢的就是牅。他说："谁有才能？牅才是真正有才能的人。"我们问他为什么？他说："无论遇到了多么难的事，大家都愁眉不展了，不知该如何是好了，牅一步闯过来就说：'这么办这么办！'然后就迎刃而解了。"所以有许多时候他只和牅在一起。

㠭善画会写，还做过陶艺和雕塑，每一样都在平常艺人之上，只是不能持久。他作画时问站立一旁的我："咱画哪种？"我想了想说："黄宾虹好不好？"他于是找来黄宾虹的画集研读几日，关门闭户。再次见了我时，他声音平静地说一句："也就是黄宾虹了。"我一张张看了他积在桌上的画，真是酷似黄之画集。

有一段时间他在书架前站立良久，忽生写作之念，问我该学哪位作家？我顺手抽出了一本索尔·贝娄的书，他取走了。几天后他把写出的片段拿给我看，让我不由得一阵惊叹：其语气风貌，真的像索尔·贝娄！

稍稍可惜，他不能长期专心一事。我观察，他只有与动物和牺相处时，才能保持永不疲惫永不厌倦的心情。他与牺一起琢磨画瓷盘的事，两人可以在屋里闷一个上午不出门。他不止一次对我说："牺真懂啊！牺说得真对啊！"

艟住在书院西边林中的研修部里。这是一幢六百余平方米的三层小楼，尚为安逸。艟本来住得颇为惬意，谁知有一天邀牺同住，牺突然就慌张起来，边退边连连摆手说："不，不不！""为什么？"牺还是往后退，嗫嚅道："也就是艟，是你在这儿吧，我自己，大白天也不敢进这座小楼啊！"艟紧紧追问："怎么怎么？"牺无能为力地摊开两手："不知道。我也不知道。一进来就害、害怕。这楼里有一股钢、钢硬的什么气。我顶不住它啦……"

牺一个人大白天从小楼旁走过时，总是用眼角小心地瞥它一下，然后匆匆而去。

自从那次牺说了害怕之后，艟就不安起来，非要让我与他同住这幢楼不可。他常常四下打量楼内，神色肃穆，不再专心于写和画了。有一天我因事离开了一次，半夜里突然接到了他的电话，语气里全是惶恐和恳求："你快些回来吧！你怎么能让我一个人抵挡这股钢、钢气！"

南　　方

在书院筹建之初，负责人老德与筹建处的小王要去一次南方：参观几处古书院。他说，做什么都要有些见识，要看看别人是怎么办的。这当然有理。一路上乘车坐船，好不辛苦，但总算是看过了许多地方，特别是看了岳麓书院和白鹿洞书院。

回来时，两人抱回了许多关于书院的书籍。老德说："照这样建就行。"我问起一些书院的事情，随口说了一句："那些古书院大概规模不会很大吧？"老德立刻瞪起眼睛说："哪对！大啊，好几千亩啊！"

一说起南方之行，同行的小王就觉得有意思，嘿嘿笑。小王说，老德一定能把书院建好，因为他善于学习，有好奇心，一路上遇到什么事情都问得很细。小王特别说到这样的事情：在江南路边，常有一些女子摆摊，她们那是为过路人有偿作诗——只要报上姓名，她就能把对方的名字嵌进诗中，而且十分和顺动听。老德见了，一定要在摆摊的女子跟前停下，把作诗的全过程看下来，以至于耽搁了赶路的时间。每一次从摊前走开，老德都满口感叹，自言自语道："原来南方遍地都是才女啊！"

我听了小王的叙说，觉得老德真有意思。有一次老德来访，我特意问起了南方之行，主要是路边女子作诗的事。老德马上叹一声："哎，原来南方遍地都是才女啊！怪不得他们那儿经济发达……"

沉　默

书院里平时多么安静，因为大家都在室内做自己的工作，只有到了下午四点多钟，也就是课间操时才走出来——不是做操，而是到园中劳动。

因为对书院的挚爱和厚望，常有一些热心人从南南北北来到这儿，要为书院无偿地贡献自己，说是做个"义工"，让人感动。时间一长，书院渐渐人气充盈，井然有序。工作人员中有一个叫

"老佃"的朋友，常与我一起讨论自己工作的意义、书院的意义。他每到此刻就议论横生，嘴角生沫，真挚而又热情。看着书院里来来往往的一些学者和专家，老佃就说："我多么喜欢他们啊！"

一些专家来书院里座谈、讨论问题，正好是书院工作人员精神聚餐的大好机会，大家都停下手头的工作去旁听。每一次听完，员工们都很满足，并把自己理解和受用的一部分记下来，有时还聚在一起讨论。

有一次从四面八方来了一些教授和学者，他们逗留一周，共进行了两场研讨。这是一些多么热烈的、高质量的讨论，书院的人自始至终都在旁听，认真做着笔记。老佃从来都是最专注的一个，他一边记一边无声地动着嘴唇，像是在重复和默念什么。一位我素来敬重的艺术家谈到令人厌恶的时风和世相，愤愤然道："真诚等于自杀，理想等于毒药！"

那时，我看到老佃的笔不记了，嘴唇也不再活动，一下怔在了那儿。他手托腮部好久，欠欠身子像要站起，后来还是坐在原地。他这样一直到座谈会结束，只目不转睛地看着那个艺术家。

从座谈会上下来，他在走廊里一转身正好看到了我，就一把攥住了我的手。我发现这会儿老佃由于过于激动，右嘴角翘得很高，说："他说得真对啊！真对啊！"我问什么真对？他就重复了那句话。我点点头。

他还要和我讨论下去，但因为我要去招呼客人，就走开了。

但老佃从那次座谈之后就发生了变化。他常常陷入沉思，不再像往常一样愿说愿笑，偶尔还要面壁出神，一双眼睛似乎有些歪斜。我担心发生什么不祥的事情，就想找时间和他好好交谈，想听听他正琢磨了一些什么。谁知错过了那天座谈刚结束时走廊上的机会,他已不再想说什么了,我们相对而坐,他只是沉默着。我一遍遍提到了那次研讨会,他仍不吱声。他的目光转向了窗外,像在捕捉学者们远逝的身影。这样待了好久他才转过头来,对我深深地点了一下头。

我提议到院子里走一走,因为我怕他运思太累。我们一起走在鲜花盛开的甬道上,两耳全是鸟喧。他的目光或落上甬道,或望向重重叠叠的林木,一声不吭。这样走了许久,当来到一条岔道时,他站住了,像在犹豫走哪条路。当他往旁边跨出一步时,又一次对我用力地点了一下头。我抬头看他。这会儿他一字一字说道:

"他说得真对啊!他说得太对了!"

哭

到现在为止,我只遇到了三个善哭的人。

其中一个是老艺术家,今年快要八十岁了。只要一提到上级领导对艺术家的关怀——有时仅仅提到领导的名字,他就要哭起来。这是一种真诚的、毫无牵强的、朴素的泣哭。其可贵就在这里。而且我特别注意到,这种哭不是因为衰老的缘故,因为在我的记忆中,从很早以前这位老艺术家就这样。

老人提着拐杖走来,我赶紧上前搀扶他。我问老人的身体和近期创作,不小心提到了一次座谈会——我忘记了那次座谈有一位领导参加——于是老人马上说出了领导的名字,然后呜呜地哭起来,边哭边擦眼睛说:"我们,我们怎样努力工作才能、才能对得起他、他的关怀啊!难道、我们……"我正想怎样劝慰老人,谁知老人从这次座谈会又联系到了前年的另一次什么会议,那次会议也曾有另一个领导人出席，而且——"领导从台上下来正好看到了我，就过来和我握手，问我的身体怎样！我……"他的泪水再也不能终止。

在老人泣哭时，我看着他在漫长的艺术生涯中，在不息的操劳间变得稀疏的、雪白的头发，还有所剩不多的牙齿，心里泛起阵阵不可遏止的怜悯。我多么想劝老人再也不要哭了，不要了，可他那时已经完全不能自已，什么话也听不见了。

另一位是一个五十多岁的朋友，我们不常见面。他是一位业余写作者，很少动笔——我较少看到比他更为多情的、更为珍惜情感的人。有一次我们一起散步，走到一个桥头他突然止步不前了，然后直盯盯看着桥边的一棵火炬松。当我们终于又往前走去时，他的眼窝开始发红——只不过我没有注意。因为他毫无铺垫地就说起了二十多年前的一位女同学，长叹："那身个啊！那眼睫毛啊——往上翘着啊！"说着说着就哭了起来。我看出他在用力压抑自己，尽量不哭出声音。就这样啜泣了一会儿，低着头。后来他抬起头看我时，我发现他正紧紧咬着牙关。

记忆中还有一次，我和邻居出门办事，刚走到了路边又遇到了那位朋友。他快步迎上来，于是六双手紧握，抖动，那位朋友眼中泪花闪闪。"我们多久没见了啊！我们……"他的声音最后低得不能再低。我马上说起一些愉快的事，于是他又破涕为笑了。可是这样刚说了没有一会儿，他的眼睛转到我邻居身上，目光立刻凝住了。邻居不知该说什么才好，正犹豫着，我的朋友咬咬嘴唇说起来："你父亲在世时对我多好啊，他晚年还对我说，让我读一些、一些书……那真是言传身教啊！你父亲……"朋友说到这儿已经泣不成声了。

这一次他哭得太厉害，一时我和邻居两人都不知该怎么办，真是手足无措。他哭着，同时也想极力忍住，这是我们都看得出的。他只是不能够立刻止息。大概他怀念和回想起的事情太多了，并且所有这一切对我们又一时难以尽言。

　　这位朋友给我印象更深的一次哭泣是在前一年的春天。那是我去参加一个音乐家的大型座谈会。中午吃饭时我们正巧坐在了一桌，于是高高兴兴又一次见面。菜上得很慢，大家边吃边聊。我的朋友看着桌子边上的人，看着看着眼圈又有些红。他转脸瞅瞅我，把手放在我的手上，拍打着说："你这么忙，还是赶过来开会了。大家在一起讨论多么好！我听说你也要来，他也要来，我一看大家真的都来了！"

　　他说到这里擦了一下眼睛。过了片刻，他渐渐哭出了声音。因为他哭得厉害起来，所以同桌的人都不再夹菜了，都怔怔地看着他。有的开始规劝，但没有用。朋友一直在哭，最后差不多号啕了。他流了那么多泪水，但不取餐巾擦一下，以至于满脸闪亮。"在今天，在今天……这样一个时代，大家！这是真的，我们……"他在哭泣中偶尔吐出的只言片语，虽然没有人能听得明白，但都知道他已陷入了深深的激动。

　　我感激所有热爱书院帮助书院的人。他们大多是无私的，表现出了极大的慷慨和热情。有一次在省城，我对一个朋友求助，请他为我们书院寻找几种北方少见的花卉，立刻得到了应允。接着朋友长时间地注视起来——他望过了四周，又把脸转向了我——这马上使我吃了一惊：他的眼眶里满含了泪水。他抽泣着说："你放心，你放心吧！"我说我放心。他又说："你就放心吧！你千万放心啊！"

有一天，我再次感谢他，并请他喝茶。可是他刚坐下一会儿就说到了花卉的事，又哭了，说："你就放心吧。你一定不要太费心啊。"

这就是我见过的最善哭的三个朋友，都是男人。一般而言，善哭的男人是让人不敢赞许的；可是我所遇到的这三个人却无一不是朴素动人的。他们的品格是无可挑剔的。他们的真诚和善良让人难忘。这个世界对于他们而言，总是有着太多的纠缠和触动，所以在许多时候，他们是无以表述的，他们心中的一切也只有化作泪水流出来。

逗　人

我的厨房外面是一片望不透的林子。每天做饭吃饭时常有鸟鸣，这本正常。可是有一天有一只大鸟的叫声还是引起了我的不安。

它的模样我不认识，但它的声音怪异，叫起来花样很多。它的体积很大，像一只肥胖的喜鹊，只是颈部有红色环纹，头也较喜鹊更大，看上去有些笨模笨样。当我专心做事的时候，它就伏在窗的上方，把头探到窗檐下叫出几声。那声音是婉转有趣的，很像是一种打招呼的声音。当时它与我对视，并不害怕。它甚至在端量屋里的人，头颅一动一动，调整着自己的视角。我对它做了好几个手势，它才离开。

可是当我再次专心做什么时，它又探头叫起来：这一次的声音更怪了，不再那么流畅婉转，而是夹杂有几声或尖或糙的单音。如果不是我想得太多的话，那么它这次是在逗弄屋内的人。我拿出一点吃的东西递到窗外，它看了两眼，像是笑了一声，飞走了。

一连几天，这只奇怪的鸟都在窗前出没，探头往里望着，神情专注。当我注视它时，它就缩回了身子；当我做自己的事情时，它就出其不意地弄出一种怪声。

我找来一本鸟谱，想查一下它的名字，可是没有。可见它是一只极罕见的鸟。

但我相信它是懂一些事理，并有一些闲情的。很明显的，它是主动来观察林中人的生活，并且感到了一些好奇。它在向我询问吗？可是当它得不到回答时，也就逗起了乐子。我一直相信，大多数动物与人的语言虽然不同，可它们的情感模型与人却是大致相同的。它们也有自己的快与不快、厌恶和喜欢，甚至有沮丧之情。它们也会寂寞，而且一定能够好奇和愤怒。

谁来破译鸟儿、猫狗，还有羊和牛马们的语言？当然，这会是很难的事情。但是尽管如此，我们与它们之间仍然还有交流，有情感，有依赖，并且产生了许多有趣甚至是感人至深的故事。

人怎么能失去动物呢？

书院里有许多动物，我们与之和睦相处。大家都知道，由于动物在与人共处的经历中有了太多不幸的记忆和经验，所以我们必须以自己的实际行动、以自己长期的亲切和谨慎，才能让它们不再畏惧我们。

泳汶湾

从书院往西不到十五华里就是泳汶湾。那是一片开阔的水湾，与大海似连还断。这片海湾简直就是一片硕大的湖，湖上水鸟翩飞，苇荻成片，岸边微浪拍击。

这个湾大致是平浅的，所以一直被儿童们喜欢。记忆中海边大人不允许自己的孩子去海里冒险，却乐于看到他们在这个河湾里嬉水。印象中只有在三十年前的一次发大水中，这个河湾才滚动着滔滔巨流。平时它总是清湛蔚蓝，给人一种平安温馨的感觉。

在北方，我几乎没有看到比这个河湾更漂亮的入海口了。因为与之有诸多交往，所以更不知道还有哪里比它更为可亲和多趣。小时候记得大人一声呼喊"踩鱼去了"，也就立刻欢呼雀跃。我们眼看着许多人手里只提一篮，再不带任何家什就往河湾里赶去，心里既好奇又兴奋。我们一群孩子尾随着，并像他们一样在不太深的水里抬高两脚往前走。这时候如果觉得脚下有什么软软的，且一动一动的，那就是踩住了鱼——快些弯腰取鱼吧。可是我们远不如大人们老练，往往踩得着鱼却取不到手——因为当脚下有什么一动时，我们的脚心就要发痒，于是脚板稍一活动，机灵的鱼儿就逃掉了。

我们都知道：要想踩住鱼，首先得练好脚心不发痒的功夫。

可是记忆中谁也没有练成。问了问大人们，他们的意思是说：一个人只有到了二十岁之后，一双脚才能持重耐搔，那时也就不怕鱼儿们了。说是这样说，谁有耐性等到二十多岁呢。

我只有十几岁就离开了泳汶湾，从那时起不再关心脚心痒不痒的问题了。

当年在河湾时，我们踩鱼不行，却是做其他事情的好手。比如我们可以一口气逮满大桶的螃蟹，可以在一片片的蒲苇中找出真正的小香蒲，既吃清香的蒲米，又烧烤如同芋头一样滋味的蒲根。河湾四周有多得数不过来的云雀，它们一天到晚不知疲倦地欢叫，只有我们知道——空中每一只欢叫不停的鸟儿，它正对着的下方草地上都有一个隐藏得很好的小窝，那里面有它的孩子或还没有变成孩子的蛋。我们如果耐心寻找，就会找到像一个精心编制的草篮一样的小窝，里面有三四枚蛋，或干脆就是几只长了绒毛的小雏。

关于捕捉小鸟的故事，大半有一个令人后悔的结尾。当年我们一帮人很快悟到了这是一种伤害云雀的勾当，所以到后来虽然依旧寻觅那些精致的鸟窝，但对触手可及的宝物只看一会儿，顶多是抚摸几下，然后就忍痛离去了。

今天，泳汶湾还在，可是一些迷人的情趣却只存于记忆之中了。它的姿容与昨日相比稍微逊色，比如水变得少了，似乎也不如过去清湛；还有就是，它周边的河柳与蒲苇也不如过去茂盛了。特别是河湾上空的云雀，它们都叫得懒洋洋的。

但无论如何，这个河湾仍旧是可爱的。在今天，没有什么比这样的小湖更加值得珍视的了。它离我们的书院尽管还有一段距离，可是我们一直把它看成是自己的宝物。

灼　热

因为常常在林涛中入睡，所以有时半睡半醒时恍惚觉得身在他处。那是一个与生命之弦拧得更紧的地方，一块比邮票还要小的土地。思绪托起身下的床榻，让人觉得它像船一样浮起，在时间的绿色波浪上航行，最后无声地停靠在一片灼热的土地上。

我闭上双眼，就觉得它是我们书院的近邻；实际上它离此地也仅有七八华里。那是一片美丽的沙原,是我所知道的世界上的至美之地。那是我们从遥远的闹市开始寻找,最后才觅得的一片生存之地。在由无一丝灰污的白沙构成的原野上,有起伏的沙岭,有一望无际的丛林。白杨和柳树、枫树、合欢树,都长得油黑生旺。大橡树粗硕惊人,浓荫匝地——后来,我走遍大江南北也没有见过类似的大橡树林;只是在意大利的庞贝古城遗址,我四十年来才第一次见到可以和那片沙原媲美的大橡树林。除了翁郁的大乔木林,再就是各种果林。一处林场和一处园艺场毗邻而居。这里的水果从来以甜美著称,就连丛林中的野果也硕大甘甜。

一切都由水土所决定。这是一片难得的土地,是神灵护佑之地。看一眼沙原上水旺的植物,再看一眼这里的人,都会觉得二者给人的感受是一样的,全都蓬蓬勃勃生机盎然。

那是我童年的居所。

我生命中的梦想总是与之连在一起。如果不是那片自然的荫护,我将更早更快地跌入无望的黑夜。

可是黑夜总要来临的,但这不是一个人的黑夜。这是整个沙原的黑夜。从三十多年前开始了一场开发的噩梦,恶采煤矿,乱掘金银,化工铝业,无所不包。从此丛林不再茂长,沙原不再飘香,令人难以置信的是,整个沙原上竟然再也找不到一棵当年的硕大树木。没有那样的白杨和老槐,没有合欢树和柳树,一棵都没有了。大橡树呢?既然如此,那么英俊的大橡树又怎么会有、怎么会让其生存下来!

那是一片让人心头灼烫的美丽沙原。连这样的美丽也要破坏的,会是人类所为吗?

不，许多人说，那只能是畜类的行为——还比不上畜类，因为畜类更多的还是温驯可爱。于是我们只能说：这是恶鬼的丑行。

我们的书院就是在这样的一隅和一角默默守持。我们在仰望和遥望，在祈祷。书院遍植绿色：对于一片大地而言她是太小了；可是作为荒原之心，她还在不停地搏动。

大东东小东东

没人不夸这里的两只美犬，她们是姊妹俩，女性，所谓的同年同月同日生：大东东和小东东。大东东的脸色偏黄，长得非常强壮；小东东微黑，比较柔弱。她们从小妩媚，那目光与动作，随处都透着少女的韵致。她们身上完全是两个小女孩才有的率气，狡慧而顽皮。当时由于书院居于远野，林木太茂，害怕她们被林中野物所伤，于是就寄养在市里大姐家中。那是她们无忧无虑的日子，两个小家伙整天嬉戏，追逐逗能，每天都能博得几个满堂彩。

这世上大概不会有多少人像大姐一样宠着她们——在未来，在她们的一生，大姐都要为她们担心。

小东东小时候生过病，不得不一次次送到诊所去打点滴。我曾经不解地问："她一刻不停地蹿跳，怎么有法静脉注射呢？"大姐说："这你就不懂了，别看她平时是那样，到了医生跟前可老实呢，十分听话。让她打点滴，她就侧侧身子躺倒了，然后把手伸出来。整个过程从不乱动。"我听得出了神。大姐又说："不光是她，诊所里有许多打点滴的狗都是这样，它们在床上躺成了一排呢，全都伸着小手。"

姊妹俩长大了，她们在阳光下浑身闪亮，真像披了锦缎。如此威风英俊，的确像战士。不过只有离近了端量，才会看出她们仍有一丝最终不能消退的娇羞。没有办法，此刻她们只能告别城市，只能去林中服役了。

姊妹俩与大姐临别的场面要多动人有多动人。最初的日子里大姐每隔几天就要乘车去看一次——她们俩每一次都哭，眼里有泪光，嘴里有哭声。

书院地处野外林中，当然需要两只暴烈的卫士，她们至少看上去也像。所有到书院来的生人都会畏惧她们，于初来乍到的一刻躲闪着她们直射而来的眼神——人们暂时还分不清这威严之中夹带的女性的温柔，所以总是退避三舍。但她们出于好奇和友善，这时一定会蹦跳着赶过去——于是人们吓得大呼小叫起来——但还没等叫得太久，大东东小东东已经幸福地在他们脚边滚动起来。

这些情景书院人看在眼里，心中泛起的往往是复杂难言的心绪：一方面疼怜爱惜，另一方面是担忧——忧其不能很好地担负起警卫书院的任务。

书院小王不止一次说："该送她们上学去了。"

市东南郊真的有一处警犬学校。那里是非常严厉的生活。

然而，直到如今，大东东小东东还是没有入学。

雾锁大野

书院四周所有的林木，还有对面的大海与小岛，远远近近都笼罩在浓雾中。一连四天大雾没有消退，尽管时浓时淡，但最淡时也只能看清百米之遥的景物。记忆中很少这样的天气，竟然有如此漫长和严密的雾笼。所以白天没有晴空，夜晚没有星月。而北部海滨松林上空的蓝，白天与黑夜是怎样地令人心旷神怡，那绝非无亲临其境者所能想象。可是大雾之夜让一切都消失了，隐匿了，以至于万物不安，鸟儿们先是因为恐惧而一声不发、忍住，到后来惊呼四起，此起彼伏。那浓雾中的鸟啼啊，湿淋淋的，很像呜咽。

我觉得一连几天都像在被沾了水的丝线里缠裹，烦闷无言。走在林中，由于视觉的局促而变得小心翼翼，与林中的一切沉默对视。雾与冷结盟，与凝止的空气为伴。雾是海北的乌云滚滚南下的一个过程。

终于起风了，一丝丝增大的风把槐叶拨动了。松针一齐颤抖。莽野激动了。

一片蓝天闪烁出来。太阳发出了逼人的强光。原来雾海把一切笼在心中，让其长成了更为清新的明天。所有人都贪婪地望向四野，发出了舒心的长吁——当我欢乐的目光转向南方时，立刻就被折了一下。那里有几个大烟囱一如既往地矗立着，其中的一个正舒服地喷吐。我又把目光转向别处：西边的万亩丛林，北方的大海，东部葡萄园的氤氲。

这一刻，我突然那么怀念浓雾锁笼的日子。是的，那是浑茫一片的世界，那是梦想和幻念飞扬的日子，比起现在的懊丧，那时的郁闷已经完全不算什么了。

2004 年 6 月 8 日

它们：万松浦的动物们

因为有它们和我们在一起，我们才不寂寞。可是许多时候我们并不在意它们，甚至完全忘记了它们。于是我们现在有必要一笔笔记下来，虽然这也是挂一漏万的事情。有些很小的"它们"，这儿也只好忽略了。这一次像是林中点名，当我一个个呼唤它们时，苍莽之中真的有谁发出了声声应对，在回答我呢。

刺　猬

在万松浦，一说起刺猬都会心情舒畅。因为这种动物憨态可掬，不仅对人友善，对周围的一切也都无害而有益。而且这里的刺猬非同一般地洁净，毛刺上简直没有一丝污痕。它们默默无声，待在自己的角落。如果接触多了会发现它们像人一样，是那样地有个性。有的毛手毛脚不稳重；有的十分沉着；有的自来熟，见了人一点都不陌生，一直走到跟前寻吃的；有的一见人就球起来，或者慌慌逃离。

有一天一只刺猬走过来，大家不由得围上去。都说它非常羞涩，而且面容姣好。我仔细看了看，发现它长得果然好看。最后，我们给它留了照片才放行。

小时候常听一些刺猬的故事。比如说别看它们笨手笨脚的，其实也有许多异能：会像老人一样咳嗽，还会唱歌——它们的歌声怪异，掺在风中，往往是一只领唱，其余的一齐跟随。那是使人幸福的歌，能听到它们歌唱的，就会有一些喜事发生，比如找一个上好的媳妇。于是许多少年和青年真的在林中寻觅刺猬的歌唱了，有时难免就把风吹林木的声音当成了它们的歌。

黄 鼬

它的名声不好，但是面容美丽。一个被半岛人误解了的精灵，孤独而痛苦。我们很少有机会与之面对面地注视，因为它们机敏无比，见人就跑，个个心怀恐惧。可能在它们那儿，装在心中的不幸记忆太多；关于人类残暴无情的故事，大概整个黄鼬家族内部都一直在祖辈流传。

远远地见它们一跃而过的情形不少。但面对面地、极近地注视只有一次。那是小时候在林子里：我当时正走在一片藤蔓地里，忽然觉得脚下有什么在乱动：原来有只小动物被藤蔓罩住了，它竟然一时不能脱身。我想这大概是一只鸟，或者一只小猫之类，于是就按住乱动的藤蔓寻找起来。它在下面钻动不止，左蹿右跳，突然从藤蔓的空隙中探出一张圆圆的小脸庞：那双水灵灵的大眼睛直盯着我看，惊慌之极。我的手一抖，它飞快钻进了藤蔓深处。

后来我才知道它就是大名鼎鼎的黄鼬。

有人得知了那个经历就说：幸亏你放了它，不然的话，它的家里人会缠住你的。我虽于心不甘，但还是有些庆幸。真的，关于它们有神力的传说到处都是。比如，它们喜欢让一些女性模仿它们的动作，舞之蹈之并说出一些怪异的事情。由于这种事频频发生，所以几乎没有谁再怀疑它的能力。有一次在书院议论起这些事，一个人表示了不解，并认为是不可能的。另一个客人马上就说："这有什么不可能的？世界太大了，万事万物我们才知道多少？要知道对于任何问题，各种生命都是从自己理解的范围内做出推理的——人从自己的角度看，总以为是自己管理和指挥了整个世界；而动物也会那样认为——比如黄鼬，就不知深浅地调弄起人类来了。"

他的话一时没人反驳。

就在那次议论不久，一天黄昏，我看到一只黄鼬从不远处走来。当它走过离我不远的地方时，突然想起了什么似的，回过头伏下了，两手一抄就端详起我来。它那会儿看得非常专注，而且一脸的好奇。它分明是在研究对面的人，一点也不害怕。我与之对视，想让它自己厌烦。但最后还是我挥了挥手，它才走开。

可见这里的黄鼬还没有受到伤害的经历，它们对人只有好奇而没有惧怕。

鼹　鼠

这种神奇的小动物让人叹为观止。它们是林间草地上为数众多的居民，却又轻易不露面容。看它们一眼多不容易啊。它们不像一般的鼠类那样令人讨厌，而像是超越了一般的"鼠"而多少变得可以观赏了。因为它们有特技，有上好的皮毛和十分滑稽的形体。看上去它们是何等的笨拙，浑身圆滚滚的，可一旦进入地下却又是何等的灵巧。一个掘进能手，一个真正的开拓型人士。我曾亲眼看过它在地下怎样突进：眼瞅着拱起一道凸起，这凸起层层推进，让地表开放着蘑菇出生前那样的花纹，竟然一直蜿蜒向前——如果这时跺跺脚做出一点声音，它会更加奋力开掘——一会儿凸起隐去了，可能地道在往下延伸。

我们无法想象一个小动物一边使用双手开掘，一边却又飞快向前是一种什么情形。因为这必是一种艰苦的劳动，这种劳动与飞速行走相结合简直有点不可思议。在万松浦一带，地上到处都可以看到这种花纹，它们弯弯曲曲，纵横交扯。你可以想象这儿的地下通道是多么发达，它的创造者会有多么自豪。我想真正高明的地道不是人类创造的，而是鼹鼠。

有一次一个人正持锹翻地，突然就有一只鼹鼠从不远处开掘而来。于是他不动声色地等候，待那凸起和绽放的花纹延伸到跟前时，就猛地从旁一锹掘下去——他想把它翻出来看一看。谁知这小物件远超过他的机灵，就在那铁锹刚插下去的一瞬，它竟然突然改道而去，并且在地下来了个大转折——就像空中战机做了一个特技表演似的，一系列高难度动作就在几秒钟之内全部完成。当然那个人是失败了。他当时不服气，下狠力挖了一个很大的坑，嘴里咕哝着："我就不信，我就不信！"结果除了弄得浑身泥汗，其余一无所获。

我看到鼹鼠是因为碰巧。有一次一个孩子不知如何搞来一只，喜欢得不得了，装在一个带盖的小篮中提着，炫耀却不示人。我提出想看一下，他乜斜一眼，嘴动了动，并不开篮。这使我马上想起商品经济时代的普遍规律——这孩子如果提出"看一眼一块钱"的话,我是不会吃惊的。还好,最后他勉强同意了。

就这样,我有机会看到了它:一身最上等的皮衣,灰蓝闪亮,显然是一件最好的袍子。它的一对小翻爪就小心地蜷在身侧,像透明塑胶做成的一样。

红脚隼

这种鹰个头不大,可是胆子不小。我不止一次看到它俯冲下来,然后超低空飞行,甚至钻进窄窄的墙道里逮小鸡。不过这是在城郊,在万松浦它完全用不着那样,因为这儿的食物很多,它们可以安安逸逸肥肥胖胖。

一开始我在林子里把它们当成了野鸽子,因为初看颜色颇像鸽子。后来见它从高处直冲下来的英姿,终于知道这是一种猛禽。它的数量很多,从林中走一趟起码可以看到十几只。一般来说它的食物是昆虫,可是当野性发作起来时,就会毫不犹豫地攻击小鸟。

红脚隼也像鸽子一样成群,它们在一起时显得很顺从的样子。不过到底不是温和之辈,一转眼瞥见了人,立刻惊悚一振。它们是一些无所不在的狩猎者,每逢看到它们极为迅捷地扑在地上的样子,就会想起一个词儿:全力以赴。

野鸽子

它们的叫声让人回忆童年。那种咕咕噜噜的声音令人想起一片密不见人的丛林,想起远处像乌云一样茂密的乔木,想起一些关于迷途忘返和饥饿等等经历。咕咕咕,嘟嘟嘟,像儿童们猛力拉扯一种发音陀螺时的声响,还像从极近的地方听一个老汉大口吸水烟的声音。这种音色是极难形容的,以至于要想起那句老话:任何比喻都是蹩脚的。

我的印象中,只有旷野里,只有深密的林子才有像样的野鸽子在叫。或者也可以说,没有野鸽子啼叫的林子是不像样子的。在它此起彼伏的叫声里,会有一种返回大自然的得意萦绕心头。

它们的呼唤充满了某种野地的气味。这种气味有些刺鼻的辛辣,还有一些奇怪的诱惑力——它诱惑着林中人向深处走去,再走去,一直走到迷路。

海 鸥

这里的鸥鸟当然是很多了。它们待在海边,可是近海松林也是它们的另一片玩耍之地、安歇之地和生产之地。这里主要有银鸥和燕鸥。从书院往西十华里左右的屺峒岛上有大量的风蚀崖洞,那里才是海鸥最好的栖息地。我们每次从风蚀崖下绕过,都会惊起许多海鸥。大概由于万松浦一带没有岩壁可以做巢的缘故,所以鸥鸟不得已也要光顾一下密林。这就难为了它带蹼的爪子。

在海边徘徊,没有什么比观看群鸥再好的事情了。望着它们搏浪嬉戏,健美地翱翔,倾听一声声难以模拟的、不无撒娇之气的鸣叫,你会觉得海边的生活真是神奇多趣。这里的生活就像这里的空气一样清新。海鸥双翅的形状以及它们的滑翔之态,可以让人认识到什么才是世界上最完美的飞行。

万松浦的鸥鸟数量极不稳定：有时多得如同白云落地，银片翩飞，它们在浪缘上踟蹰一会儿飞旋一会儿，起起落落令人惊叹。有时又三三两两，不知所向何方。这些海鸥有时可以让人离它们很近，于是就可以仔细地端量，看清它们真正的模样——你会惊叹其体积比原来想象的要大得多，而且竟然如此肥胖健硕：无一丝污气的白羽，高高挺立的胸脯，润滑流畅的双翅，一切都是那么完美。

如果一片海岸上没有了鸥鸟，那么这里的韵致大约就要损失许多。在这里，春天是银鸥最多的时候。

斑　鸠

我们过去的课本上有这样一句："大斑鸠，叫咕咕，我家来了个好姑姑。"从此它和姑姑温厚的形象连在了一起。可是那时我们并不知道斑鸠的样子。其实我们从很早就逮了斑鸠来养，只是不知道，一直叫它为"山鸡"，以为是从南部山区飞来的一种小野鸡。春天和秋天是两个捕斑鸠的好季节，记得春天捕的是棕色的，而初秋捕的是带绿色条纹的，而且更肥。比起麻雀来，斑鸠显得大大咧咧多了，它们很容易就可以被我们逮到。

童年是与动物为伴、特别是与鸟儿为伴的时期。身边有一只大鸟并且能够听候调遣，那会是一种多么大的光荣。我亲眼见过有的人——一般都是比我们大一些的人，养熟了一只麻雀甚至是一只喜鹊：一挥手它们就飞去，一招手它们就返回，而且从落在肩膀上手臂上的样子看，真是亲如一家。为了馋我们，拥有这些鸟的人故意与它们做出一些格外亲昵的样子，比如和它们贴贴脸、吻一下它们尖尖的小嘴等等。这是多么让人嫉妒的事情啊，这种嫉妒的感受是长久不能忘怀的。

可是不记得有人与斑鸠结成了那样的关系。斑鸠随和然而并不与人过分亲近。它们在笼子里时当然是一副被囚的样子。然而我们总是在最后时刻把它们放掉，还它们以自由——就像我们对待其他可爱的鸟儿一样。有人会因为这个而夸我们善良，这才是最重要的。记忆中我们曾把自己心爱的鸟活活养死了，结果换来的是不可承受的痛苦。

万松浦的斑鸠太多了，但现在已经没人想到要逮来饲养了。它们是我们童年时期与之打交道最多的鸟儿之一。

草　兔

每次走进林中都要遇到草兔，一年四季莫不如此。看着它们的两只长耳摇动而去，疾飞如箭，觉得林子里真是生气勃勃。在万松浦所有奔驰的动物中，一般都认为数量最多的就是草兔。它是所有动物中胆子最小的，可能也是最善良的。如果就近看一下它可爱的模样，特别是它幼小时候的小脸，就会从心里疼爱起来。

有一天剪草机从书院的三棵大水杉树下惊出了六只拳头大小的野兔，于是给我们带来了诸多的喜悦和麻烦。没有办法，它们的双亲惊跑了，它们还在吃奶，也只能由我们收养起来。可是这六个小东西如此美丽又如此胆怯，在人的手掌中只是颤抖。我们为它们买了奶瓶，可是小而又小的三瓣小嘴根本塞不进胶皮奶头。

这在大家眼里已经是六个小艺术品，而不仅是幼小的动物。就在费力焦心地往它们嘴里塞奶头的同时，大家也正好仔细观察了一遍。原来过去只是粗略地知道它们是怎样的长相，而对细部并没有多少真正的了解：水汪汪的一对大眼睛上，眼睫处像文上了一道金边；最绝的是小鼻子，鼓鼓的而且无比小巧，有点像猫的鼻子缩小了几号；整个面庞和神气让人想起一个稚气而甜美的少女——可爱是不用说了，但是怎么挽救其生命呢？

最后总算想出了一个办法：找一个注射器，再把针头换成气门芯。这样它的小嘴倒是能够含得住了，但如何让它们吃奶呢？总不能用注射器硬往里推吧？

艰难的两天过去了，第三天上总算有了转机：小家伙们熬不住了，饥饿战胜了恐惧，终于开始含住特制的奶嘴吮了起来。

一个月过去，如今它们已长到了二十公分，弃奶食草，以院为家，欢快健壮。

林子里常有被其他动物所伤的草兔，祸首未知。有人说是鹰，有人说是狐狸，还有人说是豹猫。我们同情无边然而能力有限，只有叹息：可爱的草兔，食的是草，命运也像草。

豹　猫

这种凶物初一看像猫，其实却是猫的天敌，可称为动物中对立的一面、一极。因为一个极柔顺，一个极残暴；一个不离人侧，一个狂驰四野。万松浦一带是豹猫的广阔天地，它们在这里正可以大有作为。对它们来说，这儿真是吃物丰盛，衣食无忧，而且也没有太多的对手。

我对于豹猫原也喜欢，后来却十分恼恨，这都是因为听来的一个故事——据说这故事毫无夸张，完全是真实的。故事说的就是豹猫与猫的关系：猫只要遇到了豹猫，立刻会吓得浑身打战，一动也不敢动。因为它们原都属于猫的大家族，所以相互之间说话还听得懂。豹猫不断发出命令，猫都要一丝不差地照着去做。豹猫前头走，猫则紧跟后边。它们来到了水潭边，豹猫就让猫不停地饮水，直喝到肚子滚圆再吐。就这样饮了吐，吐了又饮，目的只为了让猫把肠肚洗得干干净净。洗过了，豹猫就把猫吃掉了。

多么残忍。而且还有"本是同根生，相煎何太急"之悲。

豹猫的凶和勇是有名的。过去有许多猎人谈到它，都瞪起眼睛说一句："啊呀！它呀！"因为它们看上去形体并不很大，再说面目像猫，往往不被提防。实际上这种动物真有豹之猛厉、猫之灵捷。它们不仅不怕人，而且还主动挑衅，常于冬夜窜于民宅，搜吃物寻生灵，狂撕乱扯一通。那时候它真正是飞檐走壁，一纵无踪。

豹猫的来历有两种说法：一是走失的猫在野外久了，性情巨变，野性勃发。二是豹一类偶尔与猫一起，生出了这么一种物件。我看后一种说法有点滑稽，所以不信。倒是前一种说法容易理解，因为境迁情移，并且被孤苦所逼，猫本身就可以走向另一极的。这就像很好的人民，其中有个把做了土匪的，其凶残往往让人震惊。

喜　鹊

这是一种惹人喜爱的美丽洁净的大鸟。它十分聪明,如果蓄养日久,就会发现它许多有意思的举止,知道它有趣而且善解人意。它依恋人,顽皮并且撒娇,给人的安慰有时多少接近于猫和狗。中国人喜欢喜鹊,这从取名上就可以看得出来。可是西方有些国家特别喜静,觉得它太聒噪,因而讨厌。让中国人不理解的是,如此美丽的大鸟,它的声音只会是对人间的祝福,是喜庆之声,怎么能厌烦呢?

书院里的喜鹊常常成群结队,这让我们引以为荣。我从未在其他地方见过这么多的喜鹊,因此也认为万松浦实在是一个吉祥之地。每天走在石板路上,总有一只只喜鹊在前后拥护叫闹,它们相互响应,声调不一,让人想到非同一般的欣悦和欢快。

在秋天日暮时分,喜鹊愿意安静地落在院子当中的几棵大水杉树上。它们这时沉默了,可能在思索忙碌的一天,稍稍总结;也可能正在欣赏落日和云霞。

啄木鸟

关于它们是林中医生的说法虽然广为人知,但真正给人以体味的却是在今天的林中。看到一只只啄木鸟伏在那儿敲击着,你会想到它们正在皱着眉头辛勤工作,比如正做一种号脉或手术一类的事情。这儿至少有两种啄木鸟:棕腹啄木鸟和灰头绿啄木鸟。前者是一种非常漂亮的鸟,彩色鲜明,真是技艺高超长得又好。以前曾有人把它们当成了观赏珍品，怎么也不相信这就是啄木鸟。在许多人的逻辑那儿，只要是极为好看的事物，就一定是中看不中用的。人们习惯于把观赏和实用分开。这也是实践中得来的，比如人，一旦长得太好看了，就往往不愿下大力气干活了。

如果一个人既像棕腹啄木鸟那样好看，又能像它一样始终辛勤地工作，那就一定是人世间的宝物了。人们会让他（她）的美名四下流传。

我们书院中刚刚移植来一棵大水杉，不久就给一只棕腹啄木鸟弄开一个洞。一棵大树上有了鸟洞，虽然多了一点诗意，但也少了一点完美。有人说：这棵树肯定是生了虫。

林子中的洋槐和钻杨常受虫子袭扰，因此也真是亏了啄木鸟们。看着它们垂直贴伏在树干上并且能够转来转去、歪头摆脑的模样，心中就会泛过一阵感激。许多动物都在默默地帮我们，以自己的特技，或至少以歌声来援助我们。啄木鸟的敲击声就是林中最清脆的梆子，特别是在浓雾天气，那时这是原野里唯一使人振作精神的声音了。在它的声音里可以安心读书，也可以想想天晴之后去采蘑菇之类的好事。

云　雀

它仅仅以自己的歌声成了万松浦的标志。有人回念在书院里居住的日子，竟然首先想到了云雀那不倦的歌唱。它在高空里凝成了一个小点，响亮的、不愿妥协的歌声就从那儿布洒下来。它仿佛一直在重复同一类歌词：乐乐乐乐、可乐可乐、真是欢乐、我们真是欢乐欢乐然而还是欢乐！

它的亮喉让最好的人间歌手嫉妒当是自然而然的事情。它不倦，不蔫，永远的乐观主义者，永恒的大自然的歌者。在一片草地或林木之上的高天中，它是自然神悬起的亮喉。有人说它在为自己幼小的生命而歌：就在与它垂直的地面上，有一个隐藏得很好的小草篮，那就是它的窝，里面正有它的几只精巧的卵，或者干脆就是几只娇嫩的小雏。它的目光大概比得上鹰，因为它可以在高空里用目光爱抚它们。它看着自己的孩子，心中爱意汹涌。它要把小雏们一口气唱大、唱醒。

也就在这样的歌声里，万松浦迎送着自己的生活。这儿四处都是云雀的窝。

树　鹨

一片林子里因为有了树鹨就显得热闹一些，因为它是最不安分的一种鸟，飞起来一荡一荡的，像打秋千。当地人从来不叫它的学名，只喊它"痴大眼"。这可能是与麻雀相比较而得出的一个外号：不像麻雀那么警觉，有点大大咧咧的。它的眼睛并不大，说它"大眼"，是指它的马马虎虎。如果小心一点，可以凑得很近去观察它——它只顾忙自己的，不太在乎。树鹨不仅在树上忙，而且在水渠边，在红薯地里，到处都可以看到它的身影。

儿童们常常捉了树鹨，一心一意养活它。他们将其握在手里抚摸着："多么胖啊，这么多肉。"如果是一只麻雀，这个时候只会是一阵急急喘息，因为那是极度的紧张和气愤——谁都知道麻雀是气性最大的一种鸟，被捉后不吃不喝，会活活气死。树鹨却是一副随遇而安的样子,东张西望一阵,然后就开始啄人的手:轻轻地啄。不过几乎所有的树鹦都能成功地逃脱,这当然是因为孩子们的大意:他们真的以为它只会痴痴地瞪着一双眼睛呢。

在万松浦,每当半下午时分,这一只只"痴大眼"就开始激动起来了。它们的飞行很像大海浪涌上的小船,起起伏伏,真的有一种漂荡感。

杜　鹃

万松浦有许多四声杜鹃和两声杜鹃。所以一进林子里首先听到的就是它们不倦的呼唤。比起野鸡和野鸽子此起彼伏的叫声来,它的声音显得更为亲近——简直就在我们身边。它的声音是透明的,清爽脆亮的。我们很难想象没有杜鹃的林子会有多么暗淡和寂寥。

客人住在书院里,常有的一个感叹就是:这种鸟可真能叫啊!是的,整个的春天和夏天,从白天到夜晚,整整一个长夜它都在呼叫。二声杜鹃和四声杜鹃都在叫。一刻也不能停歇的呼叫,这到底是歌唱还是呼唤?我们宁可相信是后者。就由于这不能停止的呼唤,所以才有"杜鹃啼血"之说。

要真的体会杜鹃这奇异的啼鸣,只有到林子里住上一夜才行。这彻夜不休的声音会让人半夜坐起来,一边倾听一边牵挂,发出阵阵猜测:为什么、为了什么?是悲伤吗?是孤独吗?是寻找吗?是渴望吗?它面对的是茫茫林海,是百鸟喧哗或者死寂的长夜——无论何时,无论何地,它总是这样呼叫,不能停止。

有人说:它正处于"发情期"。是的,发是暴发,情是爱情。

一只美丽的鸟儿暴发了爱情,只能是这样。我们不知道比较其他的生命,这种鸣叫究竟意味着什么。在它并不太大的躯体内,竟然蕴藏了这么盛大的爱、这么多的情感和力量。这种巨大的消耗也只能为了爱情,它在为爱情啼血。这种啼叫甚至让人有一个不祥的猜测:或者是绝望和死亡,或者当千呼万唤之爱到来时,它会因为巨大的耗损而倒地不起。

獾

在这儿,许多人常把一只慌慌逃去的狗獾或猪獾当成了狐狸;再不就说:我刚刚看到了一只狼。如今,它和狐狸在平原上已经是最大的野生动物了,而且繁殖力强,踪迹不绝,泼泼辣辣地打出一些洞子,神出鬼没。人们一提到獾就会想到那个骇人的故事,因为小时候或许都听到过一些人对它的奇特描述:獾是不咬人的,它只是太好奇了,见到人就要与你玩耍,不停地胳肢你,让你笑、笑,不停地笑——你越笑它越是起劲地胳肢你,直到你笑得绝了气。它只有看到你一动不动了,这才灰心丧气地走开。所以家长常常这样告诫孩子:去林子的时候,特别是上学的路上,如果遇到了一只獾,千万不要和它靠近,更不要和它玩;如果它动手胳肢你,你可一定要咬着牙忍住啊。

獾的一张小脸十分生动,特别是狗獾,模样并不难看。十几年前我曾从不远处观察过獾:它正吃海棠树下的一只小香瓜,那咯吱咯吱的声音、抬起爪子舔食的样子特别可爱。就因为它乐于在土洞里钻来钻去,人们一直认为它是一种不洁的动物。人们不吃獾肉,但十分珍惜獾油,一直把它当成医治烫伤的首选良药。

记得有一年，林子里有一个酒鬼去会自己的亲家，由于酒喝得太多，回家的路上遇到了大雷雨，结果倒在花生田里淋了一夜。第二天人们找到了一个半死的人。他被抬回家去，一直医治了好久才能出门。事后谈起这个经历，他却一口咬定自己遇到了獾："它的小手啊，搭上你的胸口就开始了胳肢，再也不愿拿开了。还好，最后我就对着它的小嘴呵气，不停地呵气，直到用酒气把它呛跑了算完……你看，酒是好东西啊，酒救了我一条命。"

夜里，每当书院的狗突然急急地咬起来，有人就说："是獾来了，獾又进门了。"令人不解的是，獾每夜都要来，它到底要来这里干什么呢？

狐　狸

狐狸的智慧和美貌都是招人嫉恨的，所以一直有人把它比作媚女，还要说："像狐狸一样狡猾。"可见它压根就是一种不凡的生命。不必翻蒲松龄的书，万松浦一带的人都能讲出许多狐狸的故事。这些故事来自生活，而不是来自书本。因为听这些故事太多，并且讲述者总是言之凿凿，所以大多数人并不怀疑狐狸所具有的神奇能力。在这儿，最具有神力的动物就是狐狸，其次才是黄鼬。

我们这儿有赤狐，有人不止一次在河岸上看到缓缓离去的狐影。一年初冬，有人起早赶海，就在一条小路上看到了一条身上沾霜的狐狸。因为它蜷在那儿不打算让路，他也就停下脚步。他做一个威吓的手势，它也做一个。他用手里的镰刀当成枪向它瞄准，它这才懒洋洋地离开。赤狐肯定也是有神力的。因为过去的林子更大的缘故，关于狐狸的传说也就更多。它们可能实在太寂寞了，总是时不时地走出林子找人逗一点乐子。比如说它们最愿做的一件事就是扮作一个美丽的姑娘，因为它们特别知道这将多么招人喜欢。看着一个个男人在它们面前大献殷勤，心里一定乐开了花。再就是半夜里在林子深处哀伤地泣哭，直哭得肝肠寸断——有人到林子里寻找时，会发现这哭声永远在前边、在林子的更深处。

赤狐可能比一般的狐狸更为嗜酒。常常听说它因为醉酒露出尾巴的事情。海边上许多人都知道这样一个故事：在过去家家都酿私酒的年代，曾经有一只赤狐夸口，说它尝遍了村子里所有人家的酒——那是一个中午，当时它正幻化成一个人人都熟悉的教书先生的模样，走在街上，还戴着一只缺腿的眼镜。可惜它真的喝醉了，蹒跚着，一条尾巴拖得老长。

在河边上看果园的老人最愿讲的就是他目睹的一件真事：有一天中午很热，他正铺了一片席子在高粱地边歇着，突然听到有人咔里咔嚓骑着一辆自行车过来了，他抬眼一看，倒吸了一口凉气——原来骑车的是一只狐狸，那车链子都锈了。他大喝一声，那狐狸扔下自行车就跑了。

在林子里，人们只要遇到了一些不可解的事情，总是说一句：大概是狐狸办的吧？这样问一句也就模糊过去，凡事不求甚解。所以狐狸对人来说也像其他事物一样，总是有利有弊：一方面它使生活增加了一些浪漫的想象、一些情趣，另一方面也使人遇事不再细究，减少了一些科学追问的精神。

蛇

我们这儿以前蛇是很多的,现在不知为什么变少了,许多天都见不到一条。人天生是怕蛇的,总是将其看成最可恶最令人恐惧的东西,为了表现自己的勇气,只要见到就要设法消灭它。这是多么大的误解。后来才知道它应该是人类的朋友,并且有权利与人一起生活在这片土地上。

据说蛇也是有神力的动物之一。万松浦一带最多的是蝮蛇和一种花花绿绿的水蛇,但很少听说它们伤害过谁。总是人在打它们,还编造出一些故事中伤它们。像白娘子那样美化蛇的故事是绝无仅有的。尽管如此,那个故事中与母蛇在一起的男子还是脸色可怕,因为蛇属阴,它太凉了。人蛇相恋,这多么可怕,这可真想得出来啊。有人问:蛇不过是细细的一条,怎么与之相恋?这不过是扯淡嘛。

蛇的神力在童年时期曾经有过一次实证。那是一个星期天,我们一伙学生在海滩上玩,其中有人一连打死了两条大蛇。结果回家的路上不断发现有蛇挡在小路上——惶恐中有人又打死了几条。于是更可怕的事情发生了:只要往前走就有蛇在挡路,它们太多了,多得就像乱草一样,一绺绺封住了所有的路径。

我至今记得小时候那片恐怖的槐林,它太大太密了,黑乌乌立在海滩一角。从来没有人敢去那儿,因为据说它属于蛇的领地——那里盘踞着无数的蛇,真是要多少有多少,其中有个蛇王,它是一条比手臂还粗的、头上长了鸡冠的大家伙。黑色槐林那儿常常传来一声声奇怪的鸣叫,有人说这就是蛇王的叫声。那片林子阴气森森，这完全是因为蛇的缘故：蛇是真正属阴的，它很凉。

直到十几年前，那片神秘的林子才最后消失。那当然是工业化带来的后果，因为厂房一直要往前推进。可是从来没有听说蛇王及其他的子民有过什么反抗、产生过什么故事。看来工业化是无坚不摧的，它呈现出与蛇的属性完全相反的另一极：阳性特别强。

我们书院有一天发现了一条小小的青蛇，大家不仅不怕，反而引为稀罕，围着观看。司机小镰被它小巧的、光滑的身躯吸引了，于是伸手抚摸了一下。谁知小青蛇一阵恐惧中张开了嘴巴：小镰的食指上立刻留下了两个米粒大的印痕，还出了血。这时大家才想起蛇是有毒的，嚷叫起来。可是小镰笑笑说一点也不疼。他把小青蛇放到草地上，擦擦手。后来小镰果然无恙。

鹌 鹑

"俺那闺女老实得啊，就像一只小鹌鹑。"这是一位老太太说过的话，让我一直不能忘记。我感到好奇的是，像小鹌鹑一样的姑娘会是怎样的啊？鹌鹑是一种最朴素的鸟，它常常因为自己的弱小而招人疼怜。我看过那些饲养鹌鹑的人家，它们一群群围在主人身边讨要食水的模样，真是可爱之极。

我第一次仔细地观看和抚摸鹌鹑是在几十年前的夏天。当时我们学校支农拔麦子，有人干到接近中午时分突然大呼小叫起来，于是大家都围了过去。原来他逮到了一只鹌鹑。他诉说着整个过程：这鹌鹑被发现后就一直沿着麦垄往前飞跑，他就追赶。

"它跑得可真快,我好不容易才把它捉住。""它为什么不飞呢?"他回答:"它忘了。"

鹌鹑因为善跑,有时真的要忘记了自己的翅膀。鸭子和鸡,都是忘记了翅膀的飞鸟。翅膀是为天上准备的,而两条腿只能留给人间。

一个小姑娘刚逮了一只毛茸茸的小鹌鹑,用手捂住往前走,嘴里唱着:"鹌鹑是小鸡,喂它一点米;下了两个蛋,变成小弟弟。"这次我好好看了一下她的小鹌鹑,发现它的眼睛有着难以消除的羞涩,栗色羽翼就像一件素花衣服,颤颤的小腿让人想起刚刚进城的山里娃娃。我想把它颔下芜乱的绒毛理好,每动一下,它都不安地看我一眼。

青　蛙

好久没有这样的情形了:入夜后,躺在床上听阵阵蛙鼓。那是许久以前的记忆了。可是如今在万松浦,又可以找回这样奇妙的感觉了。蛙鼓就来自旁边的河,来自院中的小湾。

谁还记得这样的情景:河边紫穗槐棵子里有高高低低的鸣唱,你蹑手蹑脚走过去,伸手摇动一下灌木枝条,树棵里就噌噌蹿出无数的青蛙,那真是万箭齐发。

青蛙的模样千奇百怪,不可胜数。有的通体像翡翠一样碧绿,有的长了粉红色的花纹;有的个头胖大,有的小巧玲珑。有个南方人站在河边看了一会儿,咕哝说:"这是一道菜啊,田鸡田鸡,这里不是太多了吗?"他后来真的找来一面小网,只一转眼就捕了一大桶。可是当他拎着桶不无炫耀地往回走时,却遭到了许多白眼。

半路上，南方人把那桶青蛙放掉了。

蟾　蜍

它模样难看，令人不敢久视。一只老蛤蟆身上有无数疙瘩，眼睛的颜色都是红的。最老最大的蟾蜍像碗口那么大，步子极为缓慢，步态很像一只龟。它一动不动时模样威严，沉默、阴郁，想吃东西时就紧紧盯住树枝上的那只蛾子——只需几秒钟蛾子就一下掉进了它的嘴里。这就是它注视的功夫。它的目光里有一种阴沉可怖的特殊力量，这就是：眼力。

这一带的人没有不知道蟾蜍有这个功力的，所以从来没有人与之对视。今天看，也许它能够从眼睛里发射一种微波之类的东西。直到现在，只要一说到"眼力"这个词，我马上就会想到蟾蜍的眼睛。

现在的万松浦，像记忆中的那种大蟾蜍已经不见了。为什么？不知道。一群群的中小蟾蜍随处可见，它们入草丛进水湾，忙个不休。可是它们一般来说是没有什么眼力的。

沙　锥

来这儿的朋友常有一种误解，以为在海岸上飞跑或翩飞的小沙锥就是等待长大的小海鸥。跟他们解释没有用，他们不信。而我们这儿的人从小就知道二者是不同的。海鸥走路笨拙，而沙锥有极好的跑功，它这一点很像戏曲舞台上的某些人物。沙锥虽小,但如果能从近处看一下,就会发现它们有一副老成持重的样子,并非是什么小雏。龙口当地人把这种小而老成的模样叫"小老样儿"。

沙锥比起海鸥来,就长了一副"小老样儿",是可爱之极的一种鸟,平时在满是粗沙粒的海边飞跑,成群结队。在退潮线上的浅水里,它往往用怪异的目光注视着水流,颀长的双腿一瞬间凝止不动。有时候海边上食物不足,它们也要远远地飞向海滩深处。

小时候与沙锥的亲密接触不是在海边,而是在收获过的红薯地里。那里已变为初冬的一片沙子,不过比海边的沙子要细得多。我们用垫上了玉米秸秆的铁夹子捕捉沙锥,这样就可以不伤到它们。铁夹上的小玉米虫一动一动引诱着,它们一群群地往前疾走,从不生疑,遇到吃物一定要伸出嘴巴。所以捕它们是很容易的,远比捕麻雀要简单得多。那时我们曾经捕了多少沙锥啊,每一次都引起一阵欢呼雀跃。第一次凑近了看它时曾感到万分好奇:看上去形体紧凑的小鸟原来这么胖啊!于是我们就给它取了个外号:肥。

来此地的客人总是说:瞧这儿多么好啊,有一群群的大海鸥,还有一群群的小海鸥。还议论:大海鸥能飞到海的里边,小海鸥还不行,它不敢啊。

百 灵

百灵和云雀让人分不清,如果离得近了,凤头百灵头顶那一小撮毛发倒是很好的标记。这儿的百灵一度和云雀一样多,后来不知为什么百灵就更多地飞往南部山区了。山区的人赞不绝口的只有百灵,他们从不言及云雀——或者他们以为二者是同一种东西,只不过像其他物品一样,仅仅是"牌子"不同罢了。

百灵的歌声就像云雀同样美妙,但节奏稍有不同,听起来更为浑厚和婉转悠扬。它在山区和平原上过着无忧无虑的生活,压根就不能体会城里人装在笼子里的百灵是怎样一种心情:据说一旦失去了笼子,那些城市百灵是很不习惯的。

有一个剧院门口贴了一张海报,上面夸某位歌手为"小百灵"。当然,这只能是在歌声方面谦虚地称"小",而绝不是在形体方面。如果是一位杰出的女高音,是否可以称为"小云雀"呢?

百灵就像云雀一样,成为我们万松浦最引以为荣的绝妙歌喉。

麻　雀

有人说这是真正的平民之鸟,它们无所不在,平凡无奇,然而异常顽强。它们也像平民一样为数众多,不被珍视。可是谁又能忘了麻雀呢?你一时会想不起天鹅,尽管它是那么高贵。麻雀像种子一样撒遍大江南北,无论城乡和远野,都是它的生存之地。它没有婉转的歌喉,绚丽的衣装,也没有雄健的体魄。它真的只是一种再普通不过的鸟儿。在许多时候它就是鸟儿的代名词——它可以代表它们,因为我们首先想到的是它,它就近在眼前,就在窗前和屋檐下,就在童年的手上。

一个地方如果连麻雀都没有了,很可能其他的鸟儿也很难见到。它与大多数人一起生活，甚至是一起悲欢。在寒冷的冬天，大雪铺地的日子，麻雀无处觅食的窘境多像断炊的贫民。那时候它们落在一家一户的院墙上，小声地议论着，瞅着屋内。北风吹起它们已经不再整齐的羽毛时，它们都顾不得像往常那样掉转一下身子。

连日大雪封地之后，总能看到有麻雀死去。这就是鸟儿当中的"路倒"。

我注意到城里的麻雀：它们差不多都是羽毛发黑，紊乱，可爱的肚腹也不再是白白的。有的麻雀甚至是乌黑的，那大半是在烟囱旁取暖时弄脏的。城市已经没有一片干净的地方可供它们栖息，落脚之地尽是垃圾，尽是汽车尾气和人流车辆搅起的暴土。可是它们已经无法离开，因为它们就像大地上的贫民一样，故土难离。它们不是游牧民族，不善于大幅度长距离地迁徙。

而万松浦一带的麻雀是洁净的，它们停留的是海风吹拂下的白沙绿树，是被雨水洗过的干净的屋檐。我每一次看到这儿的麻雀，就会想到城里的鸟儿，我在心里问：你们和人不一样啊，你们没有单位，没有户口，也没有各种家具的拖累；而且更重要的是，你们有翅膀啊！你们为什么不离开呢？你是会飞的生命啊。

可是我也知道，大多数生命还有一个属性，那就是依恋。对于一些更优秀的生命而言，在许多时候真的是很难一走了之的。

野　鸡

"我在这里看见大野鸡了！"来万松浦的客人往往在第一二天就这样说，一脸的欣喜。这对他们来说很可能是第一次——以前都是在动物园里见识到它们的模样。可是动物园里的野鸡不太叫,它们那时候因为孤寂,总是沉默多于欢愉的。而这里的野鸡却是旁若无人地大叫,因为它们自在,也因为自豪。从记事的时候起它们就在林子里呼叫,那是这些野鸡的父辈吗?可见我们这儿的人与它们至少也有两代之谊了。

任何的一片林子,如果没有野鸡沙哑的大叫,就不会显得有多么深邃,也不会呈现出应有的野性。林莽之气的一多半是来自野鸡的叫声,其次还有野鸽子的声音。如果野鸡不太怕人,如果它公然能够在离人几公尺远的地方四下张望并迎着你放开喉咙,那会是多么有趣。

有一天下午,书院的人正在菜地里忙着,突然就有一只母野鸡领着一群小野鸡从林子里出来了。那一大群精致的小鸡至少有七八只,悄没声地跟在母亲身边,真像童话一样可爱。这时候公野鸡不在,那个做父亲的不知到哪里去了。

公野鸡常常入画,就因为它有一条彩色的长尾。孔雀开屏太有点南方的夸张了,于是北方的野鸡甩着长尾一飞,肥肥的身躯掠过林梢,更是呼啦啦生动逼人。

奇怪的是这里的人几乎没有找到过野鸡的窝,当然也没有看到它的蛋。但常有人饲养过小野鸡,并且把它巧妙地混在家养小鸡中,让老母鸡把它带大。野鸡的深色翅膀很快就在鸡群中凸显出来,并且最先为猫所注意:它看看小野鸡,再看看主人。

燕　子

这里的燕子主要为家燕和金腰燕。人们是多么珍惜这种鸟啊，简直不是把它当作鸟来看待的。它在鸟中的地位，多少有点像猫在四蹄动物中的地位，即与人的关系特别亲近。"那是燕子啊。"经常看到怀抱小孙子的老爷爷指着落下来的两只燕子说。小孙子刚刚十来个月大，望向燕子的眼神还有些恍惚，一副懵懵懂懂的样子。可是他从这么早就开始结识这种非同一般的鸟类了。

我常常想，燕子到底是怎样确立与人的这种特殊关系的？它们与人如此亲近，却并非像鹰一样喂熟后可以为人驱使，也不像鸽子那样围在人的身前身后。猫在人这儿获得了独一无二的特权，比如在人的词典里，猫可被称为"男猫""郎猫""女猫"等，其他动物则不行。无论是农村还是都市，它们习惯上都要与人同眠，可以随时随地跳上床头炕头。而即便是一只小狗，随意跳到炕上也是不被允许的。这大半是因为猫的娇媚和洁净，它们大多时候是一尘不染的。燕子却从不接近人的身体，但它把窝筑在一户人家的房檐下，这户人家就会觉得受到了奖赏一般，十分高兴。有的燕子甚至把窝筑到了屋内——这在今天的城里孩子看来可能是不会理解的——但这一户人家却真的会因此而更加高兴。

比较几种动物与人的关系：狗常常与人合作；猫特别让人亲昵；而燕子更多地使人尊敬。

黑色的燕尾服，雪白的衬衣，燕子在打扮上是个西化的绅士。然而它却是中国乡土民众的挚友。连最贫穷地区的人都知道不可以打燕子，连最小的孩子都知道这是一种获得了豁免权的鸟儿。他们都小心翼翼和真情实意地对待来到自己家的燕子。燕子最喜欢成双成对地待在一起，并且能够像人一样夫妻双双地忙碌,饲喂自己的小孩,一点一点将其养育起来。

在我们万松浦,燕子同样是最高贵的鸟儿。

雀　鹰

如果在阴冷的天色里呈现这样一幅图景:北风吹拂着野地里一团团的滚地龙草,一只雀鹰正从它们中间起飞,就会让人感到最严酷的冬天已经来到了。雀鹰那灰乎乎的身躯在万松浦的上空活动时,实在是显得触目。

有一天,这儿的天空翱翔着四十多只苍鹰——其实只是雀鹰。那是一个初冬的下午,其情其景让我印象深刻。

书院东河那儿就有雀鹰的窝。我们常常可以看到一只雀鹰抓住一只什么猎物从院子上空飞过,那模样让人想起一架飞机悬挂了炸弹在飞翔。

有人以为雀鹰是小个头的,而红脚隼却有可能是大的,这是一种误解。雀鹰其实还要大一些。雀鹰捕捉鸟儿的残酷场面我们没有看见,但我们书院松林里常常有鸟儿凌乱的羽毛。一场血腥的战争和杀戮总是从我们的眼皮底下滑过,看来雀鹰是善于速战速决的。也许正因为这里的鸟儿太多,所以才有这么多的食肉动物。可是同样是长了双翅的,却要以另一些飞翔的生命为食,这是多么残酷的事实。这是一种可怕的象征。

这里苍鹰很多,另外还有一种更大的鹰:鸢。如果有一只鸢飞向了高空,有人就会指点着喊:"看哪,老鹞子!"它们比红脚隼和雀鹰更为猛厉,能够捕捉飞驰的草兔。

大　雁

大雁路过万松浦时常要留下来玩几天。它们在稀疏的苇棵间慢慢挪步的样子很可笑。一些猎人很喜欢它们能在这儿逗留，还给它们取了个外号："老呆宝。"小时候曾看到一个矮个子老人挎一个篮子低头在青青的麦田里走，问他干什么？答一句："拣大雁粪。"我们争着去看他的收获：篮子里只有几块光滑的、白色的圆柱形东西，根本就不像粪便。问他干什么用？他答："做药材哩。"

往昔里，午夜有两种声音是最迷人、最难忘的。一种是天空过大雁时的鸣叫：像小儿低语，像婴儿在笑。这声音让我们在心中默念："一会儿排成人字，一会儿排成一字。"一种是马车在不远的路上通过时，马蹄发出的咔嗒声：不脆也不艮，不响也不闷，配在夜色里真是好听。

现在这些声音都听不到了。不客气地讲，一些特别的、真正的幸福，我相信是随着它们的消失而永远地消失了。

灰　鹤

在河湾处，在海滩上的一个个大水洼那儿，常常落下一些灰鹤。它们的长腿让当地人发出惊叹：嚯咦！灰鹤在浅浅的草丛中踌躇时，两眼痴呆呆地望向四周，有时猎人凑得很近了它还是毫无察觉，无动于衷。

前些年秋天一个猎人被早就想逮他的公安人员逮到了。候审期间他哭丧着脸说:"我什么坏事也没干,我不过是打了一只鸟。"公安人员认为只要是长腿的鸟就要保护,至于怎么处罚,那还要看鸟类图谱。那个猎人说:"我的命怎样,最后就看那张谱了。"

结果查出是一只灰鹤。罚款,没收猎枪。这结果使猎人还是有些高兴,说:"如果谱上让我蹲个三年两载的,我也没有法子。"

这个猎人来万松浦玩,路上正好看到了一只灰鹤翩翩落下,立刻下意识地闭了闭眼,说:"又是它,妈的。"

灰喜鹊

灰喜鹊是葡萄园里的顽皮鬼,不受欢迎,毛病屡教不改。它们爱吃葡萄,但从不讲究方法:每一个葡萄串穗用长嘴吮几下也就算了,结果整串的葡萄就要烂掉。种葡萄的人说起灰喜鹊,都是一副不以为然的样子。因为灰喜鹊属于受保护的鸟类,只能轰赶而不能捕杀。结果许多葡萄园不得不雇用专门的人到园子里按时喊两嗓子,叫作"赶鹊人"。

灰喜鹊看来十分满意自己的角色,它们一直待在树上,专等赶鸟人喊过了离开,然后一头扎进园子。种葡萄的人捧着被它们啄过的烂葡萄穗,说:"你说这些狗东西气不气人哪!"它们不吃葡萄的时候,一群群在园子边上飞旋,叫出一阵阵不无滑稽的声音,很像是取笑葡萄园的人。

但即便是葡萄园的人也承认:灰喜鹊单从模样上看还是很好的。它们有海军军官才穿的那种灰呢子长大衣,还戴了黑色贝雷帽，真是足够神气。当它们安静地待在树上时，那种神情也是非常温文的。可是更熟悉它们一点脾性的，就会发出连连叹息，感到惋惜。因为它们既是清除松毛虫的能手，是使一大片林木免于毁坏的大功臣，又是海边一带十足的捣蛋鬼。它们不仅对葡萄园恣意妄为，而且还对其他的鸟类构成侵犯，甚至趁其他鸟儿外出不在时，动手拆毁人家的住所。

万松浦一带的灰喜鹊成群结队，它们喜欢这无边无际的松林，更喜欢成片的葡萄园。

牛背鹭

牛背鹭在当地极少见，可是这几年也来万松浦了，成为尊贵的客人。它长达半米的身躯，头和脖颈醒目的橙黄色，都给人眼前一亮的感觉。

但它们在这儿仅是两只、三只地出现，很少成帮成伙。它们光顾万松浦的样子，让人想起初来乍到的旅游者。它们如果长久地待下去，将会知道这里有多么丰富的食物、多么好客的主人。

三只牛背鹭于一个雨后的下午落在书院的水杉树下，像几位老翁一样持重地踱步；更多的时间它们只是候在原地，看看碧绿的草地，看看一旁翩飞的喜鹊，不动声色。

就在前不久，它们还曾经出现在离万松浦十几华里外的闹市区，但只停留了短短的二十分钟。

猫头鹰

面对它们圆圆的大脸、明亮异常的眼睛,你常常会觉得这是一种无所不知的生命。的确,猫头鹰是一种绝不平凡的鸟儿,它几乎在一切方面都引起了人们的好奇心。人们对它迷惑、敬畏,恐惧和喜爱,还有许多时候是厌弃和拒绝。它是捕鼠能手,是会飞的猫。可是在北方相当大的地区里,人们把它当成了死亡的预言家——老年人最不愿听到的就是它的叫声。我曾亲耳听到一位正在河边上蹲着的老人面向鸣叫的猫头鹰喊:"不用说了,我走到哪儿你说到哪儿;我知道我快去了。"老人从心里认为这只不祥的鸟儿在向他发出死亡通知。

其实如果居住在万松浦,也就不会变得那么敏感了。因为这里的猫头鹰太多了,任何人都不可能回避它的叫声。长此以往,它的鸣叫只成为众生合唱中的一个音阶、一种乐器,比如是一支竹笛和箫而已。造物主真是奇怪啊,它不仅有猫一样的耳朵、眼睛和面庞,不仅善于捕鼠,而且也能发出猫一样的喵喵声。它与猫到底是一种什么关系,生物学家并没有详细地告诉我们。在一般情况下,我们人类不太习惯看到一种动物的脸庞圆圆的,也就是说,不太希望它们脸的形状太接近于人本身。如果有什么鱼类或鸟类长出了一张圆脸,就会引起我们长久的观测和想象,让我们不安。而猫头鹰就是在这一点上让人颇费猜度。

它们的种类非常之多。据说有二十多种。其中有的面庞实在是太怪了。比如长达半米、像头戴黑色呢帽的草鸮,谁在它的注视下会无动于衷呢?再比如更大个头的雪鸮,周身雪白,两眼通圆，有硕大的头顶，很像一个刚刚堆成的雪人——它一旦突然出现在面前，一定会使人目瞪口呆。还有长了一张猴脸的褐林鸮、面目悲伤的长尾林鸮，都拥有无法言喻的韵致和神情。

万松浦的林中大约有七八种猫头鹰。

有一次在南方的奉节城，我看到了一只小孩子大小的猫头鹰，它粗粗的腿上正系了一根铁链子，跟随自己的主人在街头小摊上喝酒，主人不时扔一块肉给它。它一活动，铁链子就哗啦啦响。主人喝过了酒，说一声："咱走啊。"它就跳上了主人的肩膀。

大多数的猫头鹰都留了人一样的背头发型。可见它们的确不是一般的鸟。

黄　雀

它就是人们常常饲养的会唱歌的小鸟。这种鸟儿在林中不起眼，只有美妙的歌唱使人心情愉悦。一只能歌唱的小黄雀十分受人欢迎，它很容易饲喂，且鸣唱不倦，早已进入寻常百姓家。一些人甚至以捕捉黄雀为生，他们就来往于林中，到处悬起"翻笼"：笼里先放了一只雌鸟，笼上有一个机关，只要想谈情说爱的小黄雀一扎进笼里来，笼子上的翻盖就一下合上了。

黄雀是杰出的小歌手，是我们引以为荣的鸟儿之一。只要提起能唱歌的鸟类，万松浦的人就会说一句："俺这里黄雀最多了！"

黑枕黄鹂

夏天的中午走在林子里,常常被一种极为奇特的叫声惊呆:婉转之极,嗲声嗲气,有时真像一个婴孩在呼唤母亲。它的声音混在林子里的众声喧哗之中,显得非常突出。这就是黑枕黄鹂。它比黄雀肥大,口腔里一定有个不小的舌头,所以才会有如此独特的、简直是拟人化的鸣叫。

林子里的这种鹂鸟在数量上远远少于黄雀。但只要是有一只,它的声音就不会被埋没。那是一种娇痴之声。偶尔也会发出泼辣辣的呼叫,这时就有点像女人的声音了。你迎着这叫声走去,会看到它黄色的躯体一下展放开来,像荡秋千一样从一棵大树荡到另一棵大树——这时它的嘴里再也不是嗲声嗲气的乱叫了,而是发出一种更怪的声音:"哼,哼。"它大概因为受惊而生气了。

松 鼠

它的身影一闪而过。不过它那条蓬松的尾巴会让人过目不忘。这里的松鼠虽然不像南方和东北那么多,可是仍然时常现身。无边的黑松林里,球果肥硕,但因为是黑松,籽粒不像红松的那么大,所以它们在觅食时不免要劳苦一些。但林子里可吃之物绝不止松果一种吧,于是它们在这里长居也并非是置身于苦寒之地。

在万松浦西部的屺姆岛上,松鼠们胆子好像要大一些。它们可以在汽车声里探出可爱的头颅观望,手里还举着一个球果。有一次,有人看见一只松鼠从一棵高高的大李子树上下来,嘴里还咬着两个大大的并蒂李。没听说松鼠还能吃李子，所以说起来都不信。但我在国外曾见过一只松鼠口衔一只大核桃从树顶下来时的憨态：它只顾低头忙碌，直下到树桩底部才发现我站在跟前，于是慌促中又略有羞愧，只呆呆地仰脸看我，一时忘了该怎么办。那只青皮大核桃太沉了，它衔着离去时十分吃力。

　　松鼠是最可爱的小动物之一，这在万松浦也没有例外。只要一说到它的名字，大家都停下手中的事情，睁着眼静静地听。

乌　鸦

　　乌鸦是很能抒情的一种鸟儿，它情深意笃的叹息早已为人们所熟悉："啊！啊啊——"可是仅此而已，并没有吟咏的下文。它们是起落的黑云，是海边上一片跳跃的墨色。曾几何时，这里的乌鸦多到了令人发愁的地步，老人们都说："怎么办啊，看看这些乌鸦！"我小时候常看着它们遮去一大片天空，喧闹飞旋一阵，又呼啦啦落在麦地上。当我为这一大片黑鸟而惊叹时，上年纪的人却说："现在的乌鸦可少多了！"

　　老人们讲，在过去，每天夜里乌鸦把林子全部占据了，简直没有其他鸟儿立足的地方。一棵棵大树上全蹲了过夜的乌鸦，就像结满的黑色硕果。到了早晨，乌鸦飞走了，地上就铺了厚厚的一层干树枝——这都是它们降落和起飞时扑打下来的。

　　时过境迁，如今再也没有那么多乌鸦了。偶尔听到一声"啊、啊"的抒情之声，觉得新奇得不得了。

2004 年 6 月 30 日

穿行于夜色的松林

一

我听说松林是天上的乌云变成的,乌云是松林的魂魄。一片片松林死亡了,它们的魂魄就要升上高天,游来荡去,最终还要找个适当的时机落下来生长。我还听说红云落到地上生成了柿子树和紫叶李、枫树;常在西南方飘荡的灰云生成了大片的灌木;而白云则生成了白杨和桦树。

林木纷纷消逝的年代,也是云彩远远飘离的岁月。林之魂魄没有留恋之地,于是只得远去他乡,过西洋,越东瀛,最后找一些安生的地方降落下来。世上的事物有生就有灭,生生灭灭,浑成宇宙。有生灭就有喜乐哀愁,有呼号痛歌。我直到如今才算听懂了一点点林木之声,却不敢妄言转述。

二

许多时候云彩化而为雨,那是为地上转世的生命洒下乳汁。

地上干枯无色的日子，是不必饲喂的日子，所以云彩徘徊不已，最后还是走开了。云彩降生的时刻是在深夜，在无声无响的一瞬。某个失眠者于乌黑的浑茫里探出头来，看到一片无边无际的雾气把大地笼罩个严严实实，一伸手十指皆湿，就在心里暗暗惊呼：天哪。他不知道这正是上天播种的时刻，大地上一片崭新的林木即将出世。

所以森林在地上诞生是最大的事情。有人隐隐感悟到什么，于是学习神灵所为，一到每年春天就搬锨动镢，谓之"造林"。

三

漫天的乌云在夜色里行走，发出若有若无的声音，深长而又隐晦。这声音让人想起大海深处的流涌。乌云留恋遥远的东方居地，从大洋彼岸赶来，俯视这一片千疮百孔的平原。一万两千多年前这里是茂密的松林：庄严，苍黑，高大英俊。就因为这片松林的关系，整个平原变得威风凛凛，接受四方礼遇。可是现在什么都没有了。关于它们消失的故事实在悲伤，所以这会儿上苍没有言说，只有默默注视。

乌云不能在一处长久地停留，它们于是继续游走。越过又一片大洋，往下看是茂密的白桦。乌云于凌晨三时，悄然落地，降生在桦林之侧。

不久这里将有一片茂密的黑松。

2004 年 5 月 26 日

第三辑

山　水

山水情结

我的无尽的烦恼,难以言喻的匆忙,这一切会纠缠终生吗?它们来自哪里?来自生活本身,来自生命,来自一个无法变更的命运或一个莫名的规定?我怀疑,故而不愿服从。可是我又无从摆脱。

北望立交桥

这是一段难忘的回忆,它仍然是关于居所,关于我与一座城市相依相存的故事。

那时我在这座都市里第一次拥有了一个两居室新居。一开始有些兴奋,因为这是我得以安顿自己的空间,它平凡而又神奇地出现了。在熙熙攘攘的都市里,这是无数楼房中的一居,隐于其中,活于其中,消失和生长在其中。它在苍苍茫茫中找到了我,或者说是我找到了它。我的幸福无以言表,尽管它在五层楼的最高处,据说冬冷夏热,但一切在我看来都好得不能再好。

我对于新居所还没有任何体会,而只有关门对视的喜悦。我在粉刷一新的房间内走动，从这一间到哪一间，嗅着相同的水泥和石灰的香味。

不知什么时候，我突然听到了轰隆隆的声音，它一阵阵爆发，中间还夹带了粗长的持续的震响。这声音可真是有力和持久啊，它不仅震动人的耳膜，还轰击着人的心脏。我四处寻找这声音的来源，一站到窗前立刻就明白了：北边不远处是一座立交桥，连绵不断的车流在桥上旋转，桥下边则是另一些车辆，还有一簇簇的人群。

我搬入新居的时间正是这座城市最好的季节：秋天。不冷不热的天气和崭新的居所合在一起，当有无法忽略的幸福。可恨的是我再也休息不好。当然是无处不在无时不在的轰鸣赶走了睡眠。怎么办？有人说任何事情都有一个适应期，也许很快会像过去一样，还给我一个新的安眠。后来的日子真的有过几个像样的睡眠，但我知道这不是适应与否的缘故，而实在是连续失眠造成的极度疲惫的结果。我开始想一些办法，比如用棉条塞封窗隙，再比如安装双层窗子。这些方法事倍功半，因为实在是声源宏巨，而且真正密封之后又带来了新的问题，即震动和共鸣的力量反而由此而增大。车辆在悬空的立交桥上加速时发出的轰响，它引起的楼体和窗子的共振，简直无可抵挡。

我走入了头胀目涩的日子。与此同时，我发现满屋都被黑色的细尘蒙住了，随时擦拭随时落下，源源不断。窗子已得到如此的封闭，黑尘还是钻挤进来，显然已经无法根治。由于这噪声和灰尘，门窗也就轻易不可打开，于是室内空气愈加恶劣。

我只想尽可能地逃离这个居所，并且永远不再返回，可这又是我唯一的居所。

立交桥建得丑陋而庞大,是粗鲁的水泥裸体。它在我眼里成了狰狞的怪物。它是凸起的一截城市的肠道剖面,正露出内部的蠕动和循环。它散发出难闻的气味,还有巨响。可是我不仅避不开这声音这气味,还无法摆脱它刺目的形体,因为我不能对窗外的一切视而不见。渐渐我觉得它也在与我对视,并且时而狞笑。

仅仅一年多的时间里我就病了三次。

偶尔出一趟远门,让我暂得轻松;可每到了归来的日子,又开始恐惧那个日夜轰响的居所。回来了,无眠,脱发,绝望,一遍遍洗脸,抬头看发青的眼窝。

有谁愿意交换这个居所?你有一个安静的柴棚或者猪窝吗?那你愿意用它与我交换吗?是的,我将欣然前往,但你不准变卦。

帐　篷

我从养蜂人那里得到了启示,觉得可以从他们身上学到许多东西。有一段时间,不管在哪里,只要遇到养蜂人,我就要停下来耽搁一会儿,了解我所感兴趣的一切。他们的职业在一般人看来是辛苦的,到处游转,远途运输和奔波,夜宿野外等等。可是他们的生活听来又极具色彩,如追赶花期,如倚山背水而眠,如走遍大地。

有一段时间我甚至想以某种方式,真的尝试去做一个养蜂人。之所以说要以"某种方式",那是因为身有公职,有一种固定的工作,并非可以一走了之。今天生活中的人,有几个可以随心所欲地选择,凭自己的一时兴起和阶段性的好恶去寻找一种日月呢？所以说变换日常生活要有章法，有途径，不得不去遵循"法度"。

如果以挂职的方式去一个蜂场里工作，这就有机会随放蜂人在大江南北流转了。但兴起而行，困难重重，尽管奔波考察了一番，结果还是没能成功。不过这期间我买了许多养蜂的专业书籍，于是得知了神奇的蜜蜂有多少本领，它们独特的习性，以及养蜂人的日常工作。还有一些花的常识，各种可供采蜜的花，它们的开放周期等等知识。

实际上真正吸引我的不是其他，而是一顶顶帐篷下的生活。

它是流动的房屋，是随遇而安的家，是可以跟随肉身和灵魂一起移动的居所。它为我们遮风避雨，还与我们一起摆脱尘土、闹市、烦琐和嘈杂。人的一生都要恐惧上无片瓦、下无立锥之地的赤贫生活，需要安居之乐。可是居安即要思危，牵挂繁多，忧心不已。最主要的还有，人的移居成了大问题，就是说一个人不管愿意与否，必得长期在一个凝固的居所里待守。

弄一顶帐篷，这一度成了我的理想。最好是大帆布帐篷，军用品，耐风雨且又宽畅。可是它太重了，非要几个人一起抬到一个地方扎盘不可。尽管如此我还是设法搞了一个。但由于种种原因，真正使用起来的机会并不是很多。首先是日常的屑琐缠住了我，使我不能安然离开，去入住可爱的居所。再就是这个居所一旦立起，就不能省却人的照料。想一想它在山上，在河畔，如果没人照管，会有怎样的麻烦。

后来我选了一个简易的轻便帐篷。这一下好了，它可以随意收取。可是它远远比不上以前的大帐篷，显得如此飘忽、逼仄，只是聊胜于无而已。在大风大雨之中，它根本就靠不住。更为烦恼的是，今天的野外生活，特别是一人独处，已经是令人惧怕的一件事了。我的极少的一点生活用具，如烧水的锅和杯子之类，不止一次丢失。

尽管如此，帐篷里的时光还是弥足珍贵。它生出了一种极为新鲜的、与四周丝丝相连的、又熟悉又陌生的东西，这与我们已经习惯的一切是那么不同。午夜，我遥视着一天星光时，恍若进入了某种梦境。是的，这是与生俱来的一个梦想，人一旦接通了这梦想，心底深处就会有一种难以言喻的激动和喜乐。干净利落的生活，被天籁围簇的生活，对于现代人来说可真是一种奢侈啊。这其实也是极为简单的生活，可就为了追求这简单，我们却要付出极大的代价。

一座城市留在了身后，那里有诸多所谓的责任，正等待我们去履行。现代人当然不可以一走了之。

可是梦中的帐篷呢？它真的最终不再属于我们，或者说已经没有了失而复得的那一天？

我无法回答。

山　屋

我居住的这座都市，东西南三个方向都是丛丛高山，它们笼罩在雾气下的神秘诱惑我，甚至是召唤我。我每次走进大山深处时，心境都为之一变，有时甚至会为这样的情绪所惊喜，在心底自问一句：多么奇怪啊，仅仅是半天不到的时间就来到了这里，而此地完全是另一个世界啊。寂静的山谷，树的谛听和注视，还有鸟儿问答。山石裸露，云母、石英的闪光。黄昏时刻，一种低沉的山之咏叹开始了，它感动我们，我们却找不出它的源头。这是一种无所不在的、若有若无的声音。大山的早晨也有这种咏叹，但那又是另一种色调和意味。

　　山中绝少人烟，只偶尔看到几处遗下的小小山屋。它们如今完全被丢弃了，主人是谁又为何离去，这已经是个谜了。大若仅仅是几十年前，这些山屋还被人兴致勃勃地打造，而今打造者却弃它而去，再无踪影。人的兴致真是奇怪的东西，它总是忽东忽西没有确定，变化无常。但我可以想象其中的原因：山下的城市变得越来越热闹了，山上的人于是再也待不住了。

　　小屋里的人不是和尚，他们是守山人、林场工人，或其他什么人。他们下山寻找新的日子，于是把原来的工作连同心情一块儿丢下了。我稍稍有些不解的是，难道现在的山上就不需要那些工作了？比如说大山不需守、林木不需护，连同其他一些山里的营生，在现代都可以一并省略？

　　不管怎么说一个个挺好的小屋就这样被遗留山上，它们空空的，静静的，黑黝黝的。屋里有一种烟火气还隐约可闻，但这需要用心去嗅。我长时间在山中徘徊，寻访了许多山屋；也就在这样的时刻，我竟然私心大发。我在盘算一些事情。因为我发现这些小屋比最好的帐篷还要坚固，而且就扎在了帐篷应该扎的地方。这真是饕餮之徒眼中的美馔。我目不转睛看过了一个个山屋，心里正打谱在某一天搬进其中的一座。因为一个渐渐走近中年的男人有些惧怕了，他有时甚至觉得自己就是一只被尘嚣围追堵截的狼。逃离之心人皆有，有缘遁迹几人能？多么奢侈的思想和行为，多么繁华的简朴。

　　我和家人，又约上三两好友进山，挑选了一幢山屋认真打扫整理一番，又搬进一些吃物和用具。剩下的事情就是把手头的工作如数移来，就是享受另一种幸福。果然，这儿的山屋让我有了清新的思绪、活泼的想念、愉快的心情，更有了安定的志趣。奇怪的是深夜寂山并不使我害怕，听了猫头鹰的长号也安之若素。百鸟作歌，林兽和鸣，溪水在山侧回响。这样的时刻多么适合回忆，回忆青春年少时光，回忆无拘无束的日子。我正在开始的工作效率极高，仿佛不知疲倦，常常日夜劳作而不觉困顿，不愿停下。

偶尔有好友来访，他们总不忘捎来一些吃和用的东西。这样的白天或夜晚啊，是多么愉快的时刻，好像整个的友谊都变得簇新了。大家一块儿从拥挤中、从无边的烦琐中挣扎出来，这时大大地舒出一口。山下，凡是不好的消息都不愿提起，暂且让我们与他方隔绝。这里有树林山泉和鸟兽，有久违的一切，于是什么都不缺了。朋友当中的大多数没有长时间离城的条件，他们只好匆匆地来，恋恋不舍地去。我从他们的身影联想起自己，想这几十年的光阴，想那些消磨和耗损，想每一个人究竟会被什么拖累、拖累一生？这样直想到许久，想到头疼。

我有一个聪慧的朋友说过：人与物质的关系不是占有与被占有的关系，更不是役使和被役使的关系，而应该加以调整，调整为崭新的关系。究竟怎样调整？没有说。不过我深深理解这种渴望和想象。是的，人在物质世界中要获得一点点自由，大概离不开这种调整。人的烦恼在许多时候的确来自这种不正常的关系。可怕的、没有尽头的物质欲望把我们自己淹死了，可我们仍旧在一刻不停地往这浑浊的污潭中加水，一直弄到彻底的灭顶之灾。

我在山屋中愉快而真实地生活，高效率地劳动，日常生活用品却消耗甚少。我这会儿真的感受了美国梭罗的自得,也真的认为一个人并不需要那么多。同时我也进一步明白了,简朴的生活并不等于简陋的生活,更不等于难以为继的尴尬,不是无米之炊。简朴生活是一种自由,一种浪漫,一种心安理得和一种和谐自如。

两年的时间里,我前后换了两个山屋,但几乎没有在城里长时间生活过。一切正常,收获甚丰。没有那么多电话电传和呼叫的催逼,没有因为争夺生存空间而招致的可怕倾轧,没有呛鼻的煤烟和汽车尾气,没有一天二十四小时的马达轰鸣。

这里没有了时髦信息网络消息快报慢报,没有了铺天盖地的报纸杂志,更没有花男绿女和荧屏把戏。我宁可做一个背时的无知之人,一个当代懵懂。可是我并没有因此而真正缺失什么,没有耽搁任何要紧的事情。相反,我提高了工作效率,把握了劳动时间,还赢得了双倍的安宁和健康。

三线老屋

现在的年轻人已经没有多少知道什么是"三线"了。我也难以准确地解释,只知道这是三十年前那段特殊时期的产物,是修在山地或偏远地区的一些重要工程,它们可能会应付一些不时之需,也许关系到未来的国计民生。几十年过去,时局形势以及思想都松弛下来,这些工程也就没有了用场,再加上管理和维护费用巨大,所以如今大部放弃不用,呈现半废状态。

然而那是多少人的血汗,并且是智慧的结晶,力量和意志的结晶。有些工程极其完美,至今让人叹为观止。还由于当年的选址都是荒远僻静之地，所以今天看往往免不了山清水秀。我在城东的山隙里就找到了这样一处不少规模的建筑，它在一个山谷中开垦整理出一处大大的院落，盖了一大排宽敞结实的房子，院子里还有三个大水池，其中的一个与标准的游泳池那么大。如今这一切都被一扇大铁门给锁在里面，当然是荒废不用，所以空地上已是丛林茂密，一片葐郁，合抱粗的梧桐和苦楝树槐树榆树不少于二十株。更壮观的是四周山坡上的大树，它们呈合围之势挤向这个山谷中的院落，看去就像齐心守护一个山里的珍奇一样。这里一片沉寂，只有几条铺得极为讲究的甬道在诉说当年的繁华。我一直搞不明白的是那几个奢侈的大水池，它们是真的泳池还是养鱼池、防火水池？都不像。

这是我在山里游荡时的发现。从此我不再忘记，并且时不时地就要转到那儿，从山坡，从大门，从不同的角度去看它。无论是择址还是建筑，它都是一个了不起的山中杰作。有一条弯曲的道路通向山外，现在大部都被葛藤覆盖，就像一场绿雪封了山路一样。这里可能已被遗忘，尽管它无论从哪个角度看都称得上是一笔了不起的财富。我当时就在心里想象，一个人如果得以在此安居，哪怕仅仅是短期的借住或一段时间的滞留，那都将是怎样的一份福气。当然，这又是一个现代人的梦想，它切近而又遥远，只是不近情理。

可是我开始把它挂在心上，常常为它的美丽惊叹，为它的闲置抱屈。是的，它这会儿只好在山中冷寂，因为它与灯红酒绿的现代城市显得太隔膜了。然而它毕竟近在咫尺，它真正安静的时间也许不会留下太多了，因为说不定什么时候有人就会把它记起，适时派上一个时髦的用场。我后来了解到它属于"三线"时期的一处工程,早在十几年前就放弃了,当年是一处特殊的电力设施,至今还归属电业系统。我多想躲到这个闲置的地方,如果如愿,将获得一段多么好的工作时间和工作环境。从此我的心里就有了一个放不下的念头。

我于是想努力争取一下。结果当然是颇费周折。令我大喜过望的是,半年之后真的成功入住了。

一番折腾开始了,劳累然而超出了一般的快乐。我与几位朋友动手整过了年久失修的屋顶,挖出了大小水池中的淤泥和腐殖,又把院内的甬道清理出来,再从荒地上开出两块菜园。从入住大院的第一天开始,我们就没有间断地迎接起林中的野物,它们是拖着长尾的大鸟,窜来窜去的野兔,还有站在一角注视的草獾。野鸽子的声音就在头顶的大榆树上响起,它们与远处山隙传来的啼鸣呼叫应答。

一切都收拾停当,有了被褥和炊具之类,有了越冬的火炉,有了书籍和笔墨纸张。这里旷敞得可以住得下一个连队,于是几乎每个星期天都有一些朋友来到这里,他们总是携来一些吃物。大家都说,如果能在这儿安安稳稳住上一年,那真是值得庆幸的事了。是的,对于一个来自闹市的人来说,这里真是过于奢侈了。

可当时怎么也想不到的是,我竟然能够在此一住两年多。于是即便在很久以后,我都为曾经拥有这样的一段幸运时光而心怀感激,并一直记住了这种赐予。

山中的夜晚对我来说是不陌生的。然而这里空旷清寂得出奇,半夜时分总会有一声凄然长啼,让人分不清这是何方何兆。勤劳的野物整夜都在院里忙碌,它们掘土、寻索,从东到西,又从西到东地翻开一溜溜湿土。有时我睡不着,就在凌晨起来工作,遥对窗外的星星,陪伴屋外那些不眠的生灵。

菜地的南瓜和芹菜萝卜都长势喜人,水池里的鱼也肥胖欢腾。鸡群待在院角的一片沙地上,它们总是在阳光下做着惬意的沙浴,并时不时把蛋下在粗沙粒上。我和朋友们点种的花脸豇豆大获丰收,芝麻和芋头也繁茂可期。春夏的布谷鸟一整夜深情长啼,勾起人的阵阵怀想再也不能止息。下半夜两三点钟动手煮一碗方便面即是美餐,它突然冒出的香味往往会让窗外的一些生灵屏息静气许久。

这就是难忘的两年,大山的恩惠默不作声。不止一次有人询问:这么久你到底去了哪里?出国了?我幸福无言。是的,凡是巨大的幸福,它的结果往往会带来长时间的沉默。

波斯地毯

因为要集中一段时间独自工作,所以需要找一个临时的安静地方。这实际上是很难的一件事。人总是被各种噪音团团围住,还有来自各个方向的呼叫催促,大概一个现代人最难最困窘的事情,就是没有一个办法躲藏喘息。就在我焦虑的时候,有人像及时雨宋江一样出现了。

他领我走啊走啊,直走到一个黑乎乎的地方。这里到处都是零乱破败的建筑,还有垃圾,我们得小心地下脚才行。来到了一处颓屋旁边,这儿有一幢陈旧的三层楼房,墙上的绛红色涂料已褪去一半。朋友指了一下,领我走进去。楼梯是木制的,上面的红漆已经脱落,每踩上去都要发出吱嘎声。原来这幢楼以及四周的房子原先是一处招待所,因为尚有一年左右就要拆迁,所以现在除了留下极少量的人照管外,基本上没有其他工作人员了。我们踏上的这一幢算是最好的房子了,据说其余的房间已经连拆带搬空荡荡的,不一定什么时候就会掉下一块砖一片瓦来。

有人过来与朋友说了几句话,互相点着头,然后就领我们进了二层的一间。打开厚厚的木门,屋里的脏乱吓了我们一跳。尘土约有二指厚,屋内仅有的一床一桌一橱全都给蒙起来,每迈一步,脚下都会留下一个清晰的鞋印。朋友用询问的眼神看看我,我说:很好。

就这样,我决定在这间屋子里住下来。经过了一阵清扫,总算看出了床和橱子的模样。桌子是老式的,四角还雕了花,铜色,老虎腿,抽屉上的拉手是很古的式样。我一下喜欢上了这个颇有来历的桌子。当进一步动手擦和扫时,脚下踩了什么软软的东西,一绊一绊的,但我并未在意。后来一切做得差不多了时,我开始动手整理地面。这儿像是积起了一百年的老灰,真难对付。我后悔没有让朋友留下来帮我。擦了一个多小时之后我才发现,一直绊脚的原来是一块小地毯。它在桌子一边,约有一平方米多一点,不太厚,花纹已被灰垢弄得不甚清晰了。

接下来的时间我都在设法弄干净这一块小地毯。我把它搬到了屋外。在阳光下清扫扑打了半天,终于可以看清它那烦琐而美丽的图案了。原来这是一块波斯地毯。我像抱了一个新生的婴孩一样把它端上楼去,小心地放在原来的位置。不知为什么,就因为有了它,整个房间都变得庄重雅致多了,还显出了某种肃穆感。我的心情也有些改变了。

就为了这个不为人知的小小空间,我有许多天在高兴地忙碌。我用心打扮它,比如添置一个笔筒、一个插花瓶、一束鲜花等等。尽管房间外面还依旧尘封,这个属于我的小房间却已经是窗明几净了,还充溢着花香。一块色调沉着的、图案多少有些烦琐的小地毯铺在地上,不,是铺在红漆脱落的木地板上。

这里多么安静啊。我知道安静是万福之源,没有一个免受侵蚀的空间,一切都将失去。我在这里静默,感激渐渐滋生出来。四周由于是即将被彻底放弃的旧房颓舍,所以终日有一种黄昏的色调和气氛。窗外不见一人。香椿树叶蒙了厚尘。麻雀小心翼翼地飞动,毫不费力地寻觅自己的一切。目光收束到房间之内,立刻觉得这是一个富足之所,它甚至都有些奢华了。这种奢华感有时会令我稍稍不安,但这种不安很快又变为一种欣悦和舒畅。

努力工作的欲望强旺起来。我像在这个非同一般的居所里藏匿一些宝物一样,终日忙碌不息。这种工作的热情和精力,都是许久不曾出现过的。

原来讲好的借用时间是半年,大约半年之后这片废墟也将消除了,就是说我的这间安怡静默的居所从此将永远地消失。但我相信居所也是有生命的,它难道会不留一丝痕迹地从这个世界上蒸发?半年时间到了,它还存在,并且没有人督促我搬离。我于是继续待下去。原定的工作已经完成,我在这儿住下去,等于是一种默默的守护,是与之两相依偎。剩下的时间里我们在无声地对话。我们在诉说不久即将来临的事情,那个命中注定的日子;还有,我们时下还能做点什么?

只有等待了。

又是半年过去,这幢暗红色的楼房终于拆除了。可是直到今天，我只要一闭上眼睛就会看到房间内的一切：雕花木桌，瓶里的鲜花，特别是那一块波斯地毯。

老农舍

在大城市生活的痛苦积累到一定程度，其中的幸福也会忽略不计。我们人类文明的最大失算，就包括无节制地制造大城市。而且我们已经无法摆脱自己动手画出的这种魔圈。城市的膨胀无休无止，其实也是痛苦的积累和叠加。我的朋友到了一个更大的城市去工作，一年之后我问他环境上最大的变化是什么、感触是什么？他告诉我最大的变化是上班路上耗掉的时间太多：他需要两个半小时；爱人三个半小时；孩子两个小时。也就是说，以双程计，他们一家在路上白白消耗的时间就有十六小时。人生中每一天至少减去十六小时，这有多么可怕。在这十六个小时面前，所有的幸福大概都要所剩无几和大打折扣了。在这种消耗之下，一个人如果不是因为迫不得已的原因，那么即便每天吃到人参炖鸭、处处如花似玉，也必得速速逃匿才好。

逃向哪里？逃向疏朗开阔之地，走向山清水秀之所。话是这样说，真要做到其实是极难的。人生负有难言的、各种各样的责任，而有些责任也必得在闹市里才能完成。问题是闹市里自有化繁为简之方，远离时髦之法。闹市里也并非全是跟从和追逐，不全是非要勒紧腰带显阔的尴尬。闹市自有闹市的安然度日之方。但假使机会来了，也仍然需要抓住不放才行。

就是因为这样的思绪盘在心头，所以有一天，当去一个半岛小城居住的机会一来，我立刻就整装而行了。

小城之美在于开敞和安静。可是我知道小城在商业时代也没有太久的安静可以享受了。凡是小城，它的模仿能力绝不可低估，所以用不了多久这里也会是染成的彩发满街，汽车把巷子死死堵上。还有，就是寂静之地必有蛮人，他们管理城市的办法就是粗野开发，用不了多长时间就会把一座好端端的城市弄个喧声遍地，人仰马翻。这一切几乎没有个例外。一个曾经饱受其害的外地人眼睁睁看着一座可爱的小城怎样一天天毁掉，痛心疾首却毫无办法。

　　我当然正在走向这样的经历。可是我又将逃向何方？在小城徘徊的日子恰是我最悲伤的日子：忧己更是忧人，忧大地上所有的创造之物。难道我们的大小城市都难以逃脱那个可悲的命运？每想到这里我就有点心寒。我不像一些开明进步人士一样达观，因为他们一张口就是那句废话：我是乐观的！我对未来是充满信心的！是的，这样说不痛不痒，既使人愉快，又不必负任何责任。一个人的乖巧，从来都是从说吉祥话儿开始的。好好说有赏。

　　然而我后来即便在小城，也还是找了个郊外的农舍住下了。这是一个朋友留下来的，他空下来让我住。老式房子自有妙处，尽管看上去其貌不扬。土坯做的墙，大土炕，老门老窗，冬暖夏凉。这里春夏的风雨格外真实，因为没有过分高大的楼房阻挡，听声势就能想起童年的原野，想到那时的大自然怎样发威。冬天的雪在房子四周平展而遥远地铺开，连着农田，连着一行行的杨树。为了对付寒冬，小屋里生了小小的炉火，听着噜噜之声，竟然御寒有效。我在窗上贴了剪纸，坐在热乎乎的大炕上，清福自来。

这种感受是久违了。是的,只能又一次说如同梦境。

那些小城郊外的夜晚啊,同样是朋友,同样是一起吃吃饭喝喝茶,同样是论文谈艺风雅一番,也同样是偶尔迎来一些远客,可就因为是盘腿坐在大炕上,幸福竟然增加了数倍。这些场景至今难忘,历历在目。那些日子,那样的生活,多么平凡朴素,可它真是让人留恋,让人觉得这才是真正的人的生活。

东去的居所

我在接下来的年头里还是一路向东移动。因为东方湿润,四季分明。我越来越受不了自己居住了二十年的这座都市,它虽然给了我一座城市的庇护,可也留给我一些可怕的病症。我有时真不知道该诅咒还是该感激它,只知道这是一座与之厮守多年的城市。我如果对它出言不逊,必会招致一些后果。记得有一次我在一个场合随口说了几句这座城市的不足和遗憾,有一位平时羞涩的美女立刻大声说道:我看这是最好的一座城市!我去了许多城市,没有一个赶上这里!她这样一嚷,老天,我怎么说呢?反驳?系统地阐述自己的观点?当然大可不必。

但我还是要说,我们如果能稍稍聪明一点,爱惜一点,可能这座城市,也还有许多城市,一定会比现在更美更好;不,会美好得多。空气,树木,人行道,居住区,绿地;是的,还有公共图书馆和一些简单的体育设施;我们会想到许多早已忘记的人的需求。这是我们的基本生存条件。满目灰浑的破乱大城,你不嫌弃,那么你就在这里住上一辈子吧,你因此而患上的一切疾病,都需要你自己承受。那个时候,谁来听你的呻吟?

谁来听我的呻吟？没有。所以我才要一路向东，寻找我的绿地和白云蓝天。它在哪里？它真的就在东方吗？尽管怀疑，也还是在命运之手的引导下蜿蜒东行。就这样，我来到了半岛小城，在它的中间或周围一直住下来。这儿仅仅是人的喘息之城、心疼之城、希望之城，也是困惑之城。在这里，你有时间看到我们的城市是怎样一点点变大变坏，一点点失去光泽的。几乎所有的城市都在沿着类似的轨迹向前，鲜有例外。

一开始这里有多少柳树，一律的垂柳，像巨大的拂尘一样立在大街两旁。它们来自十多年前的一次聪明选择，不知当年哪个有决定权的人说一声"植柳"，于是柳就有了。我记得一个诗人从遥远的海外来到这座小城，当时正逢初夏，诗人一踏上街道就大呼小叫：天哪，这一城的垂柳啊，我全世界跑了个遍也没有见到，真是绝了！这就是诗人的评价，也是我长久的骄傲。可是诗人说过这话还没有两年，小城人就动手砍伐柳树了，直砍得一棵不剩，理由是：听说别的树更好！

现在的小城没有柳树了，而有了各种"别的树"：矮小，参差不齐，就像我们所看到的其他城市一样。

就在这个让人心疼的小城里，我找到了一个居所。它其貌不扬，夹在一片高高低低的楼房中间，在城区的一处高地上，据说许久以前这儿是老衙门所在地。不大的居所里有一炕一桌，一口大铁锅，一个小书架。当然没有暖气，这种东西当时只有城里的贵人才有。我在入冬前备好烧柴，一些炭，还有最好的引火草：松塔。这些松树球果多么完美，它们漂亮得简直让人不忍生火。冬天我把大炕的洞子里点了火，多半个屋子就热烘烘的了。而夏天的小城是不难过的，我的小屋里从来没有用过空调机。

小屋是老式木窗,虽然做工粗糙,密封不太好,但仍然适合贴上窗花。冬天,我每天早上看着窗上的冰凌花怎么小心地攀过了窗花,心里有一种奇特的愉悦。它们让人想起童年,想起那个时候的霜雪雨露。真是奇怪啊,今天的这一切仍然还在,可是其中的诗意却被我们现代人驱赶了个干干净净。我在这样的早上尽可能多地赖在炕上一会儿,一边听着渐渐大起来的街声。无论天多冷,小屋四周最早响起的声音就是叫卖粽子的,他们来去不息,一拨走了一拨又来。因为人们起床的时间是不同的,所以热腾腾的粽子总是能够找到买主。一位朋友从外地来看我,一连几个早晨都是被卖粽子者喊起来的,他于是就感叹说:嚯咦!这里大概是全国最能吃粽子的地方吧!

有了这个居所,就使我在后来的日子里忍不住赞美起整个小城。这也使我想到,任何一个地方原本总有一些极美好的东西,它们总是被我们自身的愚蠢给覆盖了、弄伤了。对于大自然本身,我们人类肯定是有罪的。

我出差去外地时,时常想起的地方就是我在小城的小屋。无论是多么华丽的居所也不能使我的情感移动。这是一个极淳朴的地方,它像人一样有性格有精神,我既然在其中安身,那么它就会不自觉地影响了我。我一共在这个小屋里住了五年多,而这五年多是我工作量最大、也是身心最健康的日子。我怎么能不感激这个居所?我每一次去外地游走,心中总是泛起一个形象,这就是我的小屋。它就像一个慈祥的老人那样站在路边,期待着游子,以至于每一次从远方归来,一走近它,我心里都有一种真实的感激,热乎乎的。

水　啊

在水边筑屋可能是人生的又一梦想。大都市的罪过之一就是远远地阻隔了人与水的亲近。尽管比较聪明的筑城人总是想方设法把水引入城区,但他们所能做的仅仅如此而已,绝大多数的城里人还是与水无缘。那些以水著称的城市,如果实地考察起来,会让人觉得那一点点水简直算不了什么,微不足道。水啊,自然的心灵,大地的眼睛,可以洗涤万物的清澈之源,就这样不见了。而人离开了水会是不幸的。

可能由于我出生在大水之滨,所以一离开了水就有一种焦躁不安,总害怕生活变得过于干枯。许多年里几乎是一路逐水而行,水在不知不觉间牵引着人生轨迹。行走在城乡之路,只要是眼前出现了一片大水,立刻有一种愉悦和亲近感。无论在哪里,只要看到一片水被污染了,心头立刻会泛起一种绝望感,这绝望会压得人透不过气来。人类的恐惧不安和肮脏,这一切都等待水来洗涮,可是人类却先自动手把水弄脏了。人的视野里如果能有一泓清水,就成了人生中最质朴最诗意的追求。

在小城南部山区,一个小村向阳一面是深深的大水潭,而且绝无污染,常年清澈。一个朋友就在那个小村的南端居住,他们家有一个两层平台式楼房,长年闲置,于是热情地邀我去住。这时恰好是我不得不搬离小城居所的日子,内心十分惆怅,所以这邀请就让我分外高兴。那是一个小小的山村,几乎所有的房子都是老式的,一律黑瓦青砖,开着几个小窗,远看像一群可爱的刺猬伏在大山脚下。朋友的两层平台式小楼是全村最高的建筑,我们登上二层就可以鸟瞰全村。从这里再看南边的水潭，简直近在咫尺，蔚蓝蔚蓝，水波不惊，山的倒影就在其中。

我把简单的用具搬来，然后就在这里住下。水潭是我的心情，它一直是那么清澈平静。几天后，全村的人都一点点熟悉过来，他们把一层好奇抹去，开始了对外来人的帮助。山村里才有的黑咸菜是萝卜做成的，油亮油亮。还有一种山野菜做成的饼，泛出特别的香味。从水潭中钓的一种黄脊小鱼长约二寸，烤得酥香逼人，据说是一种长不大的特别美味。这些东西都是山里人一代代的强大滋补，是最让人信任的食物。

雨水过后，山里人约我一起去山坡上拣"香水牛"，就是长了两条长须的甲虫，肥肥胖胖，在锅里煎一下就是一顿佳肴，如果再有一盅白酒，那就是寒湿之日的清福了。除了它，山里还有豆蛹、多子蚂蚱、知了猴、蘑菇，总之美味多多，不胜枚举。这些吃物与山民的欢乐知足，还有健康自信的日常生活连在一起，让城里人费解而生羡。所有的这些东西都依赖于水，是湿漉漉的天地里才有的。雨停之后就是美妙的收获之时，找天然吃物，同时再备下白酒。我在全村最高处的那栋水泥房子里可以看到户户炊烟，如果是北风，还能清晰地嗅到全村烹饪的香味。

水潭太深了，村里人在夏天也很少下水游泳。潭水洁净无污，鱼在深处都看得清楚。只有靠近山麓才有苔草伸进水里，那儿据说就是大鱼的窝。这儿的水鸟总是单独行动，它们的模样在我眼里简直很少重复，每一次都是新的面孔，有的洁白，有的碧绿，有的长长的喙，有的高高的腿。水鸟在潭边踟躅的样子优雅之极，它们仿佛没有更多的急切心情，仅以漫步为主，狩猎倒在其次。我每一次来潭边都钦羡水鸟，先是盯视一会儿，然后就像它们一样悠闲地走起来。

水　啊

在南部山区水潭边的幸福仅仅持续了一年，后来就因为具体工作的变更而不得不搬回小城。可是我仍旧迷恋那里。有时半夜醒来，恍惚觉得南风正从潭上吹来，带来了水波的气息，夹杂着黄脊小鱼的呓语。可是很快就能听到街上驰过的夜车，于是披衣坐起，满心凄怅。这里即便是凌晨两三点钟也不再安宁，这与四五年前的情形已经完全不同。这就是一座小城的变迁，它也没有例外地走向了喧嚣，总有一天与那些大都市相差无几。

一个偶然的机会，我发现了小城近郊有一座中小型水库，而它的一边就是一个院落，内有灰色的水泥楼和几间平房，这就是水库管理所了。管理所当是几十年前的产物，如今这几幢建筑已十分陈旧，并且空下了三分之二的房间。主人寂寞，他们见我如此留恋这湖清水，立刻高兴起来，变得非常好客，说：这里的鱼真肥。我笑了，因为这并不重要，重要的是这儿有一片开阔的大水，有长满了半个堤岸的柳树和青杨。多么不可思议，这儿离城区仅仅五六公里，眼下竟然没有一个游人。主人欢迎我来这里完成自己的部分工作，这使我满心感激。

春夏秋冬四个季节的水畔皆有迷人之处。除了狂风大作之时，每一种天气几乎都在彰显这里的美。冰凌，雪，飘飞的细雨，春天的柳絮，深秋里的玫瑰，都在装扮这片大水。就因为它的抚慰，我又一次变得安定和满足，眼里的一切都变得簇新。这里就像南山的水潭一样，是又一处难得的安居之地。那么究竟是什么在妨碍我们的选择呢?

当然,眼前这美好的水畔只能让我留恋向往,而不能当成长久的居地。它吸引我,让我来来去去,乐此不疲,未能割舍。我向越来越多的朋友引见城郊这片亮水,介绍它奇迹般的沉寂。也就在这些日子里,我顺着水的流向一直向前,不止一次绕到了小城东郊的一条河边。我终于在河岸发现了一个小村,并在小村里找到了新的小屋。我在小屋安居下来。

我常常不无自豪地说:我是河畔人家啊。

这条长满了芦荻的河日夜不息地奔流,它赶路的声音直传到我的窗下枕边。这是那片大水对我的问候,是它捎来的讯息。我相信,即便是更远一些的那个水潭也与水库、与这条河相扯相连,它们是孪生兄弟。河水在大雨季节里咆哮,有时它会淹没河上的那座漫桥。我曾在夜晚长时间站立河边,看泛着白沫的水流冲荡而下,想象着远方的大海。

最大的水就是海,我终有一天会临海而居。这就是我在漆黑的夜晚想到的。苍茫无际的海,水天交接之处藏下了多少幻想,我会更多地停留岸边,去遥望邈远。

唯一的树

也算为生活所迫,后来我不得不在小城里一再变更住处。新的居所平淡无奇地处于一个新开发的居民小区里,即人们都熟悉的那种公寓。这个五层楼房共分五个单元,每个单元前的空地上都植有一株毛刺槐,它们在暮春开出紫红色的花,成为楼前弥足珍贵的点缀。这就是我们小区里的绿树红花。为了保护这五株小树,当初铺水泥空地时,泥瓦匠特意在树的四周用砖砌成一个方框形。可是当这座楼的人入住没有多久,五棵小树即被车撞倒了两棵。歪折的小花树不是被及时救护扶起,而是很快被某些主人从根上干掉了,问为什么?有人答:这些树碍事,来回倒车就得小心多了,太麻烦。

  为了"方便",一个月之后剩下的三棵又有两棵被车轮碾伐了。也就是说,我们楼前仅仅剩下了一棵树,然而它就在我居住的这个单元的前面。这立刻让我悲酸中有了一种说不出的幸运感,当然也还有难平的愤怒。我不信一个人这样对待一棵稚弱的小树会有好的心地,也担心他们的车轮会碾压许多同样美好的生命。我在唯一的槐树前站了一会儿,发现它只比拇指粗一点,可是开出的花一束束压弯了纤枝,这花不知疲倦地一束未凋一束又开。它正努力地吐出芬芳,以此向这幢楼房的主人求诉:我会不误花季地全力开放,我会用尽仅有的一点力气,以微不足道的美来装扮这个小区,服务你们,只求你们饶恕我、放过我。

  从此我多了一个心事,总是有意无意地向小树的方向观望,总要走到楼梯口去。只要看到唯一的树还在,就让我松一口气。它像是最后的一个象征和希望,它仍在滞留和坚持,倚在我们身旁。车声不绝,喇叭嘶叫,我看到小树浑身颤抖地躲闪。一天又一天过去了,它竟安然无恙。

  一夜大风,早晨起来从楼梯口去看小树,发现它落了一地叶子;还有,它折了一根枝条。这是一根仅次于主干的粗枝,使整个树冠去掉了三分之一。我害怕这会造成一种可恶的提醒,就奔下楼去,在小树四周又加了几块护砖。

  小区里没有一刻可以安静,从白天到入夜,再到凌晨。这里除了恼人的车辆，还有一拨连一拨的小贩进出叫卖，特别是南腔北调收购破烂者的高声大喊。让人奇怪的是物业管理部门根本不曾干涉这些嘶叫，更使人惊奇的是，一个还算簇新的小区里竟然有无穷无尽的破烂。说到入夜和凌晨的嘈杂，有时真算得上惊心动魄：一辆辆轿车都安装了防盗报警器，它们会突然在夜深人静时放肆长鸣，那是各种各样的嘶叫，警笛、救火车的号叫，不一而足。这猛然大吼的凄厉之声会让人从梦中惊醒，心脏一阵剧烈跳动，然后就是努力安静自己，设法入睡。可是只过了一瞬，又是再一次的突然嘶叫。不仅是这个小区，几乎所有的小区都有这种令人生惧的嘶叫。这不是人间的声音，这是地狱里才有的哀号。

据说半夜里响起的轿车警号、它的声声尖叫会使车主产生特别的愉悦，越是尖厉逼人越是令其自豪和兴奋。这种声音在提醒他那可怜巴巴的拥有。这就是第三世界的窃喜，是一种不可理喻的趣味。然而整个小区的人家百分之六十以上都有自己的小车，一辆辆车里铺了厚厚的地毯，有拉手纸巾，有空气清新剂，有垂挂起的一些小玩意儿，还有花花绿绿的软垫、儿童玩具等等，不一而足。仅仅从车内的物件看，还不知他们是多么高级的动物，拥有多么高级的趣味。其实就是这些人在偷着发狠，碾压楼前小小的花树。

我们楼前唯一的毛刺槐如今已经五岁了。它长成了胳膊粗，枝叶繁茂。我盼它快快长大，当它长到碗口粗的时候，那些轿车再要欺负它，必将付出惨重的代价。

又是暮春，毛刺槐开出了空前绚丽的一束束花朵。这花招来的蜂蝶可真多。天气热起来，由夏而秋，它在不停地开放。

岛　主

小城北去十公里就是美丽的渤海湾。当我们穿越大片田野，看到了近海松林时，忍不住就要发出慨叹：多么好啊，多么漂亮的地方啊。同时心中也会生出阵阵困惑：当年筑城的人为什么不让城区更靠近大海一点？如果这样，那将是怎样漂亮的一座滨海城市啊。

这片无边的沙原，还有松林，都深深地吸引着我。

站在海岸眺望，可见远远近近的几个海岛。最近的一个似乎近在咫尺，简直伸手即可触摸。岛上林木葱茏，房屋鳞次栉比，西部是洁白的沙滩环绕，东部矗起黑色的礁岩。整个岛太美了，这样的地方大概只有神话中才有。一个小小的码头通向海岛，这里同时还是一个繁忙的渔港。

登岛之后会有另一番惊叹。这个岛早在几千年前已经有人居住，眼下已有居民三百余户，他们祖祖辈辈都是渔民。所有的岛屋都由青黑色的海岛石垒成，顶盖是棕色的海草，坡度很缓，看上去十分美观，远比岸上的民居要诗意得多。一条条巷子细窄，安静，偶尔出现的一条狗也不吠叫，只是看看生人，再抬头望望太阳，然后离开。一些海鸥在岸上飞舞，细嫩的叫声让人想起撒娇的孩子。岛上只有很少的一点可耕地，全部种上了蔬菜，被守岛的女人们莳弄得油旺旺的。

我一整天都在岛上走着，不愿停歇。因为这里的一切都让人感到新奇有趣，仿佛来到了某个仙境。这里首先是安静，是大海清新的气息。这个椭圆形的岛东西长南北窄，最东端有高耸的礁岩,上面还建了一座高高的灯塔。细白的沙岸差不多环绕了整个海岛的四分之三,沙子洁白,颗粒均匀,在阳光下散出阵阵温热。有几只归来检修的船停靠岸边,吸引了一大群海鸥。从船上下来几个穿了闪闪发亮的胶皮衣裤的男人,他们每迈出一步就发出嚯啦嚯啦的声音,走在岸上就像外星人一样令人好奇。

一个现代人能够来到这样的海岛而不产生眷恋?我真想赖在这里,一直躺在沙滩上,让太阳把周身的寒冷全驱个干净。这一天,我直等到最末的一班船才离开。可是我的心留在了岛上。我最后形成的一个主意就是,我一定要设法在此更久地待下去。

我知道岛上的生活会有另一种寂寞,这也是它魅力之一部分。这是一个似曾相识的世界,不过它只在幻想之中。

离开海岛之后,很长的日子里我有些沉默。小城的朋友得知了我的心事就说:这是很简单的事情啊。我不信他的话,因为人世间所有的美好事物无一不是千辛万苦方能接近。我说自己想倾其所有定居岛上,我只需一处最普通的海草房子,我会把它当成至宝。当我说出这句话时,心里早就打定了主意,那就是愿用下半生做一个岛民。

朋友于是去了海岛,想为我寻一座海草屋。回来时朋友笑吟吟的,说:你去住就是了,随便住,但你不能拥有那里的房子,因为岛上的屋子是不能买卖的。我问:租用吗?他又摇头:不,岛主说用不着。

"岛主"就是那里的头儿,朋友不知通过什么关系找到了他。

我在朋友的陪伴下再次登岛,这次只为了拜见岛主。在一座海草屋中,一张粗木桌前坐了一个矮矮的中年汉子,大眼睛,胡茬黑旺,挽着裤脚。这就是岛主。他的模样让人拘谨,但听他哈哈一笑就马上放松了。他的大手在我的背上拍了一下,第一句话就是:怎么办吧,你来说。

我说了。岛主依然大笑,然后领我转了离海岸很近的几幢房子,里面都空着。据他说这都是岛上的公有闲房,正愁没人住呢,你来了正好。我说那就让我来住吧,我会好好爱惜它们。岛主说不用爱惜,这样的破房子咱有的是,你只要住下去就是,每天晚上陪我一起喝喝酒就行了。

离开岛主时我有了另一种忧愁:我不会喝酒。我把心中的忧虑对朋友说了,问他怎么办?朋友说:那你就喝水。他说岛主是真正的好人,急公好义,是全岛衷心拥戴之人。

就这样,我住在了一个梦中的岛上,特别是有了一个岛主做朋友。岛主酒量很大,像传说中的武士那样用阔口大碗喝酒。但他从来没有强迫我喝一口酒。

向东方

从那座大都市到东部山区,再到小城,我的路线是一直向东。最东部是大海,我脚踏的这片大陆最东端像是插进大海深处的一个犄角。大概我走到犄角上的那一天,就会自然而然地说一声:停吧。现在还不行,我还在向东移动,一路上,我的身体留在一个个居所里,它们等于是我东行的驿站。我的心一刻未停地向着东方。

那里也并非是草木葱茏之地,但那毕竟是半岛之端,是海雾缭绕之地,是陆上人遥望之地。这是一种本能的移动和向往。以前的海岛之行,更有后来的岛上生活,都极大地润湿了我的身心，使我几乎不再犹豫地拒绝干燥的都市。什么是都市？是喧声，是不见头尾的车辆，是一连两个小时的街头堵塞，是城区上空永远有一层棕色或紫色镶边的气体包裹，是医院里的人满为患，是叠放的蝈蝈笼一样的居室，是小商贩占据的人行道，是蓊郁的深宅大院与遍地垃圾的居民区的强烈对比，是愈加稠密穿梭的各色势利人等。

离开挚友，想望心切，背向半岛，疼痛揪扯。人在两难中苍老和失去，失去岁月与青春。

我用了近二十年的时间寻找一个居所；不，我整整花掉了上半生来安顿自己。我深知身躯在大地，心灵在身躯，一个人实际上一直在寻找的，仅仅是心灵的居所。

从海岛上归来要穿越一片海滩和树林，这主要是松林和槐林。开阔的沙滩，无边的草地和灌木，扑腾翩飞的鸟雀和各种四蹄动物。这里至少看上去是一个吉祥之地，是较少被野蛮人围剿的自然发育之地。从地图上看，这里就接近那个"犄角"的顶尖了，是一片大陆的东方之东。我在此呼吸的是大海的气息，看到的是清新的露珠，抚摸的是刚刚绽放的铃兰，倾听的是四声杜鹃的鸣唱。多么好啊，不过要快：快来亲近快来看护，要告别也需赶快，因为它在这样一个时代，要消亡和丧失殆尽也许只在转眼之间。

这片让我不能遗忘的林地和沙原，是我长时间的想念和希望。我几乎不能把它放在离心灵稍稍远一点的地方。于是我把许多时间都花在它的身上了，尽管它离我居住的地方很远，我还是每周都去一次。它的一枝一叶都让我引为知己，认作亲朋。林子里的动物开始熟悉我了，不止一次有喜鹊在近处迎接呼叫，我相信这是它的一种问候。还有黄鼬和狐狸的款款脚步，其转脸顾盼的从容，都让人感受整片林子的友好之谊。

　　这使我不由得思考：人类在大自然中犯下的罪孽，主要就是因为长了一颗冰冷的心。这颗心所连接的手，一染了物欲就会变成铁爪，然后死死抓住不再放弃，最后一起沉入无底的深渊。

　　海风和林风交汇吹拂，让我的脸明朗，让我的眼清澈，让我的心舒缓。当然，我深知在今天，这种享用真是太过奢侈了。这种奢侈由一人独享不仅过分，而且必会在某一瞬间丢失。我现在想象的，是怎样让更多的人来这里，来东方，来一起做起人世间最有意义的事情。我凭借的不再是一己之力，找到的也不再是一己之安，而是一个可以指望的明天。这种实现，也不仅是纸上的文章，而应该是大地上的矗立。

　　我由期待到想象，渐渐走向了筹划。我将不再离开这片林与海。

2004 年 11 月 23 日

济南的泉水、钟楼和山

一

在济南住了二十多年,心中藏下的是最初几年的美好。济南素有三宝,即人人知道的杨柳、泉水和湖。我记得第一次去大明湖,沿岸走下来,踏着自然质朴的砖道,头上是飘洒的杨柳,再加上阳春三月,心里总是蹿跳着一个响亮的字眼:济南。

的确,当年走进青石铺就的街道,石隙里就有水。不知有多少泉,大大小小,或在一处喷涌,或在默默渗流。它们想必是一个泉的大家族,在地下交织串联,然后分头出世寻找阳光。还有杨柳,印象里总是迎向太阳,总是在微笑。

说到济南,除了泉水和杨柳,然后就是具有异国风味的车站广场钟楼了。苍黑的建筑肃穆沉静,蒙着一层岁月的烟尘。这是济南的象征。我每逢出差归来,远远地一眼看到钟楼,心里就涌起一股热流,马上泛起的就是对自己城市的亲昵情感。

济南的龙洞山在东郊,是我所看到的北方最绿的山。我第一次看到它时,简直没有发现一寸裸土。到处都是生旺多汁的植物，是藤蔓纠缠。野果多得摘也摘不完，小兽四处乱蹿，头顶上盘旋着鹰。这里的古迹残址不止一处，虽然让人痛惜，但也令人生出一种追怀的伤感。遗址上总有高大异常的白果树，有精工细凿的石柱。

龙洞山，神秘幽深的山。它同样可以作为济南的指代。

总之济南的泉和柳、钟楼广场、龙洞山三宗，是一座城市永久的标志，更是她不朽的纪念。我甚至想，当它们有一天消失或破损之时，也就是这座城市衰败的开端。

我爱济南，爱她的得天独厚、她的不同凡响的拥有。

二

现在的济南是干燥的城市，给人的印象是尘土飞扬。湖还有，泉水不多了。杨柳和其他各种树都活得勉为其难。模仿外国人盖了几座高楼，像中国的许多城市一样。我多么热爱自己的城市，可是泉水和杨柳在退却隐没，湖给整得惨不忍睹：沿岸安了摩天轮、各种塑料物件、玩器。我总是远远地躲开这个湖，因为我害怕触景神伤。

记忆中的泉水蹿起足有半尺至一尺高，现在什么也没有了。和泉水一起消逝的还有著名的济南火车站。那个美丽的钟楼，那片广场，曾经是济南的骄傲。可是它们令人难以置信地被拆除了，取代它的新火车站是半截凹在地下的庸俗建筑，灰头土脸，毫无可以让人记忆的风采。

不爱树，也不会有水。没有树和水，也不会有可爱的城市。几乎每一条街道马路都难免开肠破肚的命运，几乎每一个居民区都忍受着噪音的折磨。我相信这里没人能忘记夏天的酷热、冬天笼罩在城市上空的深棕色云气。

再说龙洞山。如今的绿色少得让人难以理解。动物也消失了。它们原来存则并存，失则共失。一座在干燥中等待什么的山，像济南四周所有的山一样。多了几座小楼，游玩之所。那一个个神秘的苍绿峰头哪去了？雄鹰哪去了？

除了缺水少树，我所爱的城市很快还将被汽车拥住。可是尽管这样，有许多人还在不停地为济南的种种进步而欢歌。

当它到了林木翁郁的那一天，我会从中找到自己遗失的城市。

2003 年 4 月 24 日

济南：泉水与垂杨

如果从高处俯瞰，会发现这样一座城市：北面是一条大河，南面是起伏的山岭，它们中间是绿色掩映下的一座城郭。河是黄河，中国最有名的一条大河，行至济南愈加开阔，坦荡向东，高堤内外尽是蓬蓬草木。山岭为泰山山脉东端，覆满了密挤的松树，有著名的四门塔、灵岩寺、千佛山、五峰山、龙洞等佛教胜地。

济南将始终和刘鹗的名句连在一起：家家泉水，户户垂杨。这八个字给人以无限想象，说的是水和树，是人类得以舒适居住的最重要的象征和条件。如果一个地方有水有树，那肯定就是生活之佳所。

来济南之前，曾想象过这样的春天：一些人无忧无虑地在泉边柳下晒着太阳，或散步或安坐，脸上尽是满足和幸福的神色。煮茶之水来自名泉，烧茶之柴取自南山，明湖有跳鱼，佛山有倒影，市民从容又欣欣。这样的描绘当然包括了预期，当然是外地人用神思对自己真实生活的一种补充。

来到济南是七十年代末八十年代初，春末夏初时节。尚未安顿下来，即风尘仆仆赶往大明湖。果然是大水涟涟，碧荷无边，杨柳轻拂，游人闲适。最让人感到亲切的是泥沙质湖岸，自然洁净，水鸟拦路。这令东部人想起了海，让西部人沾上了湿。一座多泉之城，名泉竟达七十二处；其实小泉无限，尽在市民家中院里，从青石缝隙中蹿流不息，习以为常。记得当年从大湖离开，穿小巷抄近路，踏进阴阴的胡同，一脚踩上的就常常是润湿的石块，有人告诉：下面压了泉。

而后又去龙洞山，看见了出乎意料的北方大绿：无边的山地全被绿色植被所遮掩，放眼望去几乎看不到裸石和山土。怀抱粗的大银杏树、长达十丈的攀崖葛藤，让人触目叹息。正是秋天，径湿苔滑，野果盈怀，采不胜采。耳听的全是野鸡啼山猫号，一仰头必有大鹰高翔。守山人比比画画说山里有狼，有银狐和豹猫之类。最难忘一只猫头鹰大白天蹲在路边，让人抚了三下光滑的额头才怏怏而去。

由于济南以前曾有德意志人染指，所以留下了一个著名的车站广场钟楼。这座钟楼与另外几处历史更久的大教堂一起，给古老的城市添上了异国情调，于对比中调剂了人的口味。苍苍石色和高耸的尖顶，记录了异国人的智慧和美。这是一段特殊历史的见证，见证了国势羸弱而不是开放；但它的美不仅是客观的，而且还无一例外地同样凝聚了劳动人民的智慧。

看过了自然与建筑再听戏曲，听当地最为盛行的吕剧、说书和泰山皮影。湖边说书人使用的济南老腔，厚味苍老，直连古韵，听得人颈直眼呆。泰山皮影则有专门的传人，属于视听大宴，特别入耳入心的是老艺人略显沙哑的泰山莱芜调，说英雄神仙和妖魔鬼怪，如同畅饮地方醇酒。与这一切特别匹配的就是泉水和垂杨。

　　这种初始印象既是确切的又是新鲜的，它一直会留在心中作为一个对比，并作为一个记忆告诉未来：这就是济南。

　　近三十年弹指而过。如今济南高楼林立，垂杨尚可寻，名泉迹犹在。钟楼渺无踪，皮影留泰安。仁者爱人，不爱人就会杀树。三十年来，爱树的济南人顽强地护住了湖边垂杨，虽不再"户户"；力促干涸的泉水重新喷涌，虽不再"家家"。这就是一座城市演变的历史，这就是现代工业化中的进与退。

　　如果仍然给梦想留下了空间，那么这个空间里最触目的仍然也还是那两个老词：泉水——垂杨。

2008 年 4 月 20 日

东部:美城之链

胶东是山东半岛最东部的凸出,可谓半岛上的半岛,犹如伸进大海中的犄角。三面环海,一派葱茏,空气湿润,物质丰饶。这里在古代属于东夷,即东莱国,是最早的炼铁和丝绸工业基地,占据鱼盐之利。战国时齐国海内称雄,主要就是因为将东莱纳入了版图。

地域之富庶发达,必有自然优势和漫长的传统积累。所以说今天的胶东环渤海城市链的美丽和富饶,只是一种历史的延续,是具有因果缘由的时代翻新。《史记》记载的秦始皇几次东巡,都是直驱胶莱河东,过黄县、福山,再过烟台,最后站在了威海成山头大发慨叹,以为这里才是"天尽头"。

胶东一带概括和形容地域和环境之美之富,历来有一个说法,即"蓬黄掖"如何如何——就是指今天的蓬莱、龙口、莱州三市。三市连带盛产黄金的招远以及水果之都栖霞,与烟台、威海缀为一道美丽的沿海城市长链。由于临海而居,水气充沛,所以这里与干燥的内地风貌形成了鲜明对比。环境又决定了民俗与性格,这里的人喜爱幻想,既有面对大海的豪气,又具备水的柔性。秦代大方士徐福（市）受命为秦始皇寻访三仙山，曾率领一个庞大的船队出海，航路直抵朝鲜南部及日本外岛，在时间上远比哥伦布发现新大陆早了一千七百多年。徐福的启航地一般被划定在胶东境内，专家认为他的老家就是"蓬黄掖"。这一历史大传奇表现了东部沿海居民的开拓勇气，与后来山东移民东北的壮举一脉相承——赴东北的主要是胶东人，从水路出发的主要口岸为古登州的龙口港。

今天的这道城市链上已经有了一长串港口：历史悠久的龙口港、烟台港、威海港，新兴的蓬莱港、荣城港、莱州港……在东西三四百公里的一线，竟然有若干大吨位远航港口，令人叹为观止。以龙口为例，早在二十年前一位大作家从这里乘船去津，面对繁忙的港湾中停泊的大片中外船只，就发出了阵阵惊叹。由此往东不出二十里就是龙口境内黄水河古港遗址，这是清代沿用了几十年的军港，直到后来被威海卫海上要塞所取代。

谈起威海必想起甲午海战，想起刘公岛。这座犄角上最东端的城市经历了戚继光的率众抗倭，再到近代的大海战，已是名声显赫。它由一个军事要塞、几个渔村，演变为今天的繁华都市，成为联合国确立的"最适合人类居住的城市"。

人们通常说的齐鲁文化，实际上是把两种区别明显的文化合而为一，并或多或少将鲁文化取代了齐文化。胶东半岛是齐文化的腹地，虽然齐国的都城远在临淄。齐文化的浪漫、亦仙亦幻、重商业物质、开拓和冒险的精神，是于海风吹拂中形成的，它与更加重视精神、强调政治及伦理秩序、念念不忘"君君臣臣"和"克己复礼"的鲁文化有所不同。所以后来道家文化在齐地而不是鲁地兴盛起来，像今天青岛的崂山、牟平的昆嵛山、荣成的铁槎山，终成为海内道教最显赫的几大名山。而栖霞市的滨都里，直接就是道教大师丘处机的故里，他一生宗教文化活动的最重要的痕迹，几乎全部留在了胶东。

由于地处沿海，大海蓝天白云绿树成为城市常伴，几乎每座城市都拥有自己引以为荣的海水浴场。这里的空气是透明的，夜晚可以看到少年时代的星光。春夏秋三个季节的中午走向室外，需要回避强烈的阳光。

像每一座城市每一个区域一样，这里也曾经饱受饥饿和战乱的折磨。在最艰难的岁月，密不透风的林木被成片毁掉，金碧辉煌的庙宇竟一夜烧光。经过了最悲惨最愚昧的年代，而后就是漫长的休养生息期。时至今日，半岛上仍有大力毁树的人，但也有倾心爱树的人，他们抓住每一个春天营造田园，敢让陆地与大海比绿。如今这里最应警惕的就是环境污染，因为上天的偏爱并不能代替一切，更不能万事大吉，小心翼翼的守护和疗救即在眼前。

正因为地处美丽的海中犄角，所以那些临海的大烟囱格外惹眼。有一天这些触目之物必将纷纷倒塌，代之而起的将是参天大树，以及树下更加令人向往的幸福生活。

2008 年 4 月

利口酒

——访德散记之一

如果有一帮老和尚偷偷摸摸捣鼓出一种酒,并且能够得以流传,那么这种酒不会错的。和尚造酒是犯忌的。优秀的僧人当然不会去干。但这是另一回事。我想说的是人间一些珍品的源路有多么奇特。

我们游过了西德的北部和中部,来到了南部城市斯图加特。一个下午,我们去城外郊游。太阳很低了,这时才有人想起回城里去。但要赶回去吃饭显然已经晚了点,于是有人提议在城外的郊区酒馆里进餐。

这还是来德国后第一次进这样的饭馆。

整个店像一座乡间别墅,全部用粗大的圆木钉成。屋顶大得很,看上去拙稚可爱。它在浓绿的草木簇拥之中与周围的一切相映成趣。美人蕉红得像火,野栗子树大冠如伞。木头屋子四周约几十米的地方,有一道削成方棱的木头栅栏。栅栏内有白色的金属椅子,有白木条凳。显然,这里面会是很有趣味的。

走进店门,大家都怔了一下。原来这里面十分华丽,简直一点儿不比维尔茨堡或汉诺威那些考究的酒馆差到哪里去——我们来斯图加特之前曾去过两个绝棒的酒馆，印象深刻。这个郊外的酒馆临近黄昏，灯火齐明，金属刀叉闪着光亮。枝形烛台上插满了蜡烛，桌子上的餐巾洁白如雪。墙壁上的装饰让人瞩目：一个野猪头，獠牙弯弯，小眼睛微微发红；鹿角尖尖，鹿的神情栩栩如生，如少女般温柔地注视着来客。这都是真实的动物做成的标本钉了墙上的。还有壁画，画的内容当然是狩猎，猎人脚踏长筒皮靴，绑了裹脚，举着猎枪。一只棕熊中弹，腾空而起扑向猎人。不知为什么这些壁画都画得笨模笨样的，野物的神情多少有点像人。

这一切使你强烈地感到另一种生活的气息，即远远地离我们而去的山地狩猎、燃起篝火烤肉喝酒的那样一种情形。我们刚刚从山间小路上来，穿越了大片的丛林，再进这样的酒馆不是正合适吗？酒馆招待彬彬有礼，请客人入座，送盘碟刀叉，一整套动作连贯流畅，很像一种体态优美的舞蹈动作。但客人不会觉得有任何滑稽的意味，相反会从中感到源于职业的端庄和矜持。要点什么菜呢？菜单上标明了有烤土豆条、青豆等，有鱼——一种淡水鱼，样子像青鱼，产自城郊碧绿的小湖；有鹿肉、野猪肉、牛排、猪排等等。我要了一盘色拉、一份烤土豆条、一份鹿肉。喝什么酒呢？酒的品种可真多，我们几个人相视而笑。

小说家 G 是我们的老大哥。他个子不高，穿一件黑色披风，多少像个将军。他伸出右手说："利口酒。"

我和另一位朋友也选择了利口酒。

原来这是一种无色液体，像崂山矿泉水那么明净，银晶晶的。只有小小一杯，我敢说那杯子比拇指大不了多少。旁边的朋友有的要当地啤酒,有的要葡萄酒,都是大杯子或半大的杯子,我们显然太不合算。我低头看看小小的杯子,见杯子的上半部有一道细细的红线,而杯中的酒刚刚达到红线那儿——也就是说,这种杯子虽然小如拇指,但却没有装满。

我端量了一会儿有趣的小杯子,与小说家 G 一同端起来。其实我们是用拇指和食指小心翼翼地将它捏起来的,送到嘴边,喝了很少一点。

"怎么样?"一边喝啤酒的人问。

我不能算是会喝酒的人。但我知道这一回喝到了一种古怪的酒。它的几滴液体在口中迅速漫开,使我感到满口里都是玫瑰花的味道。但轻轻咂一咂嘴,这种芬芳又若有若无地隐去了,有些微微的麻辣,并透出意味深长的甘甜。此刻的呼吸也充满了这种奇特的气味,令人神情一振。当我放下杯子的时候,这才感到舌尖冰凉,像刚刚融化了几块薄冰。

这就是利口酒。我怎么告诉朋友它是什么滋味呢?我只能和 G 一起喊一句:"好。"

接下去的时间是我们捏住那个小杯子,快乐、谨慎、心神专注地把它喝完了。

一直陪同我们访问的一位当地记者、对南部风物极其熟悉的 H 介绍了利口酒。他说这种酒是很早以前,由一座修道院里的一帮修士们弄出来的。怎么弄出来的不知道,反正是给世上添了一种美好的东西。现在这里的利口酒有好多种了,但他最喜欢的还是修士们搞出来的这一种。

我仿佛看到了一群修士不动声色地在高墙大院内走着,转过一个夹道,进入一间地下室,搬出了一个硕大无比的酒坛。

大家全都兴致勃勃的。H先生竖起了拇指。

我仰脸看着屋顶天花板墙壁上的狩猎画，想象着很久以前这儿的独特风习，仿佛嗅到了山林中飘出的烤野猪肉的香味。那些好猎手也喝到了修士们的酒，你一盅我一盅，互相眨着眼睛。这样有劲道的酒显然猎人喝起来更合适一点，要比啤酒葡萄酒之类更对他们的胃口。

有人问H先生这种酒是什么酿成的。

H的回答有些含混，但我听明白它不是大麦和葡萄，也不是其他粮食和果子，而是玫瑰花瓣——究竟是否纯粹的鲜花瓣不得而知，但我确实听到了"玫瑰"二字。

天晓得修士们怎么冥想出这样的玄妙精微，竟然用娇羞艳丽的东西酿酒。我多少有些吃惊，我想起了小杯子上那道神秘的红线，那正是玫瑰的颜色。

这种酒在我眼里是无与伦比的，或许事实上也正是那样。因为它本身包含了美丽的传说、奇妙的想象，还有不可思议的工艺……我想这也除非是修士们来制造，否则是不可能的。

我知道中国的和尚、印度的僧侣，他们都有博大精深的著作，构成了东方文化中最瑰丽最深奥的部分。这显然都是静悟和冥想的精粹，是一度回避尘埃的结果。做大学问的人都是寂寞自得的，与世俗利害相去甚远。试想中国的一些书画珍品、诗文高论、健身秘术，玄妙莫测，很多都出自和尚道人。

我知道物质经济，与艺术神思的原理相悖也相通，它们有一点是相同的，那就是同源于一种生命的创造能力。创造力的消长荣衰，有时是非常奇怪的，它们往往在安静的时刻里慢慢滋生壮大，然后一举完成一件不朽的业绩。

小说家 G 微仰着身子离开座位，又伸出右手。他大约在最后一次赞扬利口酒。

这座郊区酒馆不会从我们的记忆中抹掉，因为它太有个性了。来西德后见过一些有个性的酒馆，印象都非常深刻。我觉得欧洲人返璞归真的愿望非常强烈，这大约与他们的经济发展现状有关系。走在这块土地上，你到处可见他们满怀深情的追忆的痕迹，而酒馆只是其中一例。

坐在酒馆里，进餐（物质营养）的同时，不由自主地经历一次精神的洗礼，显然是很棒的。他们要尽一切可能，寻找一切机会，让人们去重温一个过去了的时代。

记得在北部和中部城市，在闹市区，类似的酒馆也不少见。例如在恩格斯家乡附近，大约是美丽如画的中部城市乌珀塔尔，我们就见过一个别具丰采的酒馆。

那个酒馆从外部看是玻璃结构的现代化建筑，正门装饰得很洋气。可进去之后，你就会大吃一惊。因为它的内部空间非常之大，出乎意料，真正是别有洞天。整个空间又分成了不同风味、不同色调、不同内容的很多很多区间，你可以随自己的意愿和趣味去选择。比如既有举行鸡尾酒会的大厅，讲究、富丽；又有散发着原始气味的、装饰了各种野物标本的小宴会厅，还有东西方各种风格的、各自独立的一些小型餐馆。有的地方是一个怪石嶙峋的山洞，摸索着进了洞才豁然开朗，原来又是一小酒馆。泉声潺潺，水车的木轮当真在转动。一处又一处圆木钉起的小屋，每一处里面都飘出酒香，响着叮咚的碰杯声。

这就是那个酒馆内部的情形。

我们一看就可以明白主人用心良苦。它提醒人们是从大自然中走出来的，那儿的一切仍然像是伸手就可以触摸，青藤缠绕，篝火嫣红，号角频频，狩猎的呐喊震动山谷。酒、野味、休憩的幸福，这一切都是勤劳和英勇开拓换来的。昨天刚刚逝去，人类还多么年轻。

记得每一次宴会都要摆上点燃的蜡烛。现在的电光源已经是五花八门，但唯有蜡烛的光焰在这里长明不熄。仅仅是仿古和怀旧吗？我想这和那装点成原始意味的餐馆一样，给人的感觉是复杂的。

比如在巴伐利亚州府，老市长在市政厅的地下室里招待我们——地下室的墙壁上就和斯图加特的郊区酒馆一样，画满了狩猎的彩色图案。而且这儿的天花板上画了几个很大的动物，画了持枪的猎人。这使我们这些刚刚从繁华的街道上走来的客人进入了一个全新的世界。这是老市长相中的地方。他在此款待遥远的东方客人。墙壁上的图画在我看来仍然是笨模笨样的，倒也特别淳朴自然，透出了绘制者虔敬宁静的心态。那次宴会间，好像是慕尼黑市的文化长官伸手指点着墙上的图画，解释了它的内容。

总之，这儿不断向我们显示过去了的那个时代。这个时代当然不仅仅属于欧洲的民族，同样也属于亚洲。茂密的丛林和那时候的一切风俗一块儿消失了，人们只好根据记忆去复制出来。每个时代都有属于它自己的东西，我们在追忆寻找的那一刻里，也就变得丰富和成熟了。

试问现在还可以产生利口酒吗？现在还有那样的修士吗？我听说西方的修士在旅游旺季开办旅馆接客，而东方的僧人也开起了小卖部，经营图书宝剑和无笔画之类。没有过去的修士了，也不会产生那样的利口酒了。谁要想在充满刺激的迪斯科舞曲里轻轻呷着利口酒，谁就要执拗地维护那样的一种风范，一种传统，一种可以为今人所用的美妙的成果。

那天，直到太阳完全沉没我们才离开那座乡间酒馆。车子向着通往斯图加特的城区开去，我们频频回首望着稀疏淡远的灯火。夜风里，不知为什么玫瑰花的香味十分浓郁。这使我们又一次念出那种酒的名字。

我们那次旅行知道了修士们也会酿酒。

并且知道了玫瑰花也可以酿酒。利口酒，利口酒。

1987 年 11 月

梦一样的莱茵河

——访德散记之二

它流动在欧洲的土地上,流得格外响亮。河水的喧哗声响彻东方。当我走在这条河的岸边,面迎着湿漉漉的风,却驱赶不掉梦一般的感觉。

看看欧洲,看看欧洲的河。

我从胶东西北部小平原启程,来看看欧洲,看看欧洲的河。

它肯定没有我原来想象的宽,苍绿的水面,翻着波浪,一艘艘货轮和客船在河道中奔驰。河两岸是大大小小的城市、遮满了绿色的青山、蓊郁的森林。这里游人很少,真可惜了绒毯似的草坪,可惜了这滋润的气息。一株挺拔的丝柏,立在茵茵草地,远看像喷涌直上的浓烈烟柱;而鸽子和野鸭比人多,一群群鸽子落在堤岸的草地上,我向它们走去,它们向我走来。野鸭子待在游船小码头的木踏板上,我走向踏板,它们专注地看着我。淡淡的水雾流动在河面上,使这条大河看上去更妩媚也更安静了。

我不能不去暗暗比较东方的河——那些无比亲切的、各种各样的、闻名于世的和默默无闻的,尤其是芦青河。芦青河河道也许还要宽于莱茵河，它以不可阻挡之势，在几千年前切开了胶东屋脊，奔向渤海。可是有多少人知道芦青河呢？我爱芦青河，也爱莱茵河。在这平等的爱之中，我心里滋生的是些什么感触呢？一丝惆怅、一丝委屈，抑或一点点愤愤不平吗？

一天黄昏，我与同行的诗人 Z 迈过波恩铁桥，在河的另一岸漫步。我们去看一棵茂盛的丝柏，因为在河的对岸观察它，它直冲九霄。踏过一片草地，穿过紫荆树和杜鹃花交织的小径，走到了大树下面。它的枝条一致向上举着，连每片墨绿的叶子也向上举着。整个树是一支巨大火把，照亮了宽阔的河面。它的燃不尽的油性，我相信是来自这油汪汪的河。

暮色里的莱茵河如诗如画。一条河的美丽除了它本身的壮观，更重要的大概还要依赖于两岸的景色。河行千里，山谷和平原都让河脉串为一体了。举目望去，变化多端的峰峦、密不透风的树林，覆盖了一切的草地，一切都让人感到一种特别的欣悦。我觉得人在这种环境中生活更容易心境平和，滋生出一些美好的想象。大自然是那样地与人贴近，人在大自然的怀抱中，大自然也在人的怀抱中。我想这时如果有一个调皮的摄影师走在河边，扬起他的摄影机，无论从肩上、胳肢窝下、背后，甚至低头倒立，只要随手一甩，按动快门，就会产生一幅很好的风光照片。

莱茵河滋润了欧洲。

芦青河滋润了华东的那片平原。

在我童年的记忆中，河水是清澈的，水下的卵石和小鱼都看得见。河边是野椿树和槐树，是一望无边的荻草。有一次我翻过河的入海口处的沙堤，一眼看到的是随地势起伏的绵延辽阔的荼花——它们雪白一片，迎风飘荡，真正是如火如荼！这条河留给我的是无限的思念,是一生的温馨。我后来离开了它;再后来无数次地跨越这条河,看到它慢慢变得浑浊,水流正向中间萎缩……但我心中的河,却依然是清明闪亮的,它永远被一片绿色簇拥着。芦青河,你不可改变,你不可干涸,你必须一直生机勃勃!

可怕的是它真的在干涸、变浑。由于大量砍伐树木、开垦荒地,水土严重流失。河道里隆起一处处沙丘,河水要在这些丘陵间蜿蜒。它裹挟着那么多泥沙,负担沉重,于是就将其堆积在河床上。我曾满怀希望地去寻找童年的野椿树和无边的茶花,还有那油绿深邃的丛林。结果一切都没有了。我在河边的荒地上,在松软的沙滩上漫无目的地走着,觉得自己突然间变得一贫如洗……使我振作起来的是不久之前的事情。那时我又回到河边,终于看到了大片大片新植的小树苗,还看到了堤下的草坪,刚刚围成的花坛。那会儿我兴冲冲地沿河堤一口气走了十几里路,想象着明天的河,寻找着昨天的河。我知道一切都在开始。这一切做得晚了点,但终究还是做起来了。

莱茵河暗绿色的波涛拍着堤岸,送来一股奇怪的气息。多少船只来来往往,从高大的铁桥下穿过去。船上彩旗在风中一齐抖动。汽笛声低沉短促,像是怕惊扰了两岸的沉睡。河水传来的那股气息,我渐渐明白了是工业大都市的气味。河上还有多少波恩这样的铁桥?不知道。我从桥上走过,总是对箭一般驰过的车辆有些担心。大桥的人行道很窄,行人走到弧形桥面的最高点,可以强烈地感到它在颤抖。再低头望望下面,河道正像桥面一样繁忙急迫,航船如梭。这是一条充满了旋转、追逐、摩擦的河流。

我同样想象不出莱茵河的昨天。它像我记忆中的河流那样宁静淳朴、充满了天然野趣吗？我想会的。两条不同的河流之间有什么在联结着。它们都有过昨天，也都会有明天。莱茵河是否干涸过、荒芜过？它像东方的那条河一样生长着，变幻着，终于成为眼前这样的河了吗？

　　一切都像梦一样。我与 Z 诗人去看过的丝柏挺立在草坪上，它的沉默使我一阵阵惊讶。有一位荷兰大画家多次描绘过它，如今它就在这河畔上燃烧。有时我又觉得它就是东方那条河岸的野椿树。它那么陌生，又那么亲切，一如它守护的河流。我不得不承认，我更喜欢的还是那条童年的河，那条河里洗净了多少调皮娃娃身上的尘土。它更容易让人亲近，让人理解。它的美是不加雕琢，也不被扰乱的。它的波涛上只有白帆，有欸乃之声，有老人和孩子的笑声。牛在岸边哞哞长叫，羊从堤坡上小心地下来喝水。

　　波恩大学的 K 教授与我一起沿河走去时，和我谈了很多莱茵河的事情，使我吃惊。比如说，这河里就看不到一个游泳的人。那不是天气的关系，而是人们惧怕污染过的河水，认为在这条河里泡过会生皮肤癌。波恩人幽默地说："莱茵河如今可以用来冲洗胶片了！"那意思是它的化学污染严重。这条河流经几个国家，沿途几个化工厂毁掉了河水。K 教授说如今已经没人敢吃河里的鱼了，尽管淡水鱼味道鲜美。这是真的，因为我在波恩期间没有吃过，也没有看到销售淡水鱼。显然，现代生活已经如此严酷地改变了一条河。欧洲的文明也没法解决污染问题。虽然这里的水还算清明，不像东方的有些河流那般浑浊，但这里正在开始的，是一场无色无味的毒化。这更可怕。

　　我把 K 教授的话告诉了 Z 诗人。他说：我们的黄河跳进去洗不清，可你洗吧，保证没事！这条河（莱茵河）可以洗得清，不过谁敢去洗呢。事情真是奇妙得很，看上去不怎么干净的，倒很卫生。不过我想明天的黄河，谁也不敢说怎么样，正像芦青河经历的变化让人感到莫测一样。每一条河都有生命，都在成长和更新。似乎每一条河都要经历那么几个阶段，告别一个阶段，就同时告别了一些欢乐和痛苦。我们没法自由选择，悲怆地遵循了铁一样的自然法则。

我在波恩住了两次，共一周多的时间。可当我以后回忆欧洲之行，首先想到的，却是莱茵河。我永远不会忘记湿润的河风给我的难以言传的感觉，忘不掉一个东方青年心中的波涛。河风将我的头发撩起来，我迎着风往前走，一直走下去。早晨的太阳和晚上的太阳都映红了大河，可一个是火热的，一个是宁静的。我在河边沉醉，畅想，流连忘返。可这一切带给我的又绝不仅仅是欣赏的轻松和愉悦，而是更为复杂难言的心绪。

第二天就要动身去汉堡了，那时又将看到欧洲的另一条大河——易北河。我久久地走在莱茵河边，我想此刻远在东方的朋友和亲人，你们知道我现在看到的是什么？是一株普通的树、一片熟悉的草、一道石砌的河堤……什么都不陌生，什么都不奇异。我们的土地上也有这一切。我们保护它们，并让它们壮大、繁茂。绿色不仅仅只是荫护欧洲，河水也不仅仅只是滋润欧洲。同样，东方那些淳朴的河流，也该强烈地、意味深长地吸引欧洲的想象。晚霞的红色又铺展下来了，大河像少女一样羞答答的。鸽子轻灵地落在我的前方，我向它们走去，它们向我走来。野鸭子也看到了我，它们总是神情专注。我伸手向它们、也向莱茵河摇了摇手。

这是否是告别的手势，我也不知道。我只知道在举起右手的那一刻，心中充满了温暖和宽容。我想我多么喜爱这些小动物、小生命；我会动手植树种草，而对它们永不伤害。我知道还是莱茵河两岸的浓绿，才使人多多少少忽略了它的纷乱。绿色，还是绿色；没有绿色，也许人类会疯狂的。

　　我最后一眼看到的，还是那株枝叶向上的大树。它从茵茵草地上长起来，直冲云霄。我还是原来的印象，觉得它像喷涌直上的浓烈烟柱。

1987 年 7 月

去看阿尔卑斯山

——访德散记之三

我到了欧洲没有几天,心中就滋生了一个奢望。有一天我向同行的朋友说:"不知能不能安排我们去看看阿尔卑斯山?"朋友笑了。我知道他也想看,哪怕只看一眼也好。

东方人心中矗立的是世界最高峰喜马拉雅山山脉的珠穆朗玛峰。但他们也知道西方的名山,知道阿尔卑斯山的名气有多么大。这座雄伟奇绝的山脉西面起自法国境内,经瑞士、西德、意大利,东到奥地利。很多大河发源于这个山脉,像波河、罗纳河,还有莱茵河。

到了欧洲,不看看阿尔卑斯山可太亏了。

当时我们正在北海之滨,在汉堡。那是德意志联邦共和国的北部。而我们一直惦念的山脉却在这个国家的南部。

德国北部的秀丽风光,异地风情,一切一切陌生得让人应接不暇的事物,使我们一度把那座山的影子抛到了一边。但后来到了汉诺威、特利尔,又到了维尔茨堡,正一点点接近德国的南部著名城市斯图加特和慕尼黑。离阿尔卑斯山越来越近了,于是心底的那种兴奋之情又悄悄地泛了上来。

M 先生是一家报纸的记者，访问途中一直为我们开车，同时又是天底下最棒的向导。他跟我们在一起玩得愉快极了，我们高兴的时候，他的蓝眼睛就溢满了光彩。他的英语说得不太好，常用的几个单词从嘴里飞出来，十分响亮。他告诉我们，车子再往南开，就可以遥望到一架大山了。

"什么山呢？"女小说家 L 赶忙问了一句。

M 洪亮地喊道："阿尔卑斯！"

棒极了，一切都要如愿以偿了。车子在南部山区飞驰着，公路两旁的景色更加秀丽。车内的人不可能感到疲倦，因为窗外吸引人的景致太多了。我们都觉得这儿比北部，特别是比中部还要漂亮。丘陵起伏，林草蓊郁，森林的气息越来越浓烈。在无山的间隔地段，隆起的漫坡高地被密密的绿草覆盖，呈流线型连绵数里，真是绝妙的画境。

绿色的原野上总能看到几只雪白的肥羊。它们好像专门为了点缀成画而来，洁净得纤尘不染。灰色的大盖木屋孤零零地坐落在草地上，每隔一二里就有一座，像童话里的建筑。后来我才知道这是贮干草用的房子。奇怪的是你如果用一幅图画去要求这儿的原野的话，就会发现缺了高地山坡不行，缺了白羊不行，缺了灰房子更不行。

简朴的村庄就在山岭旁边。村庄里除了教堂之外，一般没有太高大的建筑。几乎没有一座平顶房，房顶都比较陡，房瓦是红的或者灰的。小房子挺精神的。整个村庄像用清水洗刷过，洁净地待在谷地里。从一座座城市中穿过，每到了小村庄的边上就感到亲切。它使人想到东方，想到东方的生活。这儿的宁静和自然，这儿的独特的气质，是在汉堡和不来梅那种城市寻找不到的。

我曾想象过小房子里的生活，想象这儿的农民怎样过日子。他们的土地上水草茂盛、庄稼油旺，羊和牛都肥得可以，小房子有的一层，有的两层，方方的，隔开很多间。如果用我们习惯了的经验和标准来判断，他们显然舒服得很。

当傍晚车子穿过村庄的街道时，偶尔会听到悠扬的钢琴声。这时暮色一片，尖屋顶、木栅栏都沉浸在红润里。屋子旁边的花圃中朦胧灿烂，巴掌大的叶片在微风中摇动不止。

时间刚好是盛夏，如果在东方，在黄河的下游地带或泰山山麓，正是暑气蒸人的季节。但这儿却像初秋那么凉爽，人们出门还需要一件外套。在我们的华东平原上，此刻勤劳的农民们刚刚擦一把汗水，在田埂树荫下喘息吗？太阳落山时，他们会把衣衫搭上肩头，迎着村落上腾起的炊烟和浓烈的米饭的香味走回家去。母鸡扇动翅膀，白鹅伸直了长颈。广播喇叭正报天气预报，小孩儿把尿溅到了姥姥身上。家庭的声音驱走了一片暑气，院子里的大槐树逗趣般地掉下一个绿壳虫。灶间里的风箱还在呼嗒嗒地响，女人一边往灶里抓草一边看着男人。她去捅火，白色的灰屑扑了她一脸。火焰映出的是额头上一道道皱纹。男人喊了她一声。

我们的车在著名的斯图加特市停留了一天，就径直开往慕尼黑了。

秋一样的凉爽，鲜啤酒一样的清香，这一切都没法不使人神情振奋。M先生两手握着方向盘，常常要告诉一点什么。路旁的山坡上种满了啤酒花，一行一行规整极了。这儿的啤酒花产量是世界上最高的。如果晚来几个月，那正好会赶上这儿的啤酒节了。那可是个盛大的欢快的节日，是世界上真正独一无二的场景。啤酒节又可以叫成"草地节"，你于是可以想象得出啤酒与大自然的关系了。

我们终于来到了阿尔卑斯山下的这座名城了。

从哪里看起呢？这座洁净得如同一只天鹅的城市，这座像冰晶一样闪亮的城市。伟大的艺术家施特劳斯就诞生在这里，是市民们引以为荣的，也该是这座城市的殊荣。我们看到了市政厅附近的巨大喷泉，看到了在广场一侧如痴如醉地吹奏着的土耳其人……可是阿尔卑斯山呢？

我们到"大都市旅馆"里住下后，太阳还没有落山，有人提议趁这段时间去看看它。他找到 M 先生，说："这会儿去看看它吧。"我们都知道"它"指什么。M 先生说："时间恐怕来不及了。"不过他说着却将我们引上了车。

车子愉快地驶出市区。

车子爬上了被绿树掩映的坡路。路旁山坡上的树好密，几乎每株松树都笔直高大，那颜色使注视它们的一双双眼睛也变得明亮了。由于根须扎在一座水分充裕、土层肥沃的山脉上，真正是苍翠欲滴。我们已经踏上了阿尔卑斯山的领地，但离它的那些终年积雪的峰峦还有很远。

M 先生将车子停在一个湖边。我们首先被这个湖泊给吸引了，一下车就伏到了湖边的铁栏上。湖水碧绿清亮，白雾在远处飘移。木船慢慢地游动，三三两两，显得湖面很旷远。湖的另一边消失在大山脚下，也许它顺着山麓转到了另一边去。

大家全都无声无息地看着。这个湖泊是不应该被惊扰的。湖面上徐徐吹来的风撩起了诗人的头发，拂动了女士们的风衣，洗着我发烫的脸颊。

M先生告诉大家，阿尔卑斯地区有空气纯化监视设备，这儿的空气必须纯正清新。还有，湖中绝不准许以油为燃料的船只经过——你们看到那几个全是木船了吧？

当我们正议论着湖水的时候，不知谁在身后喊了一声："看！"大家一块儿转过身去，一齐抬头仰视——不远处，那雾气迷茫的地方有银白色在闪耀，原来那就是德国境内的阿尔卑斯山高峰。它的雪衣在傍晚的光色下闪烁，又被雾幔不时地隐去。峰巅万仞，云气苍茫，藏下了说不尽的神秘和冷峻的威严。

M先生笑着。他终于把我们带到了这里。

我们就这样望着这座高山。我的心绪这一刻非常复杂。我相信一个东方人从遥远的地方跑来看一眼这座名山，都会有很多的感触。那种意味是说不清的。究竟为什么要来看山？看山得到了什么？这一次行动的意义又在哪里？

阿尔卑斯山沉默着，所有望着它的人也都沉默着。怎么回答呢？我不知道。我只能说它在这一刻所给予的某种震撼，是我久久不能忘记的。

天色暗了。我们没有时间离山再近一些了。就带着巨大的满足和深深的遗憾，踏上了归途。

夜色中穿越密林中的山路，这在来德国后还是第一次。我们将车窗打开来，让山间清凉的空气透入车厢。四周一片沉寂，似乎能听到树叶飘飘落地的声音。身后的大山和湖泊隐在了夜色丛林之中，但我此刻仿佛仍然听到了水珠飞溅，就像敲击玉盘；雪峰的倒影印在湖镜上，星海一片，突然有一只鸟在遥远的地方啼叫起来,一声比一声凄厉,一声比一声急促。它叫了一会儿,声音才渐渐地舒缓下来。我想这是阿尔卑斯山之巅的一只孤独的鸟儿。

这就算看过了阿尔卑斯山?

我心头掠过一丝微笑,在微弱的光线下去看同车的几个朋友。他们奇怪地全都闭着眼睛,模样有些好笑。我碰一碰诗人。他睁开了那双布满红丝的大眼,咕哝了一句德语。两天以后我才明白他说了一句什么话,那句话可不怎么让人愉快。

在慕尼黑市匆匆忙忙又兴趣盎然地游览,不知不觉过去了两天。这个啤酒王国让我们喝足了它的啤酒,大家得用双手才举得起硕大的杯子。我们觉得整个联邦德国的城市夜间都亮如白昼,慕尼黑似乎更亮一些。欧洲电力充足,看看它们的灯就知道。再加上金属结构和玻璃结构的建筑较多,可以与灯交相辉映。这儿的灯店给人留下强烈印象,里面的花色品种太多了。可以与这儿的灯店相比的,记得只在波恩和汉堡看到过。我买了一个红色的台灯。

第三天下午是休息、郊游的时间,不是正好用来去看阿尔卑斯山吗?这回我们有时间一直将车开到山根下。想是这样想了,但不好意思跟 M 先生说,因为他几天来开车太疲累了。可是令人感激的是 M 先生自己提出了进山的建议。大家一时无语,只让兴奋在眸子里跳荡。

赶快上车,这是我们离开慕尼黑市前最后的一个下午了。

女小说家 L 穿上了一条鲜红发亮的裙子,坐在我们中间。也可能是多了一条红裙子的缘故,我们觉得一个什么节日来临了。也许有人会感到费解:繁华的城市有多少东西等待我们去瞥上一眼,可我们却一再匆匆地上山……这是为什么?

不知道。也许就因为它是阿尔卑斯山吧。

M先生告诉,通主峰的有一条缆车。那么说我们可以亲自用手去捧捧积雪了——我从来没有在盛夏摸过白雪。当车驶近了高大的山峰时,我们大家对其他东西都视而不见了,因为都一股心思去看这让人惊心动魄的大山了。

这次可以看得更清晰了。山色青苍,森森逼人。巨大有力的石块呈千姿百态凸立,使你强烈地感到很久很久以前那一次熔岩的愤怒。一道峰刃将另一道挡在阴影里,阴影重叠,白雪皑皑。云流在山口上涌泄,似有撕裂绵帛的声音隐隐传来……

可惜开缆车的时间已过。但我们无悔地站在山根。这儿冷风飕飕,真是个严肃的地方。

我们的车仍在夜色里往回开。大家坐在车中,仍像上一次一样闭着眼睛。半路上,我又推了一下诗人,他又咕哝了上次说过的那句德语。这回我听明白了,他在说:"别了!"

1987年11月

默默挺立

—— 访德散记之四

从法兰克福乘车到波恩,心情异样地激动。车子在高速公路上飞速行驶,两旁不断出现森林、起伏的草地和麦田。偶尔有一块油菜花嵌在田野上,明亮耀眼。这里看不到一处裸露着的泥土,一切都在尽情地生长。林子里,早熟的各种果子已经泛红,鸟儿在树杈深处呼叫应答。一阵雨水冲刷着马路和林木,使这个世界纤尘不沾。我们的车子飞驰着,不断把人带入崭新的境界。

从飞机上俯视这片土地,给人印象最深的是绿色占去了绝大部分面积,而一座座城市和村庄只是夹在大片绿色的缝隙里。绿色在这里成为最主要的色调。我从哈尔滨飞往北京,看到的情况恰恰相反。这条飞行路线是较好的绿化地带,但给人的感觉是绿色只算点缀。欧洲这片土地得天独厚,气候湿润,雨水充足,任何种子都可以在最短的时间里鼓胀起来,伸展叶芽,疯狂地生长蔓延。于是山不见石,田不见土,连高大雄奇的建筑也给遮掩起来了。

这个国家面积不大,山水有限。但由于一切都被茂盛的植物遮盖了，绿荫婆娑，就让人觉得奥妙无穷，意味深长，也分外含蓄。我们的司机 H 是一位顶呱呱的司机，可他的本来职业是一名记者。H 先生沉默寡言，他见我们一路上十分高兴，也就一直微笑着。

一路上大家的眼睛一直注意看两旁的树木，贪婪地饱餐田野的秀丽风光。很多树种似曾相识，但又叫不上名字。有一种红叶树红得人心里一动一动，谁见了都要脱口喊一句："哎呀，快看！"黄色的、浅绿的、紫红的，任何色彩镶在深绿色的丛林中，都会让人眼前一亮。H 先生满意地微笑着。

我突然看到了一片棕红色的高大树木，像是一种奇异的松树。它们默默挺立在山坡上，一动不动地，别有一种风韵。我伸手指向窗外，说："你们看！这种颜色的树……这么大一片！"大家一齐转脸去看。与此同时，H 先生鼻子里哼了一声。我看见 H 先生的脸色略有阴沉。翻译同志告诉大家：H 先生说那是死去的一片松树——它们是被酸雨慢慢淋死的。目前，这个国家的大片土地都面临着酸雨的威胁。你们还可以看到很多这样的树，很多。

我以前看过关于酸雨的报道，印象不深。它没有在头脑中化为形象的东西。而今天，我再也不会忘掉酸雨了。我知道了它有多么可怕。如果酸雨继续出现的话，那么整个大山不是要慢慢光秃吗？酸雨是死亡之水。

车子向前，我们接着又不断地发现一处处死去的松树。它们死去了，但并未倒下，只是树杈僵硬，默默地站立着。这种无言的站立，这种沉默……有一种可怕的东西传递出来。

如果想象一下它们当初仰脸向天迎接雨水的情景，会是很动人的。可酸雨首先使它们失明，然后是残酷的剥蚀。最后的时刻来到了，它们终于没有来得及与人们告别。实际上也无须告别。因为酸雨的创造者不是天空，不是上帝，而是人类自己。

我们到了波恩，又到汉堡，到大大小小的城市，到阿尔卑斯山下……到处都是一片浓绿。可见这个国家在环境保护方面用心良苦，这里到处有劳动的血汗，有长远的眼光，有一切尽心尽力的痕迹。非常重要的是，从这一切可以看出这个民族的宽容，对大自然其他生命的尊重。鲜花是生活中绝不可少、最为珍贵的。对一个人的敬重，莫过于向他（她）献一束鲜花。那么看吧，花店处处，芬芳四溢，橱窗、街心、山坡、阳台，到处都是用心培植和任其生发的鲜花。一株嫩芽、一棵小草，只要是绿的、有生机的，就会得到保护。一个人走在蓬蓬勃勃的树林和花草之间，会感到安宁和坦然。失去这一切，我想心灵深处一定更容易荒芜。在这儿，在欧洲的这片土地上，就是这样的郁郁葱葱，一片苍翠。

可也就是在这片土地上，我看到了一片片死去的高大树木。它们默默挺立。

它们告诉你绿荫遮蔽之下，还有另一个欧洲。

这儿物质丰富，工业发达，科技先进，很多人生活得又惬意又有条理。可是人与自然的关系是世界上无数法则、无数关系之中最重要的一个，如果这方面出现了严重问题，其他所有方面的条理都显得微不足道了。如果人类文明与地球灾难一块儿发展和扩大，这种文明最终就会将世界引向死亡。也就是说，人们到了再一次调拨生活的罗盘的关键时刻了。你在这调拨中会进一步审视人类迄今为止的一切行为，重新权衡与大千世界密切相关的所有事物。你会认识到，对大自然的绿色生命仅仅是一般的爱还远远不够，仅仅是一般的保护也无济于事。

酸雨在世界的好多角落都降落过。但它只有降落在一片浓绿的土地上，降落在最懂得保护自然的现代人身上，才显出了真正的残酷无情。

我忘不了进入鲁尔区的情景。鲁尔区是联邦德国的工业发达地带，是发生经济奇迹的地方。可是当汽车驶入这里的高速公路，两边的森林从车窗旁飞速闪过时，你会感到一阵阵痛楚。一片又一片焦干的棕红色树木沉默在那儿，挺立着，无声无息。它们高大的身躯笔直伟岸，主干上伸向两侧的枝杈差不多都很对称。绿叶脱光了，成了一具多么完美的死亡标本。注视着鲁尔区的这些标本，任何人都会有一种悲壮的感觉。

核电站的巨型建筑矗立着；一些不知名的工业建筑群像山峦一样隆起。无数大烟囱插向云天；红红绿绿的各种线缆集成一大束，分别向四方蜿蜒。蒸汽喷向天空，很快漫成白云一样。雨水哗哗地浇下，鲁尔区的一切又在淋雨了。谁也不知道这是不是酸雨。雨中，大地一片寂静，连高速公路上的喧嚣也退远了。只有蜻蜓在雨丝中平稳地向前滑翔。

鲁尔区好大，森林的覆盖面也好大。我几次以为已经驶出了鲁尔区，但H先生总是摇头。快穿越鲁尔区吧。

H先生的眼睛注视着前方，从不看路边的景色。我一路上仔细端详着他，觉得他像一个老熟人。其实这是我认识的第一位欧洲朋友。他有一张看一眼就让人信任的面孔，这张面孔透露着坚毅和果决。我在想象着他、他的民族，想象着一个世纪以来东西方的一些重大变故和演化交流。一个民族有一个民族的总体性格，互相无法替代。人与人的隔膜和理解同样都是无限的。我眼中的 H 先生是质朴的，是把激情深深潜入内心的欧洲人。我相信他不用看也知道鲁尔区有一片又一片棕红色的大树矗立在绿野之中，他会怎么想呢？他正在思索什么呢？他的民族面对这一切，被轻轻拨动的是哪一根神经？起飞了的鲁尔区不会一直这样沉默吧！它也许首先肩负起人的一种庄严，表现出经济巨人的聪慧和气魄，力挽危澜，化险为夷。

但愿如此吧。

在遥远的地方，酸雨曾使一片片稼禾成为焦叶，山石上的植被洗光了，鸟雀飞向远方。我们面临着共同的焦虑，两片美丽的国土都洒上了死亡之水。但这些给人的启示又不会是相同的。每一片土地上抵挡灾难的方式都是不同的，有的有效，有的无效。不管怎么说，大自然已经在逼迫人类做出重要的反应。如果人们站在凄凉的田野上面容痴呆，麻木不仁，那么又将有苦涩的雨滴轻轻地洒上他们的额头。

鲁尔区即将穿越。大地明朗清爽，雨后的风从车窗吹进来。开阔的麦田波浪滚滚，金黄色的油菜花又在熠熠发光。森林闪在背后，大海就在前方，一块一块翡翠似的色块抛闪过去。一层层的林木在山岗上扩展开来，真正是无边无际。可这时，又一片焦死的棕红色大树出现了。

它们身躯高大，笔直笔直，默默挺立在山坡上。

1987 年 7 月

犄角，人事与地理

我多次讲过，这儿从地图上看就像一个犄角，小得可怜。可是当你走进来，当你面对它的时候，又会觉得自己十分渺小了。它像我们经验里的任何土地一样丰腴、复杂、烦琐；你像一条鱼跃入了海洋，一天天与它耳鬓厮磨。当你想到有一天会离开它，疏远它，记忆它，那么你就想在手边划下一点什么。

匆忙的生活常常让我们张皇紊乱，可我们还是有对付生活的一套完整的办法。所以我们才活下来，痛苦下来也欢笑下来。我们过得可真不容易啊。

我们又是谁呢？是大家，是这个犄角吗？

黑松林

有人总愿把这片林子说成是什么防风林，还有人说成是国防林；而通海的宽一点的路也被叫成了国防路。这提醒我们是来到了大陆边缘。

黑松沿着海岸生长，密匝匝黑乌乌，没有尽头。也许从空中往下看，它是一条长长的带子；可是当我们走进了它的内部，却感觉不到纵向和横向的区别，总是一片浑浑苍苍：浓绿、苍黑、幽暗。动物咕嘎大叫，里面有兔子、鹰、各种鸟儿。鸟窝就搁在头顶的枝杈上。这里几乎看不到人。当然最多的是松树。

在松林的某个局部，冒出一片槐树或杨树柳树——像是一个完整的民族版块中得以繁衍和生存开拓的少数民族。但这儿几乎所有的北方植物都能找到：灌木、小草，甚至是一部分浆果和百合科植物。洁白的沙子上散落着一颗颗野兔粪便，说明它们人丁兴旺。有一些植物的茎秆被兔子们啃去了皮。一只刺猬死掉了；一只兔子显然是遭了鹰鸷。

这里最多的是一种钢蓝色的鹰。它们远远看去很像温顺的鸽子，体积也大不了多少，只是飞起来，一展两翅就显出它的野性和勇捷。这里很少能看到苍鹰，但那种钢蓝色的鹰是否就是袭击野兔的鹰，还不能让人肯定。

我自己，或约上一两个朋友，每星期至少要到这片松林里来一次。

小时候，我在松林南部的一所小学上学时，常被老师带领来海边参加林场劳动。那时就在沙滩灌木的空隙里插种小小的松苗。浇水、掘坑，许久之后再回来补种那些没有成活的松苗。这样一直到毕业上中学。

当时记得灌木丛中就有一棵棵茂盛多杈的长成的松树，推算起来，现在它们应该是很大了。可这会儿就是找不到它们。

我和朋友讨论了一下，他说当年我们栽的那片松林或许在更西边一点，离这儿还要有十几公里。

记得当年主要不是松树，整个荒滩上更多的是杨树和槐树。

它们有时密得不能下脚，要穿过就得耐心地寻一条小径。这儿纵横交织的小路都是由打鱼人踩出来的。那真是细如羊肠。

冬天，厚厚的大雪覆盖，你要寻找这样的小路，摸到通向大海的渠岸，真得小心翼翼，试探着往前走。那些寒冷的、一生都不会忘记的、呼出一团团白气的早晨和傍晚，我常常在此地流连——只有我一个人，现在也想不起是来寻找什么，在这片荒原上徘徊。我一次次纵向穿过整个海滩，走到白雪皑皑的高耸沙岸上，望着没有一只帆船、没有一点人影的海面，看着海浪在沙岸上的拍击、伸缩不停的水……

南风吹起，林子发出了呜呜的声音，这就是松涛。仰头看微微摇晃的松枝上刚结出不久的松塔，心里涌起一股爱怜。往前走，红色的尖顶别墅出现了，会享受的当代人并没有放过这片松林。一路上不断发现被砍伐的松树——那一刻的巨大疼痛使它渗出了泪滴。这黏稠的泪滴就是所谓的松脂——或者也可以理解为精髓和血液……还有随处可见的一个个偷沙者掏出的沙洞——这些沙洞坍塌的时候，四周的松树都要遭殃。这显然是那些建别墅者留下的痕迹。

我们还遇到一只死于难产的母兔。当时她伏在那儿，刚死去不久，笨重的身子还是一副正在用力的姿势，胸部是变大的准备哺育的乳头。我们双手托着她，找一个沙坑掩埋了。

我们的鞋子上落满一层黄绿色的花粉，鼻孔里全是各种野花的香甜气味。

我觉得这是整个海滩平原上最让人留恋的地方，它代表了我的过去，甚至是未来。比起这儿，一切都显得微不足道了。得失荣辱，一切都不那么重要了。在这儿回想过去，设想自己的老年，在这儿劳动和追忆。这简直是了不起的奢望。想得太多了并不好。我为这儿付出了什么？将要付出什么？一切也都要好好去想。

由于没收了枪支，打猎的人没有了，所以各种动物，特别是野兔，能在这儿纵横驰骋，扑棱棱飞动；但由于没有收起一些人的铁锹、锯子和斧子，松林于是还在死亡和伤痛。

我总是把它看成自己的松林。追溯到许久以前，从老人的口中我们得知，原来的这片荒原上林子比现在高大茂密一百倍。那才是无边的森林，很可能是原始林。经历了几场战争：民族战争、国内战争，一次又一次的政权更迭……各种各样的政权尽管差异很大，可都没有保住浓密的林子。结果它们还是没有了。许多神秘的故事、伟大的人物、不可思议的向往，都随着这片林子一起消失了——甚至没有多少人去记载这一切——它的历史。

最美好的事物，就这样湮没了。

夜　哭

告诉这神奇故事的，是几个神情沮丧的男人。其中的两个二十多年前我就认识。他们显然不会说谎，不会骗我。

果然，在后来的另一个场合，我又听到其他人讲了相同的故事。

几个中年人因为要为一个养殖海产品的老板打工，大多数时间住在海边的一座茅屋里。他们在那儿养了鸡鸭，陪伴他们的还有一只大狗。这当中有个十八九岁的男孩，皮肤黝黑，细细高高，头发黄而柔软，大眼睛。那只大狗是他最好的朋友，只要有这个柔软纤细的男孩在，那么它就一直偎在他的身边，仿佛压根就想不起还有另外的人。

小伙子水性特别好，他离不开水，从初夏到深秋，劳动之余有一多半时间是泡在水里——人们一抬头就能在长长的沙岸上看到一个穿着短裤的细细溜溜的小伙子，他在水中出没、在岸上走动，那条大狗就在身后追逐跳跃。到了播种和收获养殖品的时候，这儿的人要比往日多上几十倍。大多是女人，是姑娘和媳妇。她们一个个围着头巾，戴着胶皮手套，在海边舢板上不停地劳作。

她们其中的一个或两个姑娘，最愿和那个细细溜溜的小伙子说笑打闹。

特殊的季节过去了，女人们又回到沿海村庄去了。从那时起，茅屋里的中年人都发现细细溜溜的小伙子常常走开，要在深夜才回到茅屋。那只大狗总要焦急地等待，发出一声声低吠，长长的鼻梁指着月亮。

大约一年之后，他们都听说村里的一个姑娘死去了。她长得太美，太特别，神情举止、衣着，还有性格，几乎每个地方都招人议论……有一次老板在酒后长时间地盯视她，那目光啊，他们不敢想。

那只大狗环绕小伙子跳跃，他再也不理它了。大狗只得沉默下来，坐在那儿一声不吭。

还是日复一日的劳动，是一次次摇着小船到近海巡视，料理那些养殖品。

一个很平常的中午，几个人正在茅屋里午睡，忽然听到那只大狗猛烈扑打门板，凄凄狂吠。他们惊坐起来，一开门，那只大狗就往身上扑,吼叫,有好几次还把前爪搭到他们肩上。

它领他们冲出屋子。

他们很快明白了。茅屋西边,一百多米远的地方有个蜷曲的黑点——这时候他们记起那个小伙子已经好久没有回来了……他们跑过去。不出所料,正是他。

海边阳光强烈,盐水在他的头发和黑色皮肤上已结出白色颗粒,嘴唇焦裂——那曾经是一双怎样招人疼爱的嘴唇啊。他眼睛紧闭,长长的睫毛根根直立;蜷在那儿,身体仍然是那么柔软。

几个人把他抱起来,好像第一次发现这个伙伴的体重这么轻。

几天之后,他就待在离海岸几公里远的一片灌木丛中,那个崭新的坟头下面了。他们故意把他埋得远一点儿,他们都知道他该离茅屋远一点儿。

大约过了半年。有一天晚上他们正在睡觉,半夜,其中的一个被一阵哭声惊醒。这是女人的声音,好像就在茅屋旁。其他三个人也都惊惧坐起。那只大狗当时正睡在屋内,它一声不吭,竖起两耳,像他们一样坐着。

他们带上手电筒,特意给那只大狗带上链子,牵着它一块儿走出。茅屋旁没人,哭声仍然在响,可是前边也看不到人影。他们循着哭声往前。记得当时明月高悬,海浪平静,沙滩上什么也没有。他们先是往西,然后又往南,走过浅浅的一层树林,就忘记了方位,忘记了要往哪里走。只是这哭声吸引着他们,走进一片浅浅的草地。

茅草被月光照得煞白,四个人心上猛地一动:是那片灌木丛。他们把手电揿亮——其实根本用不着,月光亮着呢。那只狗瑟瑟抖抖，毛发直立，后来干脆一动不动了。

都止住了脚步。手电筒掉在地上。

前面就是那个坟头，坟前有一个女人，穿着洁白的衣服，长长的头发从肩部披散到后背。是她在恸哭，一耸一耸地哭。她像丝毫没有察觉走近的四个人和一条狗。

那狗仍旧一声不吭。

他们离那个女人仅有十几米远，都看得清清楚楚。就这样站着，忘记了时间，全身僵直。不知过了多久，哭声戛然而止。

再往前看，只有一个坟头——女人没有了，什么都没有了。

他们仰头看看月亮，再看看那只跳起的狗，拣起手电筒。

这就是整个事件的经过。他们忘不了那月亮，那哭声……

两个岛屿

它们是在这个犄角行政区划内的两个岛屿：一大一小，大的实际上也小得可怜，大约只有两平方公里左右；那个比它更小的岛就在半里之遥，是它的卫星岛。这两个岛与犄角离得很近，大约只有一刻钟水路。大晴天里，站在海边看去，那两个岛屿近在咫尺。

岛上的人要到大陆来，大陆的人要到岛上去，结果在水上交通很差的年代里，就发生了很多悲惨故事。午夜接送病人，新婚夫妇往来……总之围绕这一类的事情常常发生一些可怕的灾难。也正因为这样，那么美丽的两个岛，直到现在还有人惧怕去那里居住。出于自卫和自守的心理，岛上的姑娘也不轻易嫁到岛外去。而这个犄角上的姑娘没有极特殊的原因，也是不会嫁到岛上去的。

　　岛上百分之九十都是渔民。男人出海打鱼,生来就是这样的命运。女人在家里补缀渔网,料理家务,或者种一点小得可怜的菜园。男人的性格个个强悍粗放,而女人却出奇地绵软贤惠,几乎个个如此——起码在我所遇到的人中,是个个如此。

　　读高中时候,有一次为了完成一个写作任务,我和另一个同学在海岛上住了半月。我们同班的一个女同学恰恰在这个阶段因事返岛。她很高兴我们能来岛上,特意为我们逮了不少螃蟹,采来海贝和各种海菜——记得她当时提着一个瓦罐,瓦罐的系子是草绳做成的,就这样把煮熟的海鲜提给我们。

　　通红的螃蟹,以前从未见过的大海贝,冒着热气的瓦罐,一起摆在桌上,鲜气逼人。她在旁边微笑,很少说话。偶尔说一句,声音软得像南方人,可又比南方人更低更细。

　　她那双美丽的眼睛看着我们。我们把她的礼物打扫一空。

　　后来我们大约两三次跟她到海岛的最东部去玩。那儿退潮时有一片青色的石头,搬动那些大石头就能找到螃蟹,甚至是海参。海参是这一带最珍贵的海产品,它不同于南海和东海,以及其他各地的海参。在人们的印象中它是最名贵、滋补性最强的一种海珍。记得那一次我捉到了一只海参,握在手里不舍得丢弃。可只过了一会儿,张开手掌一看,它差不多全化掉了。

　　后来,高中还没有毕业,我就去了南部山地。我成了一个山里人。

　　再后来我又去更远的地方读书,反正是离这个犄角越来越远了——当有一天我归来的时候,站在海边,看着海雾蒙蒙中的那两个岛屿,突然想起了当年那位女同学。

我发现自己今天还在怀念她。我记得以前从山里回来时也曾想起过她。

人的一生最大的幸福也许就是争取和真正温柔的人生活在一起。生活的风雨总是太猛烈了，在这种猛烈中，应该有那样的一个人在身边。

我多次去那个岛。过去的一切痕迹大约都在：岩石，稀疏的麦苗，还有靠在海湾里的大船，铁青色的大船，一闪一闪的灯塔，忙碌的头上包着纱巾的女人——此地唯独没有她的影子。

她离开了，她到海岛以外的地方去了，到很远很远的地方去了，带着她呵气似的声音，带着她绵软的性格和那一双特异的美目。

我为什么没有及时返回？坎坷的生活啊，人要挣扎，一挣扎就要耽误重要的事情……

那个卫星岛听说至今没有一户人家，是个荒岛。人们为了救助海难，曾在岛上盖了一座茅屋。后来茅屋也塌掉了。有一段时间听说岛上有很多野猫，又过了一段听说猫也没有了。

我要到那个卫星岛上去，渔民说不行：两岛之间有一股激流，除非绕过这股激流，绕很远才能到那儿去，很麻烦。

岛上只有一口淡水井，却是一口最甜的井：犄角上所有的井都比不上这口井甜。

蓝眼老人

我第一眼见到他实在是吃了一惊。如果他在蛮荒里出现，那我准会把他当成一个外星人。老人个子很矮，不会超过一米六五,而且真正是瘦骨嶙峋,衰老不堪。实际上他只有六七十岁。他走起路来蹑手蹑脚,像踩在云朵上一样颤颤悠悠。我注意到他露在黑色袖管外面的一双手和一截胳膊,其皮肤皱得厉害,近乎透明,青青脉管清晰可辨。整个的人都说明营养极差,手无缚鸡之力。他的体重大约还不足四十公斤。他身上最显著的部位是头颅,从整个身体的比例上看它显得有些大,圆圆的。

他戴着一顶破旧的鸭舌帽,非常爱干净。一副眼镜属于古老的样式。最使我感到异样的是那双眼睛:竟是蓝色的,或者是灰蓝色的,很大很圆。可能给我外星人那种感觉的,首先就是这双眼睛。他看着我,神情非常专注亲近,但带着一丝警觉。他伸出手,用力握住我的手——手力很大,就像整个人一样令我吃惊。

我见到他的时候,他正经人介绍,受雇于某个部门做史志编撰工作。这使我们有机会相识。

很长时间以来他都是独身一人。好像他在这个犄角上来来往往,干什么都可以,干什么都可以活下去。难以想象的粗活,以至于眼前这种需要文心纤细的工作,对他来讲差不多都是一样。我常看见他手里拿着一个阔口搪瓷缸,在长廊上旁若无人地走着。如果我们偶尔打个照面,他就赶紧扶一下眼镜,伸出那双瘦削有力的手。

他曾经是一位教师,教过小学和中学,后来又不知什么原因失业了。在混乱的年代,原因总是很多的。有很长时间他不得不流浪打工,甚至靠讨要度日。他在教书的时候结识过一个女人,但她不久就离开了——同时还让他失去了住所,所以当年有一多半时间要在牲口棚、打工者的通铺或田野的草垛中、在庄稼地和泥沟里过夜。秋天的泥沟往往铺满了落叶,那真是流浪汉的好去处。

人们说最奇怪的是，当这个人从一些肮脏不堪的地方钻出来时，身上总是非常洁净。他全身上下未沾一丁点草屑和泥土。他常常几个月的时间弄不到一分钱，但即便这样，也没人发现他从果园和庄稼地里偷过一点食物。他的食物都来自劳动，或直接的乞讨。在他眼里，乞讨同样是一种体面的、讲得过去的职业。

也就是在这样颠沛流离的岁月中，他遇到了又一个女人，一个命运和他差不多的女人。他们一起游荡、找事情做。这时候他才觉得应该有一个固定的居所。于是他就立志要盖一座房子。这对于他简直是个太大的奢望。可是他执拗得很，每天有一点儿时间，就在收获过的庄稼地里忙碌。原来他在寻找遗落的砖块石头。他不停地收集，大约用了一年多的时间，就攒起了足够的砖石。接着就开始垒屋。有那个女人做帮手，但大多数时间还是他自己。自己设计，自己打基，一点一点砌墙。他还去海边，以惊人的耐性等候潮起潮落，寻觅海浪推拥上来的一些木杆，作为梁木和檩条。

墙砌得很高了，要开始上梁了。这倒是件难事。他琢磨着，琢磨出一种最原始的办法：堆起一些沙土，堆得像梁头一样高，然后再把木杆费力地滚移上去。

当所有的工作完成之后，再把围在四周的沙土一筐一筐移开。就这样，三间屋子盖起来了，他没花一分钱，却耗去了两年多的时间。

新房落成的同一个月份里，他们有了自己的孩子。女人没有奶水，他就到海河沟汊里寻一些富含蛋白质的动物。那个饥肠辘辘的年头，他为养活自己的孩子真是费尽了心思。而他自己吃的多是菜叶,是一些食物屑末。有一次他发现了一只中弹死去的野兔,就把它腌制起来,每天割一小块给哺乳期的女人做汤。一年之后,他的女人还是死去了。他把女人亲手埋葬在离新房子不远的地方。孩子由他一手抚养,也成了他的全部心愿。

孩子好不容易跟他长到了三岁,最后却因为一次严重的食物中毒,抢救未成死亡。孩子也埋在了母亲旁边。

像刚开始一样,剩下他一个人在大地上徘徊。

在贫困到极点的生活中,他仍然想为别人做点什么,一直想。因为他觉得自己不能这样白白度过宝贵时光。做点什么?他简直是挖空心思。他认为最难的,是做任何有意义的事情都需要花钱,而自己却一贫如洗——那么在没有钱或钱很少的情况下又能做什么?他想了很久。

有一次,他在一个村镇夜晚的场院上看到了放幻灯片,似乎从中受到了启发。

然而放幻灯需要一台机器,需要电,这些他都没有。想来想去,他用拣来的木头做了一辆地排车,又像琢磨盖屋那样动用巧思,在车子上做成一个暗箱,两端再挖上方孔:当这车子支起时,两个方孔就与太阳形成了一道直线——光源有了。他又把自己收集的一些碎玻璃片切割成大小统一的一叠,细细绘上故事,一一插到暗箱的方孔上——这就可以在遮光的一面墙壁上放出幻灯。

这奇特的装置被他拉着走遍了大街小巷,吸引了一批又一批孩子,当然还有许多老人、成年人。他在幻灯片上绘制的都是一些科学常识、模范人物。

他这个工作做了很久,人到哪里车到哪里,一场接一场放幻灯片——这样一直延续到被聘去做史志编撰。

于是他有了一点儿工资。微薄,却令他极为珍视。他从食堂打饭,从来都是一块咸菜一个窝头,几乎把所有的钱都省下来。一年多的时间里,他竟买来了成套的外语教学录音带和课本,以及其他书籍。他把这一切都小心地包好,放在柜子里,说将来有一天要把它们送给一所学校。

因为机关减员,到处人满为患,这个老人的去职只是个时间问题。可他自己并没想到这些。因为他在走廊上步履依旧,神情依旧。他根本就没有失业的忧虑。

到时候他又要回到野地里去了,回到那个空荡荡的屋子,像过去一样:身上没有一分钱。

这是肯定的。但同样肯定的还有,他仍然会活下去;而且只要活着,他就会想方设法去做一些对别人有用的事。

到现在为止,我走过了多少地方,遇到了多少人,各种各样的人;但仔细想了一下,还是第一次遇到了这样一个人:在努力活下来的同时,只想做一些对别人有用的事,只为不能更好地帮助他人而忧虑。

大写家

许多人都向我介绍:河边的某个村子里出了一个会写书的人,他写了很久、很多,看样子还要一直写下去。这当然引起了我的好奇。结果我就认识了这样一个人。

他有五十多岁,长得出奇地健壮,头颅很大,几乎呈四方形;脚大手大;说起话来声震屋梁;目光尖利,生气勃勃。他留了板寸头，几乎没有一根白发。他走起路来，脚板跺地咚咚有声，别人要一溜小跑才跟得上。

说到写作，他几乎对一切写作者都持怀疑态度：在他看来那些人不过是写写玩玩，没有多少意思的；而只有他所进行的工作——不停地写作——才无比神圣。

他写的书从未出版过，好像也没有这样的打算。他只是写。据他最亲近的朋友讲，只有他们这些身边的人才能一饱眼福。

他写得到底怎样呢？我问他的朋友，他们都毫无保留地点头，流露出无比的钦佩。都说："那才是个大写家呀！你去看看就知道了，那是大写家！"

我们结识后，直过了很长一段时间，才可以和他讨论一些具体问题，可以从容地交谈，彼此再没有多少防范。

他的家紧靠河边，在桥与河相交的直角位置上建了一座小土屋。这是土坯垒成的一个地堡式建筑，从外面看主要是一个长方形的大窗子。墙很厚，做了大窗台，上面摆着各种各样的小商品。从窗口那儿望进去，里面黑漆漆深不见底。最奇怪的是根本就没有门，你要进入他的家，还要从这个地堡式的四方窗洞爬进去。

他有老婆，一个孩子，孩子像他一样留着板寸头，头很大，身体却非常细弱；也像他一样，长了一对尖利利的大眼睛。大写家一多半时间就在这个四方窗洞前坐着，招呼过往行人，卖一些零碎商品。他起身招呼我的时候，就让孩子顶替自己的位置。在他的帮助下我才爬过了四方窗洞。我往里看去，努力调整自己的视力，这才看清里面还有很远很大的一个空间。我不明白的是，他为什么不多开几个窗子。

原来这个地堡模样的屋子内，一角有一个很大的土炕，这是用来过夜，看护地堡里的商品的。再往里才连接着这个平原上最常见的那种小房子——可能是一个南北向的厢房；穿过厢房东拐，这才到了一个稍微高大一点儿的正房。这是他真正的居所。

从地堡到厢房，再到正房，这其间没有一点露天的地方，全由过道、门和窗串联起来。所以很像走进了一座迷宫。

他的爱人长得也像他的孩子一样单薄，齐耳短发，圆脸，笑嘻嘻的，露出一对豁牙。她总是怀着无比敬慕的心情看着自己的男人。从她说话的口音上可以判断出，她是从南部山区来的，那儿是极为贫困之地。当她的男人与我讲话的时候，她就自觉地退到黑暗里去了。

我们每次总要先在厢房里坐一会儿。这里摆了大大小小的木箱，仍然有一个地堡里的那种大土炕，炕上是油黑发亮的被子。我们一起上炕，盘腿而坐，中间就是那床被子。他挥动着手掌给我谈写书的事情，谈到高兴处把那些木箱一一拉开——真正的奇迹出现了。

原来所有的木箱里都装满了他写的东西。一叠叠纸用黑线白线仔细订好，积了一摞又一摞。看那字迹有大有小，但一律工整。有的写在糊窗纸上，有的写在信笺上，但更多的是写在一些包装纸上，甚至是写在水泥袋上撕下来的皱牛皮纸上。从写作时间上看，越往后他的用纸越趋于讲究。但总的看还是五颜六色。我发现染成红色或绿色的标语纸用得最多。这些文字可以看成小说，也可以看成散文，更多的是各种文体混用。这么大的文字量，我想任何读者都要望而生畏的。我暗自把几个木箱简单估量了一下，认为这儿至少要装了上千万字。

我问他平时做些什么——除了坐在窗前？他说写呀，白天和晚上都是写呀。

从屋内的情形来看，他的生活简单到了极点。这使我又一次想到，人的生活有时候是可以极其简单的，人为存活而需要的物质，有时候是极其简单的——而这时人的劳动量却常常是真正令人惊讶的。

我们很少讨论这些文字的用途和动机，因为这似乎都不重要了。

时间久了，当我们更熟悉一些的时候，他才较多地把我领到他的正屋——那儿稍微明亮一些，使我可以更清楚地看着他那张又生动又严厉的脸。我发现这张脸至今还没有多少皱纹，油亮，闪着光泽。近一些看，他的神情原来是这样善良而诡秘。

正屋里还有几个花布包裹，他在把它们解开。

我吓了一跳：又是一些写满了字的厚厚的本子。

南山四月

在那个犄角上，我从小看到的南山就是蓝色的，像天空一样的颜色，或者更蓝。它是整个犄角的最南部，像最坚硬的一道镶边。南山对于童年是一个美丽的想象，而对于成年人却往往是一个贫困的象征。"山里人""到南山去过山里日子"，这样的讲法让平原上的人都多少觉得有点可怕。我后来当然不止一次到过南山，为生存而去，为跋涉而去。当然我不得不和大多数成年人取得了一致的看法。

山地需要攀登，需要付出更多的力气。在这里收获食物要比平原上困难多了,这就使我们无暇顾及它的美,它的特别的美。

这一年四月有外地朋友来,有人提议到南山去看花。他们的热情使我不好意思拒绝,但一路上却想:这会是一次无聊的南行。那里又不是花园,有多少花可看?那里顶多会有几蓬野花、几株果树。

汽车往高处行驶,渐渐进入丘陵。公路爬上山的隘口,一瞬间让全车的人眼睛一亮,几乎一齐脱口喊了一声:"看!"

高高矮矮的山岭上到处一片雾霭——不,那是繁密的花海迷迷蒙蒙,它们正顺着山岭起伏,很像流动缠绕的雾气。只是它有灿烂的颜色,有芬芳的气味。洁白的梨花,红色的桃花,稠稠的李子花——主要是梨花,所以我模模糊糊想起这儿有"四月看梨花"的说法。

这种美是人工造成的,由山里人一手培植。可这需要时间,需要耐性。山里人花了多久的时间才在这贫瘠的山地上培植出这么大一片花园。这样的光色只有在图画里才有,而且我相信,任何一个高明的画家也画不出南山四月——它的大幅轴画这会儿呼啦一下展开在这个山地隘口上。

大家走下车来,一时目不转睛地看。我好像觉得自己内心深处一些特别的追索,一些不可企及的需求,都在这时候得到了某种印证和满足。它仿佛在给予提醒:有一些境界是存在的,有一种表达是可能的。

全是花。山岭上没有人,只有花,只有安静透明的阳光和流动的气味。偶尔听到水声,细小的水在山涧,在石板的空隙中。有些石板像一张张巨床,不规则地罗列在那里,水就在这些巨床缝隙间流过。

只有四月才是这样。那么五月六月或金秋时节呢？那时候是浓绿，是果实，是成熟的负载，是绿色的屏障，是另一种美。

南山好像一种浪漫艺术，比如说一台浩瀚的歌剧：先是喧叙的冬季、合唱与重唱的初春，到了四月就有了长长的激越人心的咏叹。

它美的重心和力量放在这里了，让你激越，让你领略它的不安、颤抖和深邃。

它在让我想起小时候，还有，想起成年的印象和感觉。

无边的喧叙过去了，四月的咏叹来到了。我远远地跑来犄角，又跑到它的南部山区，原来就为了这场倾听……

水　怪

这件事也发生在南山。所谓"南山"这个概念，在犄角平原上有一个固定的指向：南边那一溜深蓝色的镶边；它的后面差不多等于异国——一个特别偏僻和陌生之地、神秘之地。直到交通特别发达的现代，犄角平原上的人提到这两个字，还时不时地流露出一丝轻蔑。

我有时想，生活在山地的人要获得一种尊严可真难啊。因为在这儿，所有的尊严都被高耸出地表的坚硬岩石给领受了，在它脚下活动的一些生灵就难以享有了——他们在高地上摸爬、攀登，还有，为了维持自己的生命所投入的一代又一代的拼力挣扎，都成了某种低下和卑贱的证明。

大约是一九五七和一九五八年间的事情吧，那时候动员起千千万万的人，在南山一条纵向大谷里实施了一个惊天动地的工程：修建一个蜿蜒百里的大水库。

工程完成之后，即便是干旱季节，这里还是水汽缭绕。因为山落水，溪水，各种各样的水，都在这儿打住。一条水坝使四下的水在此储存起来，不到万不得已是不会被放掉的——现在放水的机会更是越来越少了，因为天越来越旱。雨雪的减少，在犄角之地是人人谈论的事情。上帝很神秘很缓慢地进行着这个过程：削减雨雪。

反正是离开了水，这个犄角就会失去丰饶；而丰饶，从来都是这个地方的自尊和自豪。但南山那片大水还在，我去看过。它走近了像一个湖，离远些像一条江。没人听说这片大水有干涸的时候，所以它的基底、深处，就足以掩藏了什么——这让人去想象，甚至不仅仅是想象——因为不止一次，居于大水两侧的山里人发现了从水中冒出的怪模怪样的东西。他们笼而统之喊它为"水怪"：巨头，粗颈，从未见过的五官和肤色。有的描述成狰狞，有的则说它憨态可掬。但致命的问题是，所有的目击者都只看到了它的一个头颅，顶多是一段颈部和浅露的一小块脊背。

冰山的雄伟是因为四分之三在水下，水怪也是一样。它巨大的躯体只好留给想象了。

这片大水由一个水管所管理，有一些国家正式工作人员为它服务。可这些人却没有一个见过水怪，但又没有一个没听过它的传说——看来一切都要依靠群众，不论是战争年代还是和平环境，就连对待自然现象的诠释也不能例外。群众见过水怪，而且言之凿凿。

我怀着朝圣般的心情看着这片大水，因为它凝聚的劳作，它的辽阔，还因为这个传说。我也询问了一些目击者——其实真正的目击者微乎其微，但总还算有。

夜晚我住在那儿，享受着从大水中漫过来的湿气，嗅着浩瀚的淡水所散发出的特殊气息，听着"嗵嗵"鱼跳，还有不知名的傍水而生的动物的"咕咕"叫声。环湖有多少奇怪的生物，它们在不停地奔走、窥探。像海边和湖边的渔民一样，它们也在打这片大水的主意。有一次我甚至在湖边上看到了一双蓝幽幽的眼睛，那是豹子？山狸？或其他？都不知道。它悄然消失在无边的黑影里。枭鸟孤单的鸣叫声让这里变得可怕。有一些甲鱼爬上岸来，一直逗留到清晨，让沿湖散步的人把它们赶到水里；而有一些贪婪的人就随手捉走了它们。据说甲鱼是有灵性的，犄角上的人，特别是老人，对其心存敬畏者不在少数；而那些新兴的现代青年，还有所谓的企业家和小官人，只是将其作为营养美味和增加力量的滋补品，大啖一通。

这个水怪如果真的存在，那么它让人产生疑问的至少有这样几点：一是它从何而来，是否在此繁衍？再就是它到底有多少？是否是河马、鳄鱼或类似的东西？

但即便是后者也足以让人称奇。因为从来没人听说过犄角上的任何一个地方出现过它们的踪迹。

高山水库

不同的时期总是产生不同的奇迹。奇迹无不打上时代的烙印。比如说这座高山水库——它在这样的一个时代也许不那么时髦了；可是正像许多不时髦的事物一样，它曾经是、至今也仍然是生活中必不可少的一种存在，而且随着时间的延续将越来越证明其强大和不可取代。

　　时髦的事物往往是新颖的，快速流变的，大多数时候也是缺少根底的。比如说它就不像这座水库，像它高大的石坝——那是用最优质的青石一凿一凿凿下，由众多的人非常耐心非常齐整地在两山之间砌起来的，它的高度比北京的工人体育馆还要高上许多。让人难以置信的是，它就是由山脚下那个不大的村庄，或者再加上另一边那个小村庄——就是这两个村子的人亲手设计，亲手开凿石头将它垒起的。那是几个严冬和几个初春的故事，或许还包括了一个夏天的故事。

　　这些小村里有一两个坚韧不拔的人，他们有些特别，执拗得很，要改变山地。上帝说：还应该有水，于是水就有了。但上帝让水自由流淌，这就损害了山里人的利益，使他们更加贫瘠。于是他们想说：我们村子里要有水。

　　于是水就有了。

　　几个山峰之间形成一条沟谷，他们就在沟谷的一端垒起了这个高大石坝——走近了让人望而生畏，退远些它又像是垒在山中的一个巨大石碑。

　　它上面真的好像写满了密密麻麻的字，记载着什么；当然，那只是勾对严谨的石缝，是交错的纹路，是凿子的印痕。有多少印痕谁也数不清，不过每一道印痕都是一连串的击打，都能听到砰啪锤声，都能看到火花四溅。当年的男女老少就由那一两个特别顽强的人率领着，到大山上来了。

　　据说在冬天，这儿扎下一片营地，扛石块的人排成一队往上攀登……完工之后他们又垒起了长长的石阶，顺着这石阶可以走到大坝顶端，在坝上看这一片蓝幽幽的可爱之水。多么清的水，碧蓝碧蓝。只有大山的落水才会这般清澈，只有这一片秀美干净的山才会积蓄起这样多的好水。这是我在很长时间里所看到的最美的一片水。

看来，人世间有一些精神可以集中起来使用。精神集中起来，肉体再跟上去；肉体跟上去，力量就跟上去。就是统一的力量才修起了当年埃及的金字塔、不可思议的宫殿；还有长城，还有精巧而巍峨的石刻艺术。这些都不需要说明，因为最简单的例子就在眼前。现在的山区和平原再也难以出现这样的大坝了，因为人们把精神分散开来：有时候它们各自独守，有时候它们又合成一小股一小股，从事与其力量相匹配的那种创造，或是游戏。

有人讲，集中起来的精神会产生极为悲惨的故事。当然是这样。不过也可以不产生。比如说修筑这座水库的时候，那么多的人，那么多的欢歌，那么多的辛苦。这里包含着那么多的友爱，甚至是爱情。有些爱情是很美的，人们至今铭记。还有在营地里讲述的故事，人们也仍然记着。

有一次我和朋友从水库大坝上下来——我们扶着栏杆小心翼翼地走，踏着精心修筑的台阶。朋友吓得手足都抖，我也有点害怕，尽管这是多次攀登大坝了。从上面下来，走到下边的小村里。我们要找当年那个特别顽强的人，听听他的声音，和他坐一会儿。我们达到了目的。

在一个低矮的山区小砖房里，老人把我们让到了炕上。他身体不好，咳嗽，但仍然要吸烟。他盖着一床薄薄的小花被子，把花被子的一边搭到我们腿上，让我们也像他一样盘腿而坐。让烟，我们没有吸。很平常的一个老人，可就是他带领众人做出了朴实的大事情。可能他也有许多缺点，正像所有人一样。可是他做出了朴实的大事情。他很执拗,对事物有很难更改的固定看法。他的一些看法很少受到时风的影响。那些在风中流传、随着风气变异的东西,很难改变他,很难吹动他。我知道在这个世界上,他这样的人需要很多——需要多少,我讲不清。

离开村庄的时候我想:我们现在正是得益于这一类人,得益于他们留下来的创造,是他们当年在工地上修筑、打造,才有后来者的享用。就像水库,没有积蓄,就没有流淌。人们有时候只歌颂流淌、狂泄和放纵,而忘记了积蓄、忘记了怎样才能够积蓄。

收敛的时代是不让人愉快的,可是没有收敛,放纵也不会长久,放纵不等于创造。

沙

没有什么比它更常见,我从小到大,一睁开眼就看见沙。细如粉末的沙,粗沙,望不到边的沙原,高高堆起的沙岗。在白得像面粉似的细沙滩上,留下了多少记忆。那上边长出的一丛刺蓬,一株槐树,特别是春天里刚刚生出的小桃树苗,在暖融融的沙面上蠕动着的一个甲虫,都那么生动感人。沙滩和潮棕壤与褐土壤所不同的,是它更适合嬉戏、躺卧,它真正是童年的无边的席子,是他们的大炕和被褥,是他们欢乐的温床。

这片犄角有很大的一部分是由沙子组成。在临近海洋的地方,在犄角北部、东部和西部的边缘,都是各种各样的沙子。还有,在滋生树林和灌木的地方,也往往有很多沙子。

一年冬天,我看到一支"深翻"的队伍在无边的沙原上开始了挖掘。他们挖出一排排的长沟——原来几米之下就是乌黑的泥土。他们把泥土翻上来，把沙子再翻下去，这就是所谓的"深翻"。一条一条深沟挖开来，后面的沙子正好倾进前面的沟底，这样轮番倒腾，就有了一片黑色的泥土——付出了多大的劳动，可是一片黑壤竟然造出来了。在这上面几经改造，不久的将来又会出现一片真正的良田。

如今已经很难寻找人们用手营造的那样的良田了，倒时常可以发现沙子的珍贵。原以为取之不尽的沙子，竟是一种奇珍异宝。有人花高价让人从海岸上偷沙，偷到海港，然后一船船运走。运到何方不知道。反正玻璃厂、建筑工地，到处都离不开它们。那些偷沙者有许多发了财，他们就像西部偷猎者那样面目可憎，躲闪着追捕。在夜深人静的时候，常常是下半夜，他们才把车开到海滩上去偷沙。天亮时分，那些巡视的看护人会看到一个又一个湿漉漉的沙洞。

有人曾觉得保护沙子十分无聊，认为沙子反正是海浪从大海深处推拥上来的，取之不尽。他们不知道沙子也是一种十分有限的资源。实际上，它是由千万年的河水从高山上一路冲刷到大海里的，大海再用左右漩流把它们推到岸上——这就形成了所谓的海岸沙坝。

据那些管理沙石的人讲，沙子的优劣差别很大。比如这个犄角北部的一些沙子，可以说是世界上最优质的沙子之一。这是指制造玻璃器皿和搞建筑而言。它们纯度高，含土少，随便抓起一把在水里一淘，即会发现每个颗粒都晶莹剔透，让人一下想起珍珠。从北往南，整个的沿海一带沙子越来越细，越来越白。这是由于细细的沙尘更容易被吹动，它们随着北风南移，渐渐覆盖了一片膏壤。这就是细沙的来源。它们是大自然的威力，是筛选和摆布而成的。这种粉细的白沙有着更特殊的用途，也仅仅为这个犄角的北部所独有。

我在许多地方都很少看到这样大面积的粉细的白沙。这样的白沙上所生出的每一株草，每一丛灌木，都显得格外绿，格外干净和清爽。我看到：就在这样细细的白沙地上，播出了一片又一片的红薯、花生，甚至种植了葡萄、西瓜和其他水果。这儿结出的任何一种水果都有超乎想象的甘甜和香气——因为沙子把阳光反射出来，把光和热分赠给水果；原来这儿的土地上所生出的植物，都可以获得阳光双倍的恩惠。

夏天的正午，人们不敢赤脚在沙地上走，到处滚烫烫的。还有，即便戴着斗笠，不长时间皮肤也会被沙土烤红。每个人都变成了烤红薯，回到阴凉下彼此看一眼，都觉得对方比过去可爱。

地有三分

这个犄角总的来说属于半岛的一个角落，一个边缘，只是它更加凸出在海里。然而要仔细划分起来，它的整个面积有三分之一属于山地，三分之一算作丘陵，三分之一则为平原；另外还有两个岛屿，有它自己的一个半岛。自然地貌的主要属类在这儿被悉数囊括，所以它是一个完整的、自给自足的世界，它有自己的丰富性和多样性。不仅是物产，而且还有文化和风习的互补。比如山里人和海边人，口音相异，举止做派与志趣都大为不同。山里人强悍保守，而海边人灵活多变、时髦，也多少有些傲慢率性。所以当地人流传着"山霸王海贼"的说法。而中间的丘陵地带，由于同样像山区一样，有一些凸起的岩石，人要爬上爬下，所以生活起来就更多地像个山里人，他们也自觉地把自己归于"山区一族"。犄角的边缘才是平原，而平原上的人格外富裕和强大。他们差不多自成一个世界，是犄角上名气最大、最具有代表性的族类。他们无论年长年幼，一概将南边山区的人叫作"山里老大哥"。由于过去交通不便，山里人很少吃到海鱼，沾不到腥气，这在海边人的眼里也就分外可怜、愚笨和不够开化。而沿海一带的人有鱼类的帮助，磷和蛋白、钙质吸收得多，就似乎有体力和智力上的优越感。他们往往是开放的先驱，是风气的制造者和率领者，往往最早享有一些洋玩意。

其实山里人也有自己令人羡慕的优势。比如说山里人更长寿，更老实也更本分，人事关系也远不像海边上那样混乱。山泉的甘甜，山果的鲜美，这都是平原人难以享用的。

土地生人，改造人，教导人，决定了人的一切。所以我大致可以说犄角上有三种人，他们分别是平原人、山里人和丘陵人。

作为土地过渡带（丘陵）的这一部分人，在最近几年变得越来越像平原人了。而真正的山里人却变得很慢。奇怪的是越来越多的从海边上到山里工作的人愿以山里人自居，动不动就说："俺是山里人。"可是族居的山里人却往往回避这个词儿。

近几年山里发现了金子，平原上的人就进山帮他们开采，连犄角之外的人也远远赶来了。金矿四周盖起了一片又一片别墅。也有很多人死在大山里。

而很早以前，山里人认为海边上才是最危险的，因为许多打鱼人死在了海里。现在他们才知道，大海和高山对人都是一样的危险。

丘陵地带的人在漫坡地上一辈又一辈耕种土地，悠闲而贫困。但他们今天越来越不安分。

他们过去是往北，现在是往南——去寻找那种危险。

月　主

不知太阳神住在哪里。月亮神呢？查查典籍就可以知道，原来她住在莱山。莱山在哪里？原来就在这个犄角的南部山区。秦汉时期，莱山曾是天下驰名的几大名山之一，而如今却湮没在众多的名胜里了。比起其他名山，它不够高大，似乎也有些偏僻。天下是否有比它更早的、被月亮神选作居地的山峰，不得而知。

当时的千古一帝秦始皇在两次东巡（也有人认为是三次）当中，曾亲自登上莱山，拜了月主。当时的月主祠的基础，至今还留在莱山上。秦始皇东巡的壮举留于正史，所以没有一个历史学家提出过怀疑。

其他的都是传说。

比如说那个欺骗了秦始皇、率领三千童男童女和五谷百工、东渡瀛洲的徐巿（福），就是在这儿拜见了秦始皇，领受了采长生不老药的命令，得计而去。还有，离莱山不远的那条黄水河，一直流向渤海湾，在海湾那儿形成了一个有名的古代军港；而那个港湾如今已是淹没了大半，成了沼泽——当年就在那里，徐巿造船，集合船队，弄足了粮草和各种各样的重要人物、精巧器玩，然后扬帆起航。这一伟大事功的准备时间可能不会少于三四年。

今天看，这座莱山似乎已经不堪重负。加在它身上的那些重大的历史人文似乎太多。月主祠果然列入了重新修复的计划，这座草木葱茏的秀丽小山很快就要响起一片建筑的嘈杂了。

在整个南部山区，莱山是植被最好的一座山。山上有采不尽的各种药材和奇花异草，有人在这里甚至发现了成片的百合，发现了大得惊人的杜鹃树。莱山的秀丽，它的规模和姿容，的确让人感到了阴柔之美。它真的应该属于月亮神。在许多时间里，它在太阳光的强烈照射下，显得欣欣向荣。可是在黄昏，在清晨，在绿色笼罩的浓荫下，仍然能够感受到那种阴凉和幽暗的温柔，感受到这座山所特有的那种温煦可亲的气息。

攀登莱山有许多道路。除了其中的一条可以勉强开进汽车外，其他都是踏出的小径。登上这座山的主峰并不累，但一路上却可以饱览秀色。即便是冬月，仍然有绿色的松树。干枯的草藤附在岩石或山土上，显得那么朴素和安静。何首乌、地黄，还有蒲公英、拳参和枸杞，它们在这个季节里叶子枯黄，紧伏泥土，等待又一次苏醒和生长。

登上山巅北望，可以看到渤海湾。如果是一个晴朗的天气，还可以看到海湾里三三两两的岛屿和渔船——同时想到月亮为什么会选择这座山作为自己的栖身之地。这儿离月亮神的出生地实在是太近了，我们都知道"海上生明月"。不难设想，月亮神一定要寻找一个离大海很近的山，作为她陆上的居所。莱山的月主祠，实际上就是月亮神的别墅、驿站，或是行宫。依此推理，她当还有另一些类似的地方；但起码在古代，在很长一个时期里，莱山是最有名、最重要的一座月亮神驻地。

秦始皇当年登过泰山，拜过泰山神，进一步东巡。到达烟波浩渺的东海，其中最重要的事情之一就是登临莱山。拜过月主之后才去更东部,即荣城的"成山头"(所谓的"天尽头")。从"天尽头"往南,沿海略作徘徊,又往蓬莱、黄县一带海岸游走——即"过黄陲"。就在这里,他射杀了大鲛,留下了传说当中最具神采的一笔。

实际上,亲手射杀大鲛的更有可能是他的随从,比如说那些渔夫和武将,而并非帝王自己。但任何事情不附加到帝王身上,就难以流传。征服和剥夺的力量才让人津津乐道——历史上似乎从来如此。

而这一切都是在温柔的月亮神的注视下发生的。

尽管太阳是万物生长的依赖,是热力的来源,甚至是月亮光泽的来源,但月亮神比起太阳神,却让人更为向往、依恋和亲近。

这儿常常能够看到那些衣衫褴褛的农民攀登莱山——在一些固定的日子和节令,他们来这里许愿、叩拜,把信赖交付月主。

半　岛

它从犄角上伸出来,像一把剑柄一样插入大海,结果构成了这个犄角上的半岛。我们字典中有一些字是专门为一些地方而造的。比如说"屺峿"两个字,就是为这个半岛命名。自己的"己",母亲的"母",各加一个"山"字,就构成了它的名字——"自己的母亲"。当地传说:自己的"己"本是寄托的"寄",是远征的将士把母亲寄托在这个半岛上的一户渔民家里,然后出征打仗——名字即缘此而来。我觉得并不可信。但岛上的现代人还是为这个出征的将军搞了一个石雕像,并且为他从典籍上查了一个名字，全不在乎是否牵强。

近来这个岛上又有了徐市的雕像，而且出自名手。雕像上徐市的气质的确不凡，是一种庄严、忧愤的神情，不像现代人所搞的一般历史人物的塑像，不似那般平俗和过分装饰。但在我看来，这个雕像也仍然有些毛病——作为秦人，他的裤腰似乎过长了些；这么长的裤腰簇在胸腹，起码是汉代以后的事。在我看来，他的裤腰去掉半尺也就完美了。

按照传说推算，那个将母亲寄托在当地渔村出征打仗的将军，他当时背着母亲寻找此地，也只能坐船——因为那时候这儿还不是一个半岛；这里成为半岛只是近一千多年的事情：海水漩流把海底的沙子不断推拥过来，在小山和陆地之间缓慢形成了一条沙坝。

如今这个连陆沙坝平展展的，海拔高度不足两米，连接着尽头那个岩石山包。整个沙坝上全是松树，一片可爱的绿色。在去屺峒山头的路上，尽可以领受一种特殊的感觉：两边都是海浪，中间则有微微的松涛与之呼应。

就在这个沙坝上，十几年前还可以看到一个小小的庙宇：它供奉的不是任何大神，却是蚂蚱。所以这座庙宇就被称作"蚂蚱庙"。传说历史上这儿蝗灾严重，一群蚂蚱像乌云一样卷来卷去，地上颗粒不收，所以当地人就像惊恐雨神、雷神、水神和土地神那样，为蚂蚱盖起了一座庙宇。他们认为一定有一个主管蚂蚱的神。

不知道这在全国是不是唯一的一座供奉蚂蚱神的庙宇。但我由此知道，当恶的胁迫力的确形成并不断加强的时候，崇拜者也就相应地产生了。崇拜往往是超越道德的，崇拜在许多时候是和恐惧连在一起的。

为了开展旅游，当地人在半岛上搞了各种各样的塑像、建筑，而且还发掘和制造了一些传说。这儿既有海蚀洞，那就刻上"神仙洞"三个大字，再塑出各种各样的鬼神怪兽，塑上拙劣的牧羊女和群羊。他们急切地要给一个自然美丽的半岛附加文化和历史的重量，增加其曲折性和神秘性，制造一些幼稚而粗俗的思维迷宫。实际上，这一切不过是事倍功半的一些游戏而已。它所固有的一些自然的地理的魅力，历史形成的一些痕迹，比如说蚂蚱庙，比如说在国内战争时期，这儿作为一个港湾所发生的那些渡海军队的集结和牺牲的故事——一切原本是足够吸引人的了。

十余年来，不知多少次去这个半岛。有时候是陪客人，有时候是自己。现在那儿有部队，有一个很大的渔村，还有旅游机构、气象台、高高的灯塔。我从费力筑起的、沿石壁下到水边的台阶上，绕到陡直的海蚀崖下边。脚下是拍岸的水浪，往上看则是随时都会吹落的、看上去有些松动的石壁。实际上，即便在呼啸的大风天里也很少有石块脱落。石壁上有一个个海蚀洞，这些在千百年里形成的大大小小的洞穴，如今成了海鸥最好的栖身处。有一次我从海蚀崖转弯的时候，有一群海鸥从洞里猛冲出来，其中的一只翅膀似乎还扫了一下我的脸颊。

记得我还在海蚀崖下拣到了一个不大的海蜇，捧着它往前走。可惜只是一会儿，这个海蜇就化掉了大半。大约在三四年的时间里，每年夏天半岛附近都涌上一片又一片的海蜇，数量之多，来势之猛，让海边的人目瞪口呆——过去捕获海蜇的船，常常在一天多的时间里也不过捕上几只，而现在它们却自告奋勇地送到了海边，前仆后继，挤得船都开不动，网都无法拖。人们不再用大扣眼的渔网到海里围堵，而只用铁爪钩往上捞。海蜇在海边堆成了山，还在源源不断地汇集。一连三年，或者四年，都是如此。一时间，整个犄角的公路上都挤满了运海蜇的车辆，到处充满了海蜇的腥气。

女人都扔下了手头的工作，到海边来炮制海蜇。

这种百年不遇的收获季节，让人喜悦的同时也悄悄埋下了一个恐惧。许多人都认为这是一个不祥之兆——跟在后面的也许会是某种灾难。他们的这种怯懦和担忧是有来由的。

四十多年前，也是一个夏天，也是一连两年的时间，海边上突然出现了源源不断的青鱼。它们一群一群，重重叠叠往岸上涌。当时的青鱼就堆得成山成岭，海边的女人同样也是涌到这儿炮制青鱼。那时候到处都是熏人的鱼腥味，是彻夜不息的灯火。而后来，大约是一两年之后，就发生了异族人入侵的悲惨事件。这场战争一直持续了六年，给这个半岛、给整个犄角地区留下了永久的创伤。那些异族人在这里留下的建筑，至今还能看到。

屈指算来，从海蜇不顾一切地涌到陆地到现在，已经五年过去了。好像还没有发生什么足以让人记取的灾变。人们暂时扔掉了恐惧。

有一天，我在半岛南面洁净美丽的沙岸上散步。黄昏时分，大概人们都回家吃饭了，海岸上没有一个人。正走着，日落的方向出现了一个小黑点，它在晃动，远远看去像一个刚刚上岸的海物。我迎着它走去。那黑点在逐渐扩大，在向我走来。

只有几百米远了，我看清那是一个人，准确点说是一个孩子。更近一些我才看清，那是一个扎了两条小辫的可爱女孩。她顶多有七八岁，稚气可爱，圆脸，鼻中沟很深，眼睛又大又圆，黑黑的。令人惊异的是，她怀里抱着一条大鱼：不是横着抱，而是头朝上，像搂抱一个婴儿那样。鱼太重了，她不得不用力地腆起肚子，紧紧地抱住它——一条银鳞大鱼……这时我才注意到，不远的海湾里是一条条归来的铁青色大船。

这个可爱的小娃娃，肯定是在那儿流连的时候搞到了这条大鱼。

沿海岸往东，是村庄的边缘。这孩子大概要把鱼抱回自己家去。我一直看着她的背影，看着晚霞把她映成了红色。

大鱼和孩子都离我远去了，这真像一个美好的传说。

昔日花

记忆中的过去，这里给人印象最深的就是花：到处都是花，真正是花的海洋。我这里指的是春天来临的时候，是成片的洋槐花、海边果林一夜之间绽开的杏花，还有接踵而至的苹果花和桃花——这一切交汇而成的气味和色泽，是逗人的喜气，节日的嬉戏，是它所促成和焕发的那个年龄所特有的敏感与欣悦。

每年都开始盼望温暖的春天，盼望沙岭上的积雪融化。当雪水顺着高坡哗哗流下，把细细的沙末涂成美好的图案时，我们知道绿蓬蓬的季节就要来了，花的海洋就要来了；蜂子和蝴蝶纠缠一起，它们与我们一起玩耍，或是向我们发起挑战的季节就要来了。那时候我们的视野还没有现在这般开阔，不知道南部山区也有一片花的海洋；我们眼里只是这个犄角的北部，是这个平原。

随着季节的深入，各种各样的野花在灌木丛中盛开，它们取代了槐花和果花。这些花多得叫不上名字，但它们更奇特也更引人注目。后来又是每一家院落里长起的一丛丛蜀葵和美人蕉。这儿的蜀葵和美人蕉最多，我简直不记得在其他地区看到过这么多的蜀葵。那时这儿家家院落都很大，院内院外都长起成片的蜀葵，成了蜀葵林。我们就在蜀葵林里捉迷藏，吐露着过早来临的心事。一想起成片的蜀葵，我就想起了小时候的伙伴，想起在花丛中奔跑的男女同学。

他们常常把一大簇一大簇的蜀葵花带到学校，还有木槿花、菊芋。菊芋花连成一大片，望不到边，它们是繁衍得最快的一种花。在饥饿的年代，人们不是像现在一样把菊芋做成酱瓜，而是放在锅里，像蒸芋头一样蒸熟。实际上它是蒸不烂的，永远都是脆生生的。一大束菊芋花抱在怀里，然后再用一个水罐盛上，放在桌子上，那就是最美的一幅图画。

我所待过的那个小学种满了白菊花，它在果林间隙，到处都是。还有，在果林灌渠旁，总是野生了一大丛一大丛的金盏草，又名千层菊——它有一种奇怪的邪味；但我们都愿伏在它的上面深深吸上一口，然后抱怨；不断地吸，不断地抱怨，学大人说一些难以入耳的粗话。在水渠下面的低洼处，是成片的粉红色的小蓟花。小蓟花不起眼，可是连成一片多么美丽，简直令人神往。还有荒滩上的茶花，一眼望不到边，它们在微风中摆动起伏，真正是如火如荼，来势汹汹。这种花在开春的时候可以吃，它刚刚长成一个花苞的时候，我们都伏到刚刚泛青的草地上寻找这种花苞。揪花苞时要发出"咕咕"的声音，当地人就叫这种花为"咕咕老"：因为这种花一老就不能食用了，只能吃它娇嫩嫩甜丝丝的花苞——可能是对"老"的厌弃吧，所以就在"咕咕"后面加一个"老"——"咕咕"是声音，"老"是担心。

不知多少次到昔日的荒原上，到记忆中那些小径上寻找。没有了,没有了小径,也没有了花。起码是没有那么多花了。只看到了洋槐花,它们偶尔有一丛在松树间闪烁。至于成片的果树,特别是记忆中的山岗、随山岗起伏的烂漫桃花,那一棵又一棵巨大的李子树——世上有什么花比李子花的香味更浓烈,更密集,更不吝啬,简直是疯狂一般的开放——再也看不到了。

没有了,这里只有一些丑陋的红砖建筑,有挤挤歪歪的烟囱、工厂,特别是熏人的化工厂。很明显,是时代的诱惑赶走了鲜花。丑恶的物欲总是鲜花的敌人。

农民诗人

我相信"农民诗人"是一些天生丽质的人。我们曾经宣传过很多"农民诗人",他们在底层,在艺术特别是诗歌艺术的罕至之地——是在这些地方出现的一些奇妙人物。但是后来,许久之后我们才发现,这些人中的一大部分往往很难被称为"诗人"。不是因为他们的作品表现形式上的粗疏,而是其他,是因为其中最致命的东西的丧失——缺少诗意,缺少生命和个性的魅力。作为一个诗人,这都是最迷人的部分。他们更多的倒是一些巧言趣话的制作者,一些滑稽人,一些善于说顺口溜的人。

在这里我们必须指出:要让一个自然而然地生长起来的农民诗人丝毫没有顺口溜的倾向是不可能的,也过于苛刻;但我们必须透过这一切屏障,望到那对在欢乐中燃烧的眼睛,感知其羞涩而激越地跳动着的一颗心脏。他们贴近泥土,颜色相近,可你只是凭感觉,而并不需要逻辑和学术方面的推导辨析,就能一下知道他们是否正是我们所要寻找的——诗人。你被他们打动,而这恰恰是因为可以称之为诗的那种东西的缘故，正是它的力量——是它们在出其不意地突袭过来，掀你一个趔趄，你站稳之后，定定神儿，就不得不在心里发出一个肯定的低语，说：我遇到了一个诗人。

到现在为止，四十多年来，我相信我的确是、也仅仅是遇到了一个农民诗人。当然这个地方不是别处，就是我一再提到的那个渤海湾畔的"犄角"，是这片很小的土地。

当地人一直传说有这样一个"出口成章"的怪人：他记忆力特别好，荒诞，不正经，只是构成了一个村庄或是更大一片地方的欢乐的来源。人们对他钦佩，但绝谈不上尊重。当时这儿并没有"诗人"这个概念。他们把一些说快板的、能言善辩的、说数来宝的、所谓"死人也能说活"的一些人，统统称之为"嘴子客"。说某某人是一个"嘴子客"，一个"大嘴子客"，或者说："神了，嘴子客。"

在沿海的一个村庄里，我第一次见到这个"嘴子客"。这个村庄现在看人烟稠密，大约有四五百户；作为一个基层行政管理机构，它负责的范围还包括周围三四个更小一点的村庄。这个村庄的全名必须冠上两个字："灯影"，正式的村庄普查书里都有这两个字。可以想见很早以前，这里还是大片荒原，人烟稀少；想必是远方的人往大海方向走，走到黑夜，模模糊糊从丛林缝隙中看见一线灯影。很诗意。

一个诗人在灯影里，这本身就很诱人。

就在那个较大一点儿的村庄里，也就是灯影里，我遇到了那个人。那时候他很年轻，但由于我更年轻，所以看上去他是真正的大人。今天屈指算来，他当年也不过三十多岁，是一个成家立业的人，即所谓"拉家带口"的人。

那个年头仿佛人生孩子很容易、很快似的。记得他当时已经有了三个孩子，两男一女，一律淌着鼻涕。他的老婆是一个身材细小的人，心直口快。给我印象最深的是她那一双美丽的大眼睛和发紫的、显得不甚好看的两个高颧骨，以及同样是紫色的肥厚嘴唇。用今天的眼光看，她也许并不难看，有点像亚热带的女人。可是在当时，谁都知道"嘴子客"娶了一个丑老婆。

无论是当年还是现在，人们对于美都有一些固执的、特殊的规定。比如说在五六十年代，人们眼里的美女必须是圆圆的大脸盘，只要有了这样的大脸盘，眼睛和嘴巴，更不要说鼻子和其他了，倒不再重要。人们看到大脸盘的女人就说：瞧呀，美丽大姑娘！而且在犄角一带，从过去到现在都不时兴娇小的女人。他们希望她的身材相对高挑，粗一点不要紧，只要匀称、健壮就好——再配上那样的大圆脸，也就十全十美。

由于诗人的老婆完全不是那种类型，所以人们都认为她丑。要从今天的角度看，她的肤色、脸型更有个性；她的身材，用当代人的审美标准来看，那也是时髦的。可惜当年大家都不以为美，诗人也就不以为美了。

他们经常吵嘴，但关系总还过得去。生活艰难，吃地瓜干，不停地劳动，清晨和夜晚都要赶到田里。在那种枯燥但有时也显得过分热闹的集体劳动中，无论是家庭生活还是其他，都容易处理得多。忠诚和团结来自相濡以沫的生活，富贵和金钱，物质享受，的确可以让人心涣散，让亲密无间的朋友、让异性之爱腐败变质。

当时我是被嬉皮笑脸的一圈人推到了前面，因为在那儿，就是这个所谓的"大嘴子客"在即兴表演。

他穿了一件藏青色的衣服，一条有点短的黑裤，裤脚很宽，腰上用布条紧紧系了几下。那种老式上衣穿在身上，真像某种拘束衣，看上去两个肩膀被绷得很紧，两条胳膊往一旁翻着。他在人们闪出的一小块空地上，仰头、眯眼，进入了沉思。这时候大家都一声不吭，有的还半张着嘴巴盯着。所有的人都在等待，等待那突如其来的、一连串古怪而有趣的、让人沉醉的话语。这个人真是貌不惊人，矮小，不，是粗胖：典型的五短身材。他的头有很长时间都在忘情地仰去、仰去，两眼迷蒙，嘴巴抖动——抖得越来越厉害；后来，他的两手突然拍开了肚子，一下一下拍打。就这样拍了一会儿，才渐渐睁开了眼睛。他在轻轻转动头颅，好像在寻找天上的星星——大白天什么也没有，只有一轮太阳在稀疏的云里。他开始数叨起来，一句一句，越数越快，越数越流畅。

我发现他说的都是一些合辙押韵的话。他在诉说一场战争。这场战争年代模糊，在他嘴里变得多少有点逻辑混乱。我听着，觉得一会儿像朝鲜战争，一会儿又像是跟日本人打仗，还有时候几乎就是一支部队在怎样巧妙地围追堵截一股可怕的土匪——这股土匪就在古代的这片平原上，在荒野里出没，伴着老虎、狼、猞猁等等凶恶的野兽。这场酷烈的战争中，战士手持矛枪、机枪、手榴弹，甚至是一种特异的、神奇的飞弹，坐着飞车……总之，战争中运用的不同手段在科技程度上相差悬殊，更说明了他的编排正处于混乱状态。可恰恰也就是这种混乱，使他获得了更大的自由。

他说得有趣极了，大家一会儿发出"喔！啊！""啊哟，他妈的！""混蛋，真是大混蛋！"之类的喊声。每个人都忘记了一切。高潮一次又一次来到。也就在这时候，我发现诗人做出了一个奇怪的动作：他扯住藏青色的衣襟，猛地一拉，发出了啪啦啦的响声，衣怀一下子敞开了。原来他的衣服钉了一排暗扣。随着这啪啦啦一声，胖胖的肚腹完全袒露出来，油光锃亮，像他的脸膛一样，都是黑红色。他两手拍打肚皮的时候就发出了乓乓声，伴着吟唱、数叨，真是显得格外来劲。

一会儿他的脸上满是汗珠，一首诗吟诵完了。

大家鼓掌、跺脚，看着他大口喘气。

只是一会儿，有人就喊着他的名字，让他再来一段，再来一家伙，快些，再来！

我也跟着喊起来，忘记了一切，忘记了对方刚刚经过了一场激动，十分疲劳——人们在索取快乐的时候总有点儿贪婪，我也一样。

他显然没法马上满足大家，他在喘息。后来他蹲下，坐在了半截土坯上。这时他又变得和大家一样了，笑眯眯的，懒洋洋的，显然不准备"再来一家伙"了……

就这样，我记住了这个人。

当时，我只知道他是一个说快板的，一个"嘴子客"，一个头脑特别机敏而又多少有点儿失了正形的人，却没有想到他是一个诗人。要知道在平原上，一个男人的本分是田里的劳动，一个好男人要有劳动方面的超绝技能，因为他要忙生活，要顶着一个屋顶，率领一个家庭；他对于妻子和后代的责任，就是不仅能让他们在自己身边幸福，而且还要给他们打好未来生活的基础。像我遇到的这个诗人，他的嘴巴和头脑没有为他获得任何物质上的利益，所以人们在内心里并不看重这样的人——虽然要时时想起他，需要他。因为人们也可以忘记他，忘记他又不影响自己的生计——像那些村边的树木，某一棵因为长得特别高大或特别好看，他们有时候就会想起它，偶尔还会拿来夸耀。但这些植物，它们的命运，毕竟还不能与村民的命运连得更紧，二者之间也难以找到切近的因果关系。他们很容易就忘记自己在酷热的正午要在它的阴凉下获得宝贵的歇息，或在这儿思索，倚靠；他们更不去想：整个村庄都因为这些植物的生长而变得美丽，变得让人更加向往。这些树木与他们的村庄在平原上构成了非常和谐完美的存在。

当我长得更大一点儿，懂得了一些事情之后，开始用研究和探询的眼光来看待这位农民诗人了。我开始有了"诗"的概念，并且在正视这样的一个现象。我想了解他识多少字，他那些脱口而出的、像泉水一样奔流的妙语到底来自何方？是来自心灵，还是来自他的记忆和阅读？探询中我终于明白了，他一个字也不识，是真正的大老粗，连自己的名字都写不好。而他吟诵出的那些词句，一大节一大节从没有人记录过。有的他自己能记住，有的时间一长连自己也忘记了。而且其中的一部分，的确是他在参加晚会或到别的什么地方听来的，比如快板、数来宝之类。农民诗人当然没有什么版权意识，他并不认为由自己拼凑改装和转述会是一种抄袭。但可贵的是他在转述过程中总要做重大修改，大把大把掺进了自己的喜乐哀伤；他把它们串在一起，结果原作就给搅得混乱而有趣。比如说我小时候听到的那一场长长的吟唱，就是这样的产物。

时至今日，我后悔的是没能够帮助他，帮他把那些复杂多变、令人眼花缭乱、其产量大得惊人的吟唱记录下来。晚了，一切都晚了。他随着年龄的增长，吟唱的数量越来越小，记忆力也自然而然地开始减弱，诗句变短，美好的段子也在遗忘。而这个村庄里最喜好听他吟诵的一些人，也在开始死去；剩下的一些人，他们只能记取一点点片段和个别的句子；因为那些吟唱毕竟不是来自他们的心灵，那是别人的，是他的，是那个五短身材的贫困的人。

这里必须指出：诗人一般而言是必要贫困的，农民诗人更是如此，或者说农民诗人也不例外。在城市，甚至在国外，也并没有多少特别富裕的诗人。变质的诗人可以过得马马虎虎，纯粹的诗人好像就必要忍受贫困。像我所看到的这个诗人，就是这样。我进过他的院落、土坯房，亲眼看过他的生活。他的房子甚至没有砖石做的墙基，瓦顶刚刚换成，前不久还是草顶；土坯院落上，是没有上漆的一扇薄板门——而在不久以前这还是一扇柴门；泥院坑坑洼洼，上面满是鸡粪和草屑，一些灌木枝条……我不知这样的小泥坯屋，一旦来了大一点的雨水会不会坍塌。好像这儿近些年不曾出现过那样的雨水。

我曾在诗人热乎乎的土炕上攀谈过。当我郑重地请他把那些我印象当中最有趣的诗句复述一遍的时候，他显得作难了。他说得断断续续，远远不及在田边和村头那么精彩。我知道他需要激动，而我唤不起他的那种激动；他需要迎和，需要刺激，需要群情振奋，需要这种所谓的"场"来给予刺激和配合。

尽管如此，他还是吟出了很多。我问他那些听来的部分——如何记住？为什么能够听到一次，就几乎一字不差地转述？他的脸红了，好像我是第一个指出他是"听来的"，是转述。他说：那怎么会忘呢？那比自己编还不是容易得多！我当时听了觉得有道理，可后来一想还是费解——这需要多么好的记忆力，这简直有点神奇了。但我又想,这种超群的记忆力可能更多地来自他对一种艺术形式极度的、出于生命本能的挚爱——是巨大的挚爱才让他焕发出巨大的捕捉力和记忆力——他觉得听到的这一切是如此有趣,简直不可多得,也就紧紧揪住,使它再也不能失去……这个情形在一般人身上也同样可能发生。

我指出他是一个名副其实的农民诗人,是指我亲眼所见、亲耳所闻,特别是身临其境的那种感悟和判断——我知道他会沉浸,会感动,会深深地感动;他会追逐一种意境,用自己所习惯了的形式来加以表达。而这形式更为直接明了,更能达到他所神往的那个境界。有时候,他的吟唱还具有一种史诗意味:这正是生于民间、土生土长的一类艺术家的共同之处。他们编年史式的诉说和记忆,有时候会不知不觉地踏入史诗领域。

一个宗族,一个村落,一个地区,所发生的一些大事,险峻,怪异,值得被后代人所记起的一些事物关节,都在这种吟唱中被如数地穿起。他们在诗的丝线上娴熟自如地拨动那些彩色的珠子,一串又一串。有时候他们添上一两枚,有时候他们减去一两枚——一首长长的史诗就这样诞生了。而且他还在接续上去,没有头尾……这就是所谓的民间文学,所谓的诗和史的结合。

最后——现在——当我终于记起他来,终于让兴趣、好奇心以及工作上的闲暇凑合一起,催促我去认真探究和寻找的时候,才发现真正地晚了。农民诗人不在了。

他好像不是直接死于贫困,而是死于沮丧。因为后来电视机有了,通俗歌曲有了,牛仔裤有了,录像机影碟机有了,什么都有了,钱也有了——这是指周围的人——当他们一切都有了的时候,往昔那样的聚会也就没有了,村头和田边地垄的集体劳动也就没有了。诗人再不能把他的吟唱和冲动完整无损地交给身边的人,即便是他的妻子和三个孩子——他们也像别人一样忙,没空听自己父亲的"穷说"。他感到无处吟哦,就只能自言自语;偶尔一两次有几个听众,也不多。今天,他的吟唱更多换来的倒是嘲笑和怀疑的眼神。

这个时代,好像从城市到乡村,都无一例外地丧失了欣赏诗的能力。诗人寂寞了,沮丧了,后来也就死去了。

他死去很多年之后,人们好像才突然记起了什么,有人一打听,他们立刻一齐大声感叹:他呀,那个人,哎呀,不简单!

就这样一个不简单的人,当年却没有人帮过他,不论是物质还是精神,都没有给予他什么援助。真的,他是寂寞而死,忍受而死,特别是——沮丧而死。他对许多许多都感到沮丧。如果我能及时赶来倾听这吟哦,就一定会听到他吐出的沮丧的内容,沮丧的节奏……这同样是诗。没有了,来不及了,我赶不上他的吟哦了。

我去看了他的坟头,很小,在荒野里孤零零的。奇怪的是这个村子的坟头大致是垒在一处的,那是所谓的族坟地;而这个诗人明明属于他们一族,坟头却孤零零的。它这么矮小,上面的荒草长得稀稀疏疏——好像荒草也不愿到这儿来生长。我不知道,也不想问。生前给别人带来那么多享受和欢乐的人,到了晚年,特别是死后,却要如此孤寂。

看来,现在,即便是另一个世界的人,也不需要诗了。他们不需要一个人激动的吟唱,不需要倾听。

不知是后人的决定,还是他生前的遗嘱,让其做出了这样的身后选择:孤独。

盯着这个坟头，蓦然想起了他的音容笑貌：激动的样子，头颅向上仰去，眯着眼睛，嘴巴颤抖；他黄黄的脸色——还有，我仿佛在什么场合见过他头上捆过一条土黄色的粗布……这个平原上的人是没有这样的衣着习惯的，但我越来越认定，没有错，他头上的确系过那样的粗布：这使他看上去更像一个弄小杂耍的，愈发滑稽和无足轻重，不过也更加让人难忘。

我长久地看着他的坟。我在想：如果有人把他所有的吟唱都记录下来，那该是多么了不起的一个长卷。那种丰富、瑰丽斑驳，是足以让好多领受风骚的所谓大诗人感到脸红的。

真的，我见过这样的一个人，我跟他交谈过，他的家在一个叫"灯影"的地方。我现在不过是记下自己所看到的一个奇迹，如此而已。

失冬雪

记忆中那个犄角，那个平原，特别是近海平原上那漫天铺地的大雪，是非常令人害怕的。有时简直不敢回想。可是后来，越是接近现在，越是怀念那样的大雪。

好像那时候更像冬天，那才是真正的冬天。大风，大雪，雪的山岗，雪的茫野，雪的故事。这是欢乐的故事，也是悲惨的故事，不敢回想的故事。我很难划一条界线，指出从哪一年开始，我们失去了那样的大雪。不过真的会有一条界线，跨过这条界限，就进入了无雪或少雪的冬天——直到现在。

而界限的另一边，仍然是漫天大雪……雪把一切混淆了，弄成一个颜色，铺展到天边，而且融化得很慢。整整一个冬天都是雪的世界，洁白的世界。春天来得很慢，但春天真正有一场大融化、大复苏，有一场冷热大置换。在暖流扫荡了一片寒冷堆积之后，烂漫的鲜花开放了——那该是怎样振奋人心的一件事情。

就在那条界限之后，一切都截然不同了。整个犄角上漫成一片无边无际、像海洋一样的鲜花没有了，它们变得寥寥无几。雪花和鲜花之间好像有着某种默契，做着历史的配合似的。失去一起失去，稀薄一起稀薄，丰盛一起丰盛。在失冬雪的同时，我们也可以说失去了鲜花，失去了一个盛大的春天。现在的春天温温吞吞，不急不躁，不浓烈也不激昂，平平淡淡地开始了。是的，没有冬天的峻厉和残酷，就没有春天的浪漫和温暖。总之让人铭心刻骨的东西，正在渐渐丧失。

这或许是一个时光运转造化的神奇隐秘的规律。可叹人生短暂，我们无力做出这种大观照，只得在记忆上寻找一点对比，发出一点慨叹而已。斗转星移，光年计算，古代蛮荒与现代文明，石斧石镰与计算机软件——这当中经历了多少，转化了多少。这一切绝非个体的生命所能够把握。

在这儿我只是回忆小时候的新鲜记忆、新鲜视野；是那个时候所摸到、感到、看到的一切，是这其中的一件，比如说再平凡不过的雪。

记得傍晚只要看到天气不好，家里人就赶紧把一张锹收到了屋子里。为什么？就因为一夜的大风雪会把屋子埋去半截，门窗堵塞，人出不了门。这时候如果没有一把锹，该是多么危险和费事。我记忆中常常就是雪满院落，窗户堵塞大半，怎么也打不开门。那时候就得费力抽开门闩，从门缝里伸出铁锹，一点一点铲，一点一点活动，渐渐门扇开了半个；再铲，直到铲出一条通洞，一条雪的隧道。这样钻出门去，呵一口气，又冷又热。

愉快是孩子们的愉快，蹦跳呼喊，在白雪地道里游走。慢慢，许久了，如果我们不是自己把这条隧道捣破，那么太阳就会在上面留一层融雪，夜间再变成一层冰的硬壳——雪的隧道要过很久之后才会被太阳搞上一个溶洞，开一个天窗。

在海边，除了密密的丛林，再就是风和水的通道，大雪的通道。雪随着飓风奔涌，它们攀上沙岭，或干脆形成另一座高岭。而雪岭白天被太阳融化，夜晚又被寒气封住，这样交替的结果就是形成一座硬壳雪山，让我们在上面攀登、打滑，从这一个上坡出溜到那一个下坡。就这样滑动，呵气抵御寒冷，最终耳朵、手背和脚全部冻坏。我们就在这种多趣和折磨中挨过了冬天的童年。

冬天的乡村和原野，大小城镇的交通中断是再正常不过的事情。仿佛在当年交通没有变得像现在这么急迫和必要，现在如果有两三天交通完全中断，会造成多大的损失，成为了不起的大事。而当年几乎没有听说过这方面的焦虑。封路了，人们就抄着手偎在家里烤火，读一点儿书，讲一点故事，到近一点的地方勉强走动走动。最后实在忍不住了，才有一些人呼喊几声，领人带着铁锹或其他家巴什走出屋子。疏通道路蛮有趣，那时像切大豆腐一样，一块一块把厚厚的雪切开，再一方一方运到田里。一条窄窄的路就这样开通了。刚刚通了路人们就急于行走，快速地行走，不停地走，到深夜再顺着这样的路回家。

大雪常常把路边的井、田野里的窟窿，如数封住，于是就常常发生一些跌进雪窟窿里的悲惨事故。那时候走路都要带一根长长的木杆探试，探到沟渠、窟窿、水井等，就赶紧躲开。那时候的飞鸟和动物真是遭殃啊，它们很痛苦，要忍受寒冷和饥饿。这时候麻雀跑到院子里,我们就赶紧扬出高粱和玉米、饭菜渣屑,给予施舍。

因为很久没有看到那样的大雪,于是不再抱有希望。如今的情况是,常常整个冬天只落上薄薄一层,落上一两次三四次就已经蛮不错了。没有大雪的擦洗,天空,即便是原野海滨的天空,也要变得脏乱不堪。要知道今天的犄角平原已完全不是昨天,滚滚浓烟需要更多上帝的抹布。而大雪就是最好的抹布。没有了,上帝收走了。上帝也很吝啬。

记得有一年我在外地,犄角上来了一个客人,他一见我就马上瞪大眼睛,像报告一个重大事件,说:快回去看看吧,多少年没有的大雪了,完全像过去一样了!他伸手比画了一下。记得他是在腰部那儿比画了一下。我也给震惊了,这么说一场深到腰部的大雪又开始降临那个平原了。

正好有事情,我就随他一起回到了故地。越往前走越是失望。齐腰深的大雪在哪儿?的确有一场不算太小的雪,但顶多也只小半尺。由于没有风,大雪很均匀地铺在地上。见不到过去那种高高耸起的雪岗,倒是平坦、安静地盖了一层。还好,几天过去之后,这雪并没有减去多少。要知道雪原的融化在冬季非常困难,只有到了春天才会加速消失。

一直往前,从犄角的东南部往东北走,然后到达从小生活过的那个海滨。

那里的雪也没有大上多少,仍然是不足半尺。我笑了,后来我谅解了。完全是出于对过去的记忆和某种企求和盼望,朋友做了夸张。这不过是一场中雪或大雪,很平常——在过去很平常。

尽管这样,我仍然在为这场雪庆幸,因为值得。要知道我们在失去冬雪的同时，也失去了夏雨和春雨。一般而言，我们这儿越来越干燥。失冬雪意味着什么？意味着失去丰饶，失去清洁，失去季节，失去一些带根本性的宝贵东西。

所以我很害怕。我常常害怕地想到这种失去。

祷　告

因为浅薄无知，很早以前我对于祷告，对于那些忙于祷告、遇到某种场合就一定要祷告的人，总是报以游戏和嘲笑的态度。他们的这种举止究竟包含了什么，意味着什么？它与生命的关系？我却很少思索。实际上我是没有能力去做这样的思索。

直到后来，直到前几年，我在这个犄角上遇到了一位可敬的老人，听到了她的祷告，才感到了什么。我觉得内心里有什么在摇颤。我想说，我有了一次非常重要的经历。这个经历甚至可做我的某种纪念。

长期以来，我们很难在宗教与迷惘之间做出判断，很难在有神和无神之间做出判断。实在讲，这种判断直到今天对我来说也是非常困难的。

老人七十多岁，十分健康。她的全部都是积极的、向上的。由于有了这一切，使她的人生在最困苦的时候也显得不那么困苦。她一生所经受的煎磨，是人类经验中所认定的那种最可怕的煎磨，不仅贫困，还有屈辱，有各种各样的挣扎。这些都难以细数，但有一点可以肯定，她从未屈服，也没有简单地忍受，而是在信仰的指引下，坦然向前，勇敢面对。就这样，她料理好了自己和身边人的生活，帮助了他们，同时也帮助了自己的灵魂。这漫长的人生经历,这种有神的岁月,使她的双眼放出明澈自信的光,那更是善良的光。

她顽强地向我做出规劝,引导我,但并没有强迫我。她是一个信徒,却并不妨碍自己与那些心中无神的人的正常交往,尤其是不妨碍她向他们施予的善良与恩惠。

她衣着简朴,为着一种使命,风尘仆仆地来往于城镇乡村。她登着一个三轮车,从城市的中心向海滨进发,一口气可以行驶二十多公里,到她要去的村子里去传播认识,去送达神的意旨。

当她的亲人病了,或者是谁遇到了艰难险阻——她的孙子,她周围的人,朋友,或者毫不相干的人,她都会在心里为他们祷告;为民族、为国家,她祷告;为天运时势,她也祷告。从巨大到细小——说起来也许没人相信,她都为之祷告。

有一次我的电脑出现了故障,那么急于排除却又不能。当时我身处偏僻之地,找不到一个专家。我一筹莫展,真是抓耳挠腮,焦头烂额。就在这时她知道了,立刻从很远的地方赶来——她一进门就充满深情看着我的电脑,然后开始了祷告。

她说:"电脑啊,电脑啊,你呀……"她用这种口气开始。当然她仍然要说到她的神,而且重要的是说到了我——说我是一个善良的人,神对我的拣选和爱……她寻找一切理由诉说。

我被感动了,这感动变得越来越深长。

临走的时候,她让我相信,让我等待;她说一切都会好的,让我增强自信。最重要的是,她让我面对这一困难,在任何时候都不要颓丧和失望,让我多想办法,行动起来振作起来。

她说对了,几乎一点也没有错。

她走后,当然电脑故障仍在;不同的是由于她的祷告,我的颓丧没有了。我开始变得轻松，携上它迅速离开。

后来当然是找到了一个人，当然是他帮我排除了故障。

如果没有那个老人，我是不会这样做的，我只会弄得一团糟，会把身边搞成一团乱麻，会像过去一样用拳头去擂我的电脑——而因为她的缘故，我却能用慈祥的目光看着这个曾经给我很多欢乐和帮助的、辛辛苦苦的电脑。我看着它，知道它有生命，它仿佛正与我对视——它祈求我的帮助，它病了。我不能拳打脚踢一个病人，不能对它粗暴。就这样，我伴着它，坐着我们的"救护车"去找"医生"，找"医院"……这就是整个过程。

我现在进一步认定，对于时下、对于我们所处的这个完全陌生的"现代"，无论对于有神者还是无神者，祷告都是一件善事。祷告有时候是勇敢的——不，许多时候是勇敢的；祷告让人坦然、虔诚、善良。信仰本身是伟大的，我们如果陷入一个没有信仰的群体，那其实是很不幸的。

信仰是多种多样的，多种形式的。信仰是一种纯粹，有了纯粹也就有了信仰。在这里，纯粹可以带来各种各样的祷告：有声的无声的，有形的无形的。纯粹的人才可以创造，可以生育，可以硕果累累，更可以健康，可以享用和欢乐。因为纯粹的人知道这一切意味着什么，它的源泉在哪里。

正是这样，我会一直记着这个老人，记着她祷告的声音。她是我生活中的又一面镜子。

我的这个认识将使我走向深刻，而非其他。

1999 年 6 月 1 日
1999 年 6 月 24 日二稿

第四辑

夜　思

夜　思

　　让我来告诉你，也请你来告诉我。这是一场互相诉说。这会使我们真的弄懂绝望和希望，弄懂什么是幻觉，什么是奢望，而什么才是结结实实的泥地。

　　……

　　又一次走进了午夜。漫漫长夜，无论醒着还是睡着，我都在倾听自己的呼吸，将围拢来的赶开，又追逐飘逝的……

一

　　……只有你才能听到我的心音。我有时想，世上的一切都非常简单，它并不玄奥，也不复杂。所有的纠缠、烦琐，长长的过程，都不过为了结出一个果子。

　　因为它才有四季，才去经受。也因为它，才把人鼓舞得浑身灼热，有打发不完的激动。

　　凝视着你，不停地叙说，却在自己的语气中轻轻战栗；无声的黑夜中，借温暖的追忆安慰自己，却使一片心情更加冰凉。春天的丁香，初秋的玫瑰，一切美好和温馨都在提醒……我接着想那片平原，平原上一切的生灵，无边的丛林，月光下的海浪。

我今夜特别思念你。

二

我想领你走开，到很远很远的地方去。真的要离开这片平原了，开始跋涉——看到那一溜黛色山影了吧？要向南，一直向南。我会把糙食留给自己，把剩下的一点精粮交给你。旅途太长了，你要接着走。到了那一天，我倒下了，你将继续往前，并且想念着我。这世界上有几个人真正配得上怀念？我因此也该深感欣慰了。

行前只是舍不得孩子。夜里，抚摸着孩子鼓鼓的小手指甲、软软的小巴掌，就得用力忍住什么。

三

我曾盼望有一所小房子，简朴得像土地。我们住在里面，种菜养殖读书……彻头彻尾的老路子，也是唯一健康和医治的好路子。我们将同时感知和回避，也借此来一个总结；更重要的是，我们会看住飞快流逝的生命。

看住它，即看看它是怎样渐渐变得老旧、一点点地抽走——像抽丝一样？我不想让频频的侵犯把它的形迹遮住，而需要一个冷清之地。于是就想到了那样一所小房子。

——难道就此退却吗？退却又是不是背叛？如果是，那么它大概也是所有罪愆中最轻的一种了。

我背向了一片平原。但我将从此守住什么，一刻也不松懈——这样行吗？

这样又失去了"目击"的可能。很久以来我就渴望做个记录者、目击者，因为这是最起码的。可是我被逼到了一个小屋中。这其中的悲哀谁说得清。这样一种感觉长时间压抑着我，使我不停地迟疑。风雨敲打在屋顶上，从此将是山地的风雨。我闭上眼睛会梦见妖魔，我在小小庭院中栽下花卉，却要迎接严霜之后的凋零。我在两难的状态中徘徊，已经很久了。眼看着有什么最可宝贵的东西被耗干了，没留一点声息痕迹。

四

你的鼓励我会深深地记住，永远地感谢你。你要跟随我去那个小屋，去种植、迎接一生的冷淡和艰辛。我们甚至讨论了怎样采蘑菇和黄花菜、怎样包装销售的细节，还有栽培养殖的关键技术问题……未来怎么办？我们问这片平原。我们都知道它没有太多的未来。如果说我们的未来还有一座小屋的话，那么这片平原连座小屋也不会留下。一切都会荡然无存。

我们互相注视着。

五

你真实地哺育我、饲喂我。我一生都将牢记我承受的、我享用的、我拥有的。我相信当初有神灵轻轻地推了一下，我们才抬起了眼睛。淳朴得像土上的一株艾草,清香久远。不认得艾草的人永远也不认识原野,觉悟不到土地的存在。

我跟随着你像跟随真理。我的忠诚经受了检验。一个当代人怎样才算经过了洗礼?我不知道,但我算是这其中之一。我面对着原野,没有茫然失措。很亲切,很本色,我们相互体贴。你哺育我、饲喂我,你不朽的青春光芒四射。

由于那个不幸的童年和少年时代,我变得沉默寡言。可是你打开了我心的闸门。也由于类似的原因,我不会泣哭。当面对同一个场景,众人号啕之时,我却是木然。但面对你的温厚和无私,我却难以忍住。脸上没有滴落,心中泪如泉涌。你的手挽住了我,我们向前走去,直到溶解在天际。那一片橘红色的云不是被太阳点燃的,而是一个奇怪的预兆。你哺育着我。世上再也没有比你更善良的人了。

你的手挽住我。诅咒和颂赞轻得像一片鸿毛。去哪里?向南,一直向南。

六

有时我也于心不忍,真想说一句:走开吧,走向你自己的来路吧。我不敢再让你陪伴。我深知这有多么危险。这是一种可怕的牺牲,虽然并非不值。我不久就需要一个拐杖,因为不想让人搀扶,只想自己走下去。没有人比我更喜欢玫瑰,可是我只能面向荒芜。这是我的命。

你是新来的,走开吧,离开吧,趁着还有一点食物和水。不要再往前了,不要在乎别的行人,因为他们都心怀一个理由。他们有一种血脉一个经历，拗得像战士，不，比战士还要顽强。

仅仅用战士来比喻这些人是不够的。战士有时是中性的、单薄的。而他们是殉道者加战士，是金属中最硬的合金。你在了解了这一切之后仍然愿意往前，不再犹豫地迈出了一步又一步。可因为我是个兄长，还是要对你说一句：离开吧，离开我吧。

七

人的心中该有一颗种子，它埋下了，在温湿中胀大萌发。它留在了心底，人就会坐卧不安。人与人的命不一样，有人就是被播下了一粒种子。这种子埋得好深好深，它绝不会风干，也不会腐变发霉。随着它的胀大，将在心里压得沉沉的。

我不知该怎样对待给我播下种子的人和岁月。我只是有了无尽的遥想。那个人远去了，像任何无望而热烈的人一样，走得如此简单，差不多连送行的人也没有。

如今我一眼就可以把大街上的人分辨出来：谁心里有个种子，而谁没有。世界靠没有种子的人去充填，但世界却不会由他们创造。种子长成了那天，他开始有力量，他让它在世上缓缓开放，吐露芬芳；最后是结出果子，赠给一个个张开的口。种子也会在心中变质吗？当然会。那一天才是非常可怕的。

八

我听到有人讥讽和谩骂他自己不幸的父亲，心上立刻一紧。我警惕地看着，觉得陌生而神秘。只是后来想想原因也很简单：

那时这样对待父亲是一种时髦。

我却由此而倍加怀念自己的亲人,无论他是有幸还是不幸。当然他只能不幸。我不记得很早时他的模样,也不记得他的声音。因为我们相识已经很晚了。乌黑乌黑的一个晚上他回来了,瘦骨嶙峋。他没有力气,没有声息,刚躺下歇息又被人揪起。他不会做当地的活儿,于是被赶到海上,从此就伏在了长长的网绠上,随着拉网号子移动、移动。

我像被吸到了海边,一天到晚卧在沙滩上看。号子声,叫骂声,海上老大的呵斥,还有挥动棍子的嗖嗖声。海浪为什么不能将一切淹没?那个人,那个与我不能分剥的人,这时正在用力地拽着死沉的网绠,双手流血。

一网一网的鱼上岸了。有一种皮肤粗韧的鱼,有人就剥下皮来,用来蒙鼓。从此我和伙伴们敲起了鱼皮鼓,不停地敲。那又闷又沉的鼓声密集痴狂,撒在了浪尖上。旁边的人又叫又跳地敲,只有我一声不吭。我只敲给一个人听。

九

无论是睡着还是醒着,有一点永远不会改变,就是对那片原野的留恋。我对它寄托了全部热情。我一生的跋涉,只为了它。这也是能够证明能够接近的具体事物。我常常幻想着这世上还有一种力量能够把它复制出来。尽管它今天已不复存在,也因此造成了我深深的忧愤、我的恨。它的昨日如同梦境,一闪而过。

那片原野连接着大海。它的最南端是一溜黛色山影,西部和北部都是茂密的丛林。丛林深处的一些村落甚至以树命名。那都是引人遐想的美丽名字。就因为这样一片原野,我有时竟要奇怪地发出感谢,感谢那些强加给先辈的苦难——没有这些苦难,我今生就无缘结识这样一片原野。它拥抱了我,使我真正领略了什么才是永恒不灭的美。

我喜爱那里所有的季节,包括最寒冷的冬天。那是真实无误的冬天,不像现在,在隆冬季节突然下起了毛毛雨;那里的冬天冰封河渠,甚至是一大片海滩。雪岭一道道像长城一样,都是罕见的大风搅成的。一个人想顺利地踏过雪岭是绝无可能的。冬夜,所有的农家、林场工人、牧者,都不忘准备一把铁锹放在门侧,以防一夜袭来的大雪堵住屋门。

那时的冬天是真正严肃的日子。我们在岁月中不能少了严肃。一年四季的不冷不热是歉收和疾病蔓延的原因之一。正因为有那样的日子,原野上的人才备柴、狩猎、制厚重的棉衣皮帽,还造出矮小温暖的土屋,造出火热烤人的大炕。窗上结满冰花,用嘴呵出一块光亮,望外面的雪枝悬冰、银山银岗、冻得飞跑的雪狐。对春天的怀念何等强烈,这种怀念像火一样炙人。岁月在冷与热、忙碌与消闲的巨大反差中变得多情多趣,也耐过得多。它绝不像今天,一晃就是一年。岁月的消耗把生命磨钝了,磨得庸常麻木了。那时迎接一个春天多么隆重,不要说人,不要说一些大动物,就是小小的沙地蜥蜴也要一蹦三跳,就是那些麻雀也要连唱三夜。河冰裂了,渠水响了,小狗跑到雪岭后面小心地侦察季节,兴奋得一声不吭。

柳树最早激动,接着是白杨、杏树,再接着是壳斗科植物。一点点渗出的绿色、红色,那一片斑斓,与各种欢腾不息的动物交融一起。你倾听苏醒的喧哗和变奏,这时才会理解春天为什么被千万遍地歌唱描叙而不至让人厌烦。春天太活了,太亮了,太安慰人了。噜噜响的河渠留下了半边绿水半边冰凌,有多少鱼在青青的水草下窥视。太阳把田野晒得水雾蒙蒙,牛的叫声从世界这一端传到那一端。

春天的喧闹过了许久,惹人注目的道道雪岭才开始慢慢融化。从岭顶淌下的小溪越来越欢,它把搅在一起的沙与雪分离开来,冲刷得清新分明。被雪水洗过的沙粒多么干净,一颗是一颗。每到了傍晚溪水就和缓下来,融化的速度放慢了。接着是一夜沉默、小声私语,都是关于冬的回忆。

雪岭一扫而光之时,才是夏天的开端。初夏的平原上稚果与鲜花数不胜数,让人想到那个富丽堂皇的秋天无论多么棒,也要感谢火爆的夏天。夏天从一开始就不同凡响,华丽得令人瞠目结舌。自然界走入了最随意最洒脱的季节,一切都在尽情地生长和繁殖,绿色像大海的浪涌一样铺满泥土。下雨了,一场豪放的冲刷洗涤,天晴之后又蛙鼓齐鸣,庄稼、丛林,一切绿色的生命都闪闪发光。

盛夏的火热让人难忘。在最热的那十几天里,海滩上的沙子像被烧过一样,谁赤脚踏上去就要大呼小叫。在这样的烘烤烧灼下,各种果实都在加速成熟。谁敢在正午的烈日下跑到太阳下徘徊?除非是海边上那些拉大网的人,除非是这些身黑如炭的人。就连狐狸和兔子、野鸡和鹰也找阴凉去了,它们在等待一个月夜。

河湾里的荻草蒲苇茂盛得难以想象。真正是密不过人。谁都会相信,在这重重叠叠的绿海中正孕育潜藏了无限的隐秘。浓绿从近岸浅水长起,一直长到深处,把水道逼成了又窄又急的一道。夜晚站在堤上,听水鸟嘎嘎大叫,听大鱼溅水的声音,再迎着满河道的南风,会多么快意。在海滩下乘凉的人点起驱蚊的艾草,大仰着,一边看天上的繁星,一边讲如真似幻的故事。有人还不断地起身到堤下的野地里摘一些不太成熟的果实,聊胜于无地咀嚼着。他们在提前品咂一份甘甜。

就这样,平原等待的秋天终于挨近了、来临了。富足宽容的季节里,不要说果园和庄稼地了,就是在丛林中,那些野生的浆果也采摘不完。野葡萄、野草莓、悬钩子……动物和人可以一块儿享用,简直用不着节俭,因为反正吃也吃不完。秋天过去就要埋在雪中了。有一些动物就在冬雪中扒出它们,把仍然鲜亮的冻果咬得喷喷有声。秋天的蘑菇长在松下、合欢树下,长在柳条棵子中,甚至长在大树的半腰。它们是泥土生出的另一类果子,神秘而又美丽,让人们在劳动间隙里一低头一仰脸就拾起一个欣喜。蘑菇汤,秋天平原上才有的纯美清爽,恰好冲淡了收获季节里餐桌上的肥腻。

收来浆果、坚果,收来粮食和菜蔬,从一处处村落到林场园艺场,个个都忙。庭院里的蜀葵败了,木槿却开得正旺。当年育成的鸡膘肥体壮,光滑得像养分充足的大娃娃。狗随主人到田野里忙秋了,留在院里的是温柔顽皮的猫。猫与鸡、鸽子和猪逗玩,互相追逐打闹,而且乐此不疲。所有的家养动物都胖墩墩的,皮毛闪亮,像抹了一层油。那些野生的动物,如一只黄鼬,有时也并无恶意地从墙头上探一下脑袋,立刻引起院内一阵慌乱。可能是芦花大公鸡首先发出威胁的尖叫,接下是猫儿嘴里严厉非常的一声"哧——!"不速之客无踪无影了。

秋天还是老人们提着马扎、互相交换烟叶的日子。他们一边吸烟一边数念旧事,高兴了就骂骂老婆子和当年的伪军什么的。"你知道河西头那个炮楼是怎么端的吗?"一个黑脸老人抽出烟嘴大嚷。旁边的人都不吭。"是穿花褂的四奶奶捣鼓的,她通队伍!"他用烟锅比画着。这个秋天哪,果实和传奇一块儿丰收了。

十

林场枫树旁的小路还有吗?那一地火红的枫叶,那一对对身影。那时捎枪的老猎人心慈面软,他们只为了过一份伴枪牵狗的传统生活。他们亲手推动了那个平原上多少婚姻,只一眼就能看出林子中的哪一对有点意思,然后设法去撮合。那时的人纯洁又含蓄,远不像现在这样泼辣得野蛮。他们先是注视,默默地,怦怦跳动的心脏轰击了肉体好几个月、好几年,才逐渐敢于交给对方一幅绣花手帕。

下班了,姑娘抱着猫,小伙子领着狗。太阳光把脸抹红了,再有自家动物相伴,这才有勇气走到一个寂静的地方去。他们先说借书的事。猫在狗的盯视下从怀中逃开,狗也跑了。"今年河里的鱼真多啊。"男的说。女的抬头瞥一眼,"天说黑就黑了。"这样的约会不知多少次了,终于有一天他们在树下轻轻地拥抱了。他们周身抖动,眼含热泪。其中的一个说:"谁比你好才怪了。你最好最好——啊?"

林子里的歌声起起落落。那是在远处,另一些欢乐的人发出的。幸福有个浓度。每个人都会在某个时候获得它。但是幸福有个浓度。有人在它面前失去了任何办法,想哭、想歌、想在沙子上滚动,想跳到河里去。

他识不了太多的字,可是他一连多少天琢磨写一首诗给她。写成了,不好。后来他干脆抄了一首唐诗,夹进一本好书交出去了。她为他织毛衣,织成了又拆了,天天织,一直织到秋末。

捐枪的老猎人哪去了?他转到林子北方,又到那些拉大网的人那儿去了,有时一待就是半天,晚上还要留下来喝碗鱼汤。可是老人答应下来的事儿呢?他忘了告诉她什么了,忘了替谁跑一趟远路。汪汪的狗叫此起彼伏。让热心热肠的好老人回来吧,尽快。

十一

没有绝对凶猛的动物,平原上的动物与远方动物一样,基本上是和气一团的。那时人们不太像后来那么恨狐狸、狼和黄鼬,因为它们做下的坏事实在不多。沙地狐狸、银狐,那张脸谁离近了注视过?没有。仔细看看吧,很美很美。狼也仪表堂堂,勤奋并且勇敢。黄鼬主要捕鼠,而且一张小脸生动无比,圆圆的大眼美丽绝伦。还有遭人贬斥的乌鸦、猫头鹰、貉、花面狸,哪一类不是生动活泼,精巧完美得像件艺术品?

多姿多彩的鸟、小兔子、小刺猬,它们更是让人感到了生的多趣和温暖。它们太完美、太个性,真是到了妙不可言的地步。羽毛丰满的小鸟、刚会奔跑的小兔,常常让人想到人的童年。原来任何生命都有童年,而童年的可爱直逼人心,让人疼怜得心上抖动。抚摸它们,就像抚摸自己的孩子。手掌下的光润滑腻来自一个与我们迥然不同的生命,它活着,居然独自处理了一切,与这个世界结成了自己的关系。我们人不也是一样吗?

如果平原上的动物离我们太远，那么就随便抱起鸽子和猫注视一下吧。猫是美与温柔的代表。它的眼睛多好，还有耳朵。它的鼻子小巧精致到了极端，圆鼓鼓的，小鼻孔是粉红色的。我相信凶狠的人要改造自己，按时抚摸一下猫的鼻子也会有好的效果。再说猫耳——据说最早的时候，猫的耳朵像人一样，也长在脸庞两侧；造物主看了，觉得这神气太像人了，就动手给它搬到了头顶上。我想如果造物主最早动了人的耳朵，我们相互看多了也会习惯。关键是个习惯。人类什么时候才能习惯地将它们视同朋友呢？动物的脸、神情，只要看一会儿就会让你疼得慌。我的平原，丛林田野上的各种生灵，你们今在何方？

十二

我们分手了，匆匆得没有来得及好好看一眼。那是个漆黑的夜，只有弯弯去路闪着淡淡的白光。从此我有了孤独的白天和夜晚，一颗心亲近着星空。我回忆你、你的一切。人不能没有回忆。

我仿佛听到了你的呼吸，你的笑语和歌声，还有你的低低抽泣。随着时间的流逝，你也会老旧，布满皱褶。可是你永远在心的中央，你是缔造者、是一片圣土，是光荣和骄傲，是永生不灭的希望。有了你就有了一切，有了一个回路、一个家、一个归宿。

今夜如同十几年前的那个黑夜一样。你在哪里？你的思绪飘向了天边，拂过了站在山地冰霜上的儿女。我却感到了你的手掌：粗粗的，温温的，上面沾满泪痕。我不知该怎样呼唤你的名字,只是遥望北方,分辨你在黑夜中的身影。

只能为你祝福。你的淳朴永恒的丰采,你的青春,是这世界上最后的一个留恋。

十三

几十年的时间一晃就过去了。一条黑色的、散发着恶臭的河挡住了我的去路,使我不能继续往前。没有桥,也没有舟,甚至看不见一个人影。我只得沿着河堤往前踟蹰。

就这样我到了海边,却没有看到一片丛林。没有当年那些小动物了,一只也没有,连猫和狗都极少见到。倒是有一些老鼠在芜草中出没,大白天发出吱吱的吵叫。平展展的原野变成了坑坑洼洼,枯草在污水边腐烂。大海就在眼前,可它不是蓝色的,而是像醋和酱油的颜色,发出一股浓烈的碱味儿。没有白帆,没有渔人,往日的拉网号子永远地消失了。

我站在大海滩上张望,仍然想寻找我的丛林。取代它们的是开矿者挖出的矸石山,是一股股粗壮的黑烟。由于所有的树木都剥落了,一个个村落就赤裸在那儿,瘦小得令人生怜。

我最后转到了大林场旧址,同样没有见到丛林。它化成了一些大大小小的水坑,恶臭扑鼻,水中看不到鱼,也看不到一种水生植物。那些气泡在阳光下闪动,像一些可怕的眼睛。我急急地逃开了。

你在哪里?我毫无目标,也无力呼唤,急躁和绝望使我两手攥出了血。

十四

你死的时候就躺在路边。那一天太阳出得早，你的心情被透过窗棂的阳光抚慰着。你起来漱洗。你上路了。太阳刚刚升起。有一辆笨重的大功率汽车在后面吼叫，它吐出的黑烟老远看像恶龙的长爪。你小心地闪开。这条路尽管布满了坑洼，可是它足够宽了，直通向一个市镇。那辆大功率货车本来很容易就能通过，可是它三颠两颠竟然把你撞倒。你喊了一声——这是撕心裂肺的喊声啊——它的后轮又压到了你的左侧。

满脸油污的驾驶员从车窗上探头瞥了瞥，然后加足马力急驶而去。太阳刚刚升起，路上行人稀疏。你呼叫着，想挣脱。你眼看着自己的左侧往外流血，一会儿就把一片土末染红了。你呼叫着。你的声音越来越弱。你朦朦胧胧感到有一两个三五个人低头看了看，议论了几句，又匆匆地上路了。他们都急于到那个市镇去，没有驻足。你最后无力呼喊了。血继续流着。

太阳升到了半空。路上行人越来越多。这时你已剩下了最后的一滴血。

十五

这不是泣哭的年代。已经没有工夫泣哭。我没能亲手把你掩埋，却要就此离去。我的背囊里还是很久以前装进的几件东西，如今已经派不上用场了。

婶子大娘、大爷大伯、林场的老工人、猎枪锈住了的老猎人，你们都看到了吧？你们看到了，合手站立，目光冷冷的。我穿过人群，身上印满了目光。我突然一阵饥饿，一边走一边掏出变硬的干粮。身后传来了隐隐的哭声，我停住了脚步。原来一位老奶奶双手掩住了脸，我奔到近前，想扳下她的手，可她紧紧地掩着。

那是你的母亲啊。我伏在了她的怀中。

十六

母亲说：你知道这是第几个吗？我摇摇头。她说出一个数字，我呆呆地看她。我明白了，怪不得那些两眼像黑葡萄的姑娘再也没有了。

我从此懂得了什么才叫仇恨。那个伟大的身影啊，他在倒下前的最后时刻里，有人曾向他谈起过饶恕的问题。他回答说：我一个也不饶恕。只有在我归来之后，只有今天，我才明白了这句话意味着什么。

不会仇恨的人就谈不上善良，更谈不上宽容。我终于知道了谁更宽容。那些伪君子把宽容挂在嘴上，一天到晚装成和事佬，暗地里却总是顺应着丑恶。他们一旦面对了别人的信仰，宽容早飞得无影无踪。我要对这些伪君子说一句，是你们的近亲把她给害死在路边的。

十七

那些小念头和乖巧我都有，可是归来之后我才觉得它们太不值。抛弃了，剩下的只是愤怒和困倦，是激越和冰冷。我无法忘怀，我只得纪念。那些口口声声要宽容的人，竟然残忍到不允许我去纪念。于是他们就是我的敌人。

一场连一场的争议过去了，我觉得太亏。在流动的鲜血面前，一切议论都显得太不着边际。实际上只剩下了两种可能：沉默和怒吼。沉默是熬煮，是用心汁浸那支长矛。而怒吼就要破了喉管。血又出来了。

我开始曾惊异于这样一个事实：他们真好脾气，真有容量，也真麻木。后来才明白，失去至亲的人与他们是不一样的。他们除了自己之外再没有亲人，所以也就永远不会失去。人不一定都是母亲生的，我懂得这个道理可惜太晚了。人在现代高科技社会里，也可以是合成的。人可以是用石化材料合成。合成的人就没有亲人，所以也没有情感的重负。

而在现代生活中，隆隆的竞争和角力之中，一个有情感重负的人注定了要失败。这种人开始走入了全面挣扎和退却的时代，尽管他们个个都不想放弃。但也正因为如此，一场壮丽的、亘古未见的大拼搏开始了。这是一场合成人与有生母的人的最后决斗。这场决斗也许要进行很长时间，但结果是可以预见的。

我将站在失败者一边。

合成人在战斗中损伤的只是元件，它可以更换；而有生母的人却要流血。

流血也不能使人退却。因为这是最后的机会了。所有热血沸腾的人必须团结一心，迎击一场侵犯。这场侵犯的残酷性极为罕见，它将使我们失去仅有的一片田园。就为了生存，为了一个希望，为了一种报答，让我们奋起向前吧。已经没有什么退路，也不必幻想。

我默念着你的名字拿起了武器,加入了真正的、二十世纪末的义军。这是精神的义军。在决斗的一切间隙里都未曾忘却你对我的恩情,你的容颜,你的饲喂。我在梦中与你吻别,踏着霜雪走了。催促的号子一声声逼近,我走了。

有时我又想,因为你在远处射来的目光,我是不会失败的。我们都不会失败。什么比爱、比这一切相加的爱更有分量呢?根据伟大而古老的原则看,我们有了这样的支持,将是些不败者。可是一转念,又不禁重新哀伤:时代变了,一些原则也在变。那么我们就将在没有立足之处的荆丛中作战了。

为我们祝愿一下吧,这是我和同伴小小的、也是重要的一个请求。

十八

一切被预先告知了结果的战斗都是极其惨烈的。竟然走进了这个战场。这是生前注定的还是生后选择的?我反复追思推理,后来才明白是一种注定而不是一种选择。选择是移来的根,而注定是固有的根。

如果没有什么希望,那么斗争本身也就是希望。如果有了希望,那么长久的松弛也会将其丧失。世界上的事物在组合形成之初是非常奇妙的。天不亮,征衣上霜落一层,战士一睁开眼就被"希望"二字缠住了。可见这是怎样严酷的一个处境啊。

回想那年秋天,我们对这些还全无预料。于是只顾得忙秋、干活,劳动的汗水把衣衫都湿透了。我们一起把捡到的橡实装到筐里,直到攒起满满一囤。浆果做成蜜膏,干果留给来年。晒干菜、蘑菇，用破碎的瓜干造烈酒，用野葡萄造甜酒。还有招待老人的烟草，一捆捆扎好放在搁棚上，采了很多的艾叶，晒干，又拧成火绳，留着夏天对付蚊虫小咬、给吸烟老人触烟锅。

那些温煦的、果香四溢的夜晚啊，我们讲故事，依偎一起。红军的故事，某司令的故事；还有传说，神奇的林仙。我们差不多没有言及的一点就是：惨烈的战事都属于过去了。我们现在只是品咂秋熟的甘果，听听美丽的传说。我们站在过去与未来之间倾听，你讲一个我讲一个，享受着黄金般的时光，直到午夜还不知疲倦，林中和秋野的各种四蹄动物与飞禽一起，不时传来它们的响动。小鸟的午夜尖叫是唯一令人不安的了，我们担心它遭到夜袭。劳动真使人愉快。在今天回顾劳动，更能感受和认识劳动的幸福的本质。劳动只有靠紧了人生的目的，才散发出芬芳。当一种袭击逼迫得我们不得不放弃劳动而投入迎击时，回忆劳动也变为了一种福分。我们今天算是真的理解了"保卫我们的劳动"到底是个什么意思。那是个权利，是个福，它不是被人自己放弃，就是被另一种人给剥夺。

现在不是不放弃的时刻。现在是奋起迎上的日月。是的，如果这一来能够赢得一场劳作的机会，那么一切也值了。

十九

我无数遍地想象你的目光。那双眼睛啊，我说过它黑如葡萄。这句俗而又熟的比喻一再提起，是因为它难能取代。那个平原孕育了这样一双眼睛，真是含义深远。这双眼睛望着原野、母亲般的丛林和大地，逐渐蓄满了柔情。很显然，这举世无双的美目是这片田园滋养出的。田园的所有特质都从它的一闪一盼中映照出来。于是它有魅力，它使人魂牵梦绕。

同样容易解释的是，这样一双眼睛不可能是为今天准备的。一片沉沦荒芜的平原会让其不忍注视。或者是田野焕发生机，或者是它自己永远地闭上。当然，是它永远地闭上了，长长的睫毛合到了一起。

它在最后时刻看到了什么？它摄下了那张在车窗前一闪而过的脏脸吗？它记住了刽子手的模样吗？那天的太阳缓缓上升，照不穿浓稠的雾霭。直到最后一刻，大地还昏昏沉沉，天际泛着酱色。长长的睫毛合到一起，像一排苗壮的青杨。你的血正一点点渗出，汇成山泉一样流淌。大地真渴，大地等着喝一口汁水。大地很快就收回了她的全部，从肉体到灵魂。多好的一个儿女，苗条而丰腴，特别是长了一双惊魂醒世的美目。

太阳隐入浓云，大地开始祈祷。风停了，四周寂寂。

二十

你那时候会多么痛苦。一种无法忍受的折磨竟然加在了一个少女身上。事后人们发现你身上有三道压伤。钝钝的车轮、凶暴的车轮、愚蠢的车轮，就是这三个车轮割开并撕裂了你完美无瑕的肌肤。血是一点一点流光的，没人去救起你。从流血到死去足足有两个多小时，而且你躺在通向市镇的大路上。

我手指扎了一根刺就感到钻心的疼痛，可是有三个轮子碾压了你；我生病时，两分钟的肌肉注射让我挨着忍着，可是你从流血到迷去足有两个小时。

我愿意舍上所有去赎回，尽管这不可能。这一次我不需更重大的经历就懂得了终点上的什么。我懂得了一种性质。从此我再不抱幻念，一丝也不抱。我干干净净地走开，心凉得像冰。你躺在那儿，用躯体指示了一个方向，画了一条线。这是拒绝的线，是分别的线，是不容迈过不容混淆的线。

难道那三只轮子碾到我的身上才呼号吗？不，它碾过了，已经碾过了。行了，就这样吧，开始吧。

那双美目闭上的一刻，大地一片昏暗，光源顿失。它消失殆尽之时，我就永远地沉入了黑暗的深渊。从此将不会有四季，不会有果实，不会有明天。总之，有人以神的名义所预言的那一天真的来了。

二十一

让我们最后一次怀念那个可爱的冬天吧。一场大雪下了三天三夜，门封了，全世界都蒙了白绒。家家出门都要铲雪，铲一条通向柴堆的路，铲一条通向街巷的路。那个小院拥满了雪。于是出门时不得不挖一条"地道"。这"地道"蜿蜒往前，黑黑的暖暖的，适合少男少女玩耍。有一次你从"地道"里出来，用力地擦嘴，大人问为什么？你说有个男孩吻了你。所有人都笑出了眼泪，只有一个人的眼里闪过一丝恼怒。

不知过了多少天，大雪地可以走人了。我们一起去丛林。林场老场长让我们小心，说野地里有雪封的井，有伏下的狐。他是一个退伍老兵，玩枪弄棒的好手，一直背着枪走在不远处，说是要保护大家。老爷爷一喘气就是白白的两道，多么可爱。可是我们当时一直想的就是甩开他。

后来我们成功了，一口气跑到河堤上。小心地溜下堤坡，落到又硬又滑的河冰上。严冬的河只能这样，像一面宽大的玻璃盖住了河床。你把耳朵贴在上面，说要听冰下的水声。没有，只有鱼的咕叽声，你一说大家都伏上去了。

我们用茅草推开积雪，推出一片长条形的冰面，然后就滑起了冰。冰面越蹭越滑，一队飞人。正滑着你喊了一声，大家立刻看到了远处河面上有三两个人在搞什么。我们欢叫着跑过去。

原来那是几个老工人在凿冰捉鱼。冰被一个又沉又大的钢钎戳着，一戳一溅，冰凌飞起一丈多高。就是不透。他们骂着，狠劲地干。原来河冰结这么厚，捣开的碴儿足有半尺了。又是一顿猛戳，扑通一声，透了。奇怪的是冰下的水冒着热气，摸一把也是温温的。大家欢呼着。

那天捉鱼捉到天黑。我们随着老工人往回走，到了老场长家门口，他出来一吆喝，都进去了。接上就是摆桌子、烧鱼、弄酒。谁也不准离开，老场长下了命令。一桌热腾腾的烧鱼、鱼汤什么的。大人们喝酒，喊的笑的声音很大。不知喝了多久，突然老场长一把将你抱到膝头上，说来来小仙女，爷爷喂你一口酒。你笑吟吟地喝了一口，立刻辣出了眼泪。大家都笑了。

外面的狗不停地叫。是家里大人寻我们来了。天哪，外面的月亮真亮。

二十二

嘿，这个地方，美女如云哪！那些轻薄的小子走到千疮百孔的平原上，常常这么呼叫。他们除了吞咽食物和狂饮之外，几乎不懂任何事情。他们是超生的时代结出的果子，由于没有及时地存放处理，已经烂成了空心。这是时代的错，更是他们的错。他们在平原上胡窜，一双眼睛滴溜溜转，很快瞄上了也成功了。

但既与他们这些污烂糟混到了一起，就绝不会是美丽的姑娘。她们只是一帮戴着金器，用脂粉覆盖了苍白面孔的假处女。淳朴是美丽之根，而她们呢，从母亲那一代起就开始虚荣了，假惺惺的。如果有个记事的老人坐着马扎快言快语一通，你就会知道她们逐渐败坏的家风。

这些已经无须叹息。伤残比比皆是。如果一个人与这样的环境相处还能平安无虑，那他一定是心汁枯干了。只有恶少才如鱼得水，那些冒牌美女、黑道上的轿车和酒，都是为他们准备的。伴随着耸人听闻的故事的，是他们父辈亲朋怎样升迁，怎样为不会说普通话而苦恼，以及学开车轧伤行人的一沓子杂事。这就是日常流动的真实。

如果说这一切只是泡沫，那么水流呢？它何时带走泡沫并冲刷大地？现在还能找到一方碧绿的晶体般的水吗？会有的。那就期待吧。我在这期待中两眼混浊，白发丛生。

二十三

你久久地望着我，看我花白的鬓发。我知道你想说什么又忍住了。你怜惜中掺着悲愤，就是没有一丝伤感。没有那样的心情了。铅压在那儿。你在回想我青春欢畅的年纪，回想伴着那个时代一块儿消逝的苦难和繁华。大地褪下盛装，留下光秃秃的一片,迎接那三只轮子碾过来。

我的平原裸露着胸部,你看到了。这亘古未闻的巨大牺牲为了什么?这是一种祭吗?她已贡献了自己,那么谁在后来为她而祭,谁?

这一切都不是为一双善良的眼睛准备的,可是它们只能残酷地罗列开来。你就在这样的季节里变得坚强起来,像大地一样褪下花衣,换上了单色土布衣衫。可是另一种美和芬芳弥散开来,更长久也更本色。我们开始胆战心惊地互告:既然大地把自己祭上了,那么将来为大地而祭的,只能是整整一个时代了。

我们都生活在这个时代里,擦干泪痕,含笑等待吧,这就是命运。只要在这个时代里的,那么不论是龟壳里趴的、轿子中抬的,还是码头上的苦力、洞子里的掘进工;也不论是道德家、放浪形骸的恶少、专打异性主意的色痨、娼妓、"四有青年",还是玫瑰和毒菇、鸽子和田鼠、大象和臭虫……只要是属于这个时代的,都得悉数押上。

那时候连个为我们叹一声的人都没有,因为她也跟了去。

二十四

就因为我属于这个时代,所以我不可避免地要经受那个结局。与所有的一切一起舍上、献上、祭上,而且不可能换取一丝光荣。这不过是一次抵偿。面临着这一场,一己的恐惧过去之后,就开始依偎两个人了。

一个是母亲,再就是女儿。一个是生我的,另一个是我生的。我爱你疼你就像对待那片平原,你们分别是我来到和离去的守护人。也是我生的根据，是我的全部希望。

母亲，为了伏在长长网绠上、脚踏银霜的父亲，我曾疯迷般地敲响了自制的鱼皮鼓。敲啊敲啊，是我为绝望的父亲献上的。它好比我捧出的两粒食物。我长大了，母亲，看着你的满头银发，我能给你什么？

在这样的时刻，我能给母亲什么？

如今已经没有一枚浆果得以保存。可食的茎块烂掉了，连微甜的蒲根也不剩一株，留下来的都是最苦的。我在腐土中挖个不停，磨得指甲脱落，想找到哪怕是细瘦的一截薯梗。我的手滴着血，最后仍然掌中空空。

如果吟唱也可以抵挡饥饿，如果我剩下的只有它了，那么就让我放声吟唱吧。我闭上眼睛，把思绪深深地埋下，难以抑制的倾诉啊，如同山洪一样流泄。我永无休止地唱给你，唱得忘了等待。直到我听到那慈爱的声音：停下吧孩子，它像泣哭一样。这样我的歌才戛然而止。

回头看稚嫩的女儿，牵上她又软又细的手，不忘回避着热烈纯洁的眸子。这是我刚刚长到三岁的孩子，会背诵十首童谣。她曾问我：奶奶说这儿以前有百合花，是吗？当然，很多很多。家家都有美人蕉、有蜀葵，是吗？当然，差不多家家都有。

在这样简略而单纯的一问一答中，她很快就睡着了。

二十五

让女儿在梦幻中变成一个骁勇的骑士吧，可以呼唤雷霆，可以抽刀断岭。你凭你的正义和童心，无可匹敌地护佑着这片平原。那时你说应该有百合，于是杏红色的百合花纷纷开放；你还说应该有蜀葵，于是蜀葵花茂盛得盖住了庭院。

你所向披靡，因为你携带了少年的闪电。我们为大地整整祭上了一个时代，我们终于得到了报偿，同时也感动了神灵。你是他们派遣来的，平凡无奇中隐下了最大的神秘。你划亮的电光驱尽了黑暗，震惊了山雨，洪水终于开始洗涤。在两个世纪的接缝处，它反复涤荡，弧光照射得一片通明。

你没有牧过羊，你也不是圣女。你只是一个开山石匠的孩子，先解开了拴绑父亲的铁索，然后又登上山巅。你离宇宙之神近了，咿咿呀呀的稚声逗乐了他，他就交给了你至为重要的东西。从此你做的一切都在改变历史：平原的历史、人的历史。

这仅仅是梦幻吗？是童年的编织吗？不，这是真正的人的期待。

二十六

我咀嚼着那个梦想，明白要赎回什么，仅仅使用一般的善是远远不够的。它从过去到现在都是苍白无力的。

……遥望北方星辰，扔下往昔的虚念，实打实地起意。我思念你骏马一样的身躯、武士一样的长须。这个夜晚你在备鞍还是冥思？我知道两件事同样重要。因为两千年的思绪乱成了麻，你要默默地用它搓成绳子。你做的一切都是坚定不移，如有神助，快如疾风。关于你的消息从古城传到高原，又传到俺这平原。你的音讯都盛在穷人的小盒子里，用新纺的土布包了，藏在一个角落里。这样的情势之下我当然再不犹豫。独自一人的时候，我会用思念打发时光，怀着感激。我记起那深情的饲喂，这就够了。世界真旷，也真大，这时候啊，记忆中的人影不再拥挤。把先生和小姐们一个一个赶开，剩下的就全是同志了。

人要有个兄长，有匹马，有个爱人，也有子女，这就是平常说的拉家带口。要是个集体，要有同样的精神。间隙里抱抱孩子，给她讲个什么，也让她传个什么；需要驰骋的时候就牵过那马，好马让人两耳生风；爱人给我温存，给我力量，她瀑布般的长发掩住我受伤的面庞；兄长呢？是商量事情的人，也是榜样。我要常常和兄长在一起，胜利紧握手中。

二十七

人守住了内心的某种严整性，始终如一，真是一场苦斗和拼挣。能做到的不过寥寥。我把严厉的状态留在身边。我不该怕什么了，我的亲人都先自倒在路边。

你看到了吧？你如果只为自己和自己的血脉揪心，那么你也该记住什么了。当肮脏和谎言一块儿抛撒，可爱的孩子埋得只剩下脖颈之上这一截了，你还在那儿恍惚？孩子没有呼救是因为已经无力发声，孩子闭上了眼睛也不是安详地睡去。为了孩子，来吧。深冬季节，雪野里没有青草，连孩子也四出觅食。我们顶着寒风为了什么？我们保护下来搭救下来的，其中也包括了你的儿女。孩子，你活着，就要记住、守住。不要含着眼泪，要刚强如先烈。不要听人蒙骗，听我再说一遍，先烈真的有过，不久以前还有过哩。

严冬深入了。枯坐三九可不是人受的罪。但这地方分明是留给咱的。

这催促我们也提醒了我们。究竟面临了什么？男女老幼坐在一起。因这特殊的境遇而无声无息。男童的双目黑亮黑亮，望遍茫野，又看爷爷的满头白发。离黎明还有一段时间，有人央求爷爷讲个故事。老人声音低低：在这同一片原野上，几十年前有一场厮杀。人们用鲜血沃肥了这片原野。当然，留下了好多使人心烫的故事。

爷爷的目光移向儿子和孙子，那分明在询问：这一次呢？

二十八

母亲头发雪白；女儿的头发刚刚长起，就像淡黄的玉米缨，嗅一嗅也有甜丝丝的气味。还有那个躺在大路旁的……永久地闭上了黑葡萄似的眼睛。我扶着她，牵着她，念着她，再没有任何退路。我双拳的骨节生疼，牙齿开始破碎，喉咙也肿起来。我听到的是无声的盼咐，是无从更动的指派，走上去吧。

那三只轮子日夜碾轧，尖利刺耳的声音传遍四野。无遮无拦的凶暴直逼过来，我的身后只剩下平原一角。我失去了亲人，失去了至爱，我没有了哀叹和悼念的时间，也没有了诅咒和怒斥的话语。我只剩下了我的身躯。

万分焦灼中我的目光荡起火焰，烧去了自己的衣饰。我把四肢、把周身都涂满了泥浆，与之混成一体。我恨不得化进这片大地，当凶兽恶鬼踏上我的胸口，我就伸长两臂把它按入土中。我相信要战胜不可一世的敌手也只有依赖泥土了，让泥土去腐烂它们，埋葬它们。

我安静而又暴躁地躺在泥土上,翻卷的泥流中我只是一朵浪花。从地心里涌出的一股力量使大地轻轻抖动,然后又是一阵波荡。大地变成了黑褐色的海,泥土掀起了大潮大涌,有了呼啸之声。泥土的激荡波澜壮阔,每一滴溅泥都有力量。那声响不是水的脆亮,而是土的钝音。这如同一面沉沉的鼓被擂响了,把一切都震得不能站立、不能悬挂,于是哗啦啦倒下来、掉下来,埋进了土中,又被土磨碎。

我在翻卷颠簸的泥流中狂舞,伸长了两臂。我的手抚摸着挣扎逃亡的恶鬼,死命地将其揪住,让其淹没。我感到了在泥流狂涛中飞翔般的自如和迅疾,我在暴怒的大地之上穿巡。我是个被母亲和爱人信任的目光抚过千万次的人,大地识别了我并馈赠了我。大地此时与母亲同在,她们已经不可分离,同心合力。

二十九

我问大地:当我按照母亲的指引,当我把一己融进你的心中,经历了那一场激荡之后,算不算是一次祭呢?如果算,那么能不能赎回?你说算的,但由于是一个人,还不足以赎回。你这是在告诉我:我需要寻找他们。

那是不言而喻的。这场由来已久的分辨和寻找,是我全部辛苦和执拗的一部分,也是伴随一生的无悔事业。不屈者,不败者,他们都在大地上。我要走近他们。我们之间常常隔着汹涌的水流,我要抓住一只舟。

亲爱的同志,我有一个故事真切动人,就发生在自己身边,请相信我,让我讲给你。你不可再犹豫,再怀疑。让我来告诉你，也请你来告诉我。这是一场互相诉说。这会使我们真的弄懂绝望和希望，弄懂什么是幻觉，什么是奢望，而什么才是结结实实的泥地。让我们互相包扎割伤，并相挨着等待。我们都是平原上生的，都有个母亲，有个心爱，也有个未来。而另一类是没有这一切的，因为他们是合成人，没有热烫的血脉，更没有生母。尽管看上去都差不多，都有眉眼四肢。辨别的方法就是看其有没有体温，有没有脉动。

因为你，我将倾尽所有。这不是恩赐和赠予，这是共有和共享。当那一天来临时，我们就手挽手地涉河，去寻找盛开的玫瑰，去看百合和蜀葵。那一天会有吗？会的，对于我们而言，一定会的。

三十

我们一起出发了。我们的目光交换着幸福，眉梢闪动着冷峻。来自哪里、走向哪里，我们都装在了心中，不言一声。霜沾在脚上，亮如荧粉。最后一口暖身的酒递过来推过去，天亮了。

怀抱着一个梦想，用微笑安慰左右。黑云从天际四面合围，隐隐的雷声也听到了。远处的烟尘腾到了半空，与黑云相接。阳光一霎时给遮住了，一片阴影落在身上。这是那个时刻的前夕。我们就这样走近了。怎么如此地寂静啊？

你多么瘦小，我曾经赶你走开，因为我于心不忍。此时看着你弱小的身躯被稍大的戎装包裹了，心中一阵自豪和爱怜。好了，既来了就承接吧，我们一起。

这个时刻因为太静，我一闭眼就能看到那条泥路上倒下的身躯——合上的眼睛——长长的一溜睫毛像栽下的一排青杨。一双美目闭合了,拒绝再看一个世界。今后呢?如果我们驱散了雾瘴,如果玫瑰和百合重新长起,谁能还我一双美目呢?

我跟随着你的目光,踏着它照亮的道路走上一生。我将永远不背弃那个誓言,直到最后的时刻——那个时刻在逼近,让我再看一眼你的目光。

三十一

对于无边的销蚀和磨损,一场激越的誓言毕竟太短暂也太简略了。我深知这一点。我们期待的是决斗,而对应的却是消磨。旁边有人失望地跌坐下来,大放悲声。我无言以对。

我想看着他自己缓缓站起来,并且不再倒下。那些虚幻而可怕的什么在荆丛中游荡,隐着形影。人无法捕捉充斥在空气中的磷火,又不能在冷寂中让它焚化。这种罕见的对峙让人几度绝望,沮丧的空气蔓延到远方。我们的呼唤虽没有山峰阻隔,可是很快被一片大漠吸尽了。困在饥饿无援的空地上,没有人迹,没有草,没有水,更没有道路。

我们背负着走下去,如果这力气一年还没有耗尽,那就两年、三年。时间几乎是无边的,大漠也是无边的,我们就背负着走下去吧。

耗尽了吗?

走下去吧,时间几乎是无边的,大漠也是无边的。走下去吧。

三十二

可是我们不会屈服。这一点也不奇怪。我们永远追赶,永远怀念,永远感激和仇视。因为你我都有生母,有脉搏,都是用下肢站立的人。

我们永远是我们。

1994 年 1 月 1 日

午夜采访

海边上有一座茅屋,茅屋里有我一个奇怪的朋友。朋友有一个不好的习惯,就是直到午夜还不睡觉。他常常一整夜地吸烟、喝水、沉思、兴奋,与朋友讲话,这样一直熬到黎明时分。

夜里我到他那儿去。我深夜离开他之后,就剩下了他一个人。我不知道他什么时候睡觉,因为我在早晨、下午、上午,在任何一个时光里,都可以看到他在茅屋前的土地上弓腰干着什么。

他的年纪大了。他是一位从遥远之地回到故土的、古怪可爱的老人了。他是一位歌手,写了很多歌。这些歌有的就像我们所熟悉的那些长长短短的句子,排列在纸上;有的却是一句连一句,在纸页上连成密密麻麻一片。

他写的许多歌我都读过。我们的话题更多的时候是停留在它们上面。

他的眉毛白了,头发稀疏。他不停地咳嗽,但仍然不能放弃那个黑色烟斗。他在屋里走动,腰使劲弓着;人很高,很瘦,让人想起一匹跋涉千里的老马。出于对一种职业的警觉,他一开始不愿和我交谈许多。可能是过于孤独和寂寞，也可能因为我们相处久了，我已使他放心：后来的午夜聊天就越来越随意。

我们谈了很多，我随后把他讲过的所有话都记下来。这样我算有点违背承诺，因为我差不多又变成了一个采访者。就是这样。可是我没有办法。

水手夫人

他告诉我：许多人都把它当成一本隐喻的书。他这样说时用力眯起双眼。这会儿看得出，他因为这部书而多少有点得意。夜色里，我极想看清他的这副漫长脸。没用，他那儿的光线太暗了。锅台上的一盘煮花生已经被我们吃得差不多了，浓茶正在一个熬中药用的瓦罐里滚动。茶汁越来越浓。我们喝的是一种煎茶，但我们不往里放盐，而宁可放糖。他说这一手是在草原上学来的。他告诉我地气变了，喝的东西就要改变，比如说在这海边茅屋，你最好不要往煎茶里放盐。这里离海太近了。在这里吃的一切东西，他相信都有一种浑然不觉的盐味。

当时他认为自己正写一部庄严的书，庄严到了一生都要倚仗它的地步。身上的每一根神经几乎都绷得紧紧，像进入了临战状态。他说自己当时已经二十七八岁了，他这二十七八岁的年纪和一般人可不同。别人会说那不过只是一个青年，而他自己却觉得至少已经进入了中年。这是因为他走过的路坎坷漫远。从很小时候起，他就一个人浪迹天涯，遇到过各种各样的巧妙故事，与各种各样的人物打过交道，好几次死里逃生。

他告诉：在边地，他至少有过几十个生死与共的异性和同性朋友。说到各种朋友,他都会谈上许多,比如说他在十六七岁上那些死去活来的恋爱。那时候他身边没有一个亲人,总是依赖自己的朋友。他看重这些友谊,对爱情的看重更是可想而知。

他在一个长得雪白的乡村小学教师的屋子里整整藏了两年多。那时候他白天外出打工,到了夜晚就偷偷潜到她那儿去。这样竟然没人知道。那里可真是穷乡僻壤。因为职业的关系吧,她到镇上或城里开会,就为他买来借来各种各样的书,他就如饥似渴地读。他一夜一夜搂抱着她,告诉她:她给予的他永远也忘不了。她总鼓励他。后来他离开了她。"那可真是一个悲剧啊!"他感叹着。

究竟为什么,他不愿讲。

又往前流浪。一个山村代销店的女售货员,还有一个水手的妻子,都先后收留过他。她们都给了他很多的、各种各样的营养。那个代销员把店里许多好吃的东西都给他吃了,以至于几个月结算下来大大地亏损。

那个水手的妻子,比他足足要大上二十多岁,可是他们狂热地爱着。水手留下的这个小巢,被他尽情地享用了。院子里有一棵无花果,每到了夏秋天,他就贪婪地吞食不停。但他抓紧一切时间读书,写东西。水手的老婆是一个三十六七岁的妇人,美丽,长着火红的脸膛,微微发黄的浓发。她简直是用全部身心去爱护他、教导他。她告诉了他好多人生的隐秘,丈夫的故事,她公爹以及她父亲、祖父很多的故事。这一切故事有的是第一二次国内革命战争时期的,还有的是租界的故事。有的血淋淋、惊心动魄,有的感人肺腑。他全把它们记录下来。

水手的妻子恳求他留在这里不要走,他就问:"那么水手怎么办呢？"她说："他嘛，怎么都可以。"

就这样，他与她有了一个孩子。后来，那孩子又夭折了。

这是一个疯狂故事，他说一定要在未来把它写下来。现在是不行了，不合乎时代。我听到这儿，怀疑地看着他弓下的脊背、衰老的脸膛。我想他在有生之年能够完成这一杰作吗？我这时才明白了他那部书的名字，还有它里面很多关于航行的情节和细节是怎么来的。我想这一切都得益于一位水手夫人。我没有再问。

由于这部书写了很多非常感人的事情，所以麻烦不断。不断有人制造一些材料，甚至想把他送到法庭上。他不在乎。他说："我经历了多少。我只差没有死去。我还怕什么？"

那本书我读过不知多少次，封面陈旧了。那是印得很差的一本书。不过此书已有很多版本。直到现在，它还常常是一些人的热门话题。

夜色里，我盯着他锃锃发亮的眼睛，突然问了一句："那个水手夫人呢？"

他看着漆黑的窗户。"我不知结果如何，"他没有讲下去，停了一刻又说，"这本书的扉页上原本有一句话：'献给……'可惜被编辑割掉了。那个年代不时兴写上这样的话。这只是个人情感的尽情流露，他们不愿分享。他们没有这个兴趣。我只好把一切都装在心里。"

他告诉我：从流浪地赶回来，到了一个闹市，在那里找到了一个安歇的机会。他住在一个临街小屋里，开始在纸上倾吐了。他几乎一口气就把这部书写完了。写完的时候他才发现自己快到三十岁了，浑身打了个冷战。他用一件旧衣服把这一大沓稿子、各种颜色的纸张胡乱包裹起来，外面又用绳子捆了几道，就背着它去找省城的一个朋友。

就是那个朋友和他一块儿到了一个大都市。这样，这部稿子才艰难问世。

显而易见，这部书稿改变了他的命运，使他多少成了一个有名的人物。在这样的时刻，他想念更多的是在边地流浪的岁月，是那一个个同性异性朋友。他怀念他们。由于这部书稿，他再不能重复那样的生活了。

但后来他还是抬腿离开了闹市。他想追赶昔日的脚步，追回那样的岁月。晚了，一切都晚了，岁月也会变得陈旧。那些朋友几乎没有一个像他原来想象的那样。他们不是衰老、死亡、到别的地方去了，就是面目全非。

我一直想问问那个水手夫人的故事，特别是那个水手的命运。他一句不答。我不问，他却又告诉出一个细节。

——当他最后与她分别的时候，曾请求她原谅自己；他会永远感谢她给予的一切：衣食的温暖、悲怆的故事，还有她的全部。他想说对不起她。水手夫人说："这你就错了。我只打谱跟你过上一年，可是你在我怀里过了三年。我该感谢的是你！如果没有你，我死了也就白死了。现在行了，我值了。"她一遍又一遍吻他，他整个头发和脸颊都被她弄湿了。他们这样搂抱着，整整一天一夜，饭也没吃。

这就是他们分手时的情景。驼背歌手对我说：他要歌颂她一生。"后来我又遇到很多人，可是没有一个能取代她。从她那儿离开，我才发觉自己真正地长大了。是她让我提前进入了中年，变成了一个懂事的人。这部书稿也使我挣了很多钱，我把这些钱如数寄给了她，可是又被全部退回：查无此人。"

娇 小

这是一部薄薄的书,没有引起更多的人注意。但是我却被里面奇特的情节所吸引。我总觉得它与歌手的经历非常贴近。果然,一谈到它,驼背歌手的两眼烁烁发亮。他告诉我,其实这里面有两个故事:隐藏了一个,表达了一个。它所表达的,正是它所隐藏的。

他吸着烟斗,还没有吸尽就磕了,重新装上烟末。我看出他很不安。

他说:"有一年上,就是从边地走开的第一年里……"他诉说为什么要离开那个流浪之地:那时他离开了水手夫人,大约是半年之后吧,一个偶然的机会,他认识了一个恶棍和他的女友。"这小子用当地唯一的一辆大摩托带上她,在大街上横冲直撞,让许多人非常气愤。那个小女孩美妙到了不可思议的地步,小巧玲珑,比我后来结识的所有女孩都要妖冶、小巧,对人百依百顺。那个男子则像个大黄蜂一样紧紧地叮住她,谁想找个机会跟女孩说句话简直是太难了。那个家伙叫'沙'。真的,他就像风中卷动的黄沙,落下来就是遍地一片,变成沙漠、沙原。就是这一场漫天飞舞的沙,让我好好搏斗了一番。它飞到了我的眼里、头发中。要让我战胜这场狂沙,必得倾尽全力。没有办法,我太爱她了。这是一场来到中年的爱,我可懂得珍惜,懂得拼死一搏的意义。

"她几乎是一眼就看中了我。她后来告诉,我乱哄哄的头发像火焰,当我转脸看她的时候,两眼都冒火。她说她从来没有看到这么一个怪人,如此瘦削,正恶狠狠地爱着一个人。她没法把我忘记。我们俩就这样手牵手地在月光下走起来。有一天我们走到一座废弃的古庙里,在里面把该说的话全部说完。我们做了个决定:逃跑,跑很远很远,跑到沙尘再也飞不起来的地方。我们要跑到海上,海的另一边。

"就这样,我们在河湾那儿买通了一个老人,他用一只小船把我们运到了一个海岛。在海岛上我们又雇了一只更大的船,穿越海峡去了东北。最后我们到了一片林子里。到了这儿才知道:这是一个谁也管不着的天外世界,它比边地还要荒凉十倍。在这儿,她真正成了我的小妻子。

"我们搭了一座林中小屋,像当地人一样,设法搞来了一杆枪。当然在这些日子里我们都怀念大海的另一面,因为那是家乡嘛。在当地,我交往了一个脸色通红的年轻猎人,他英俊、勇敢,与我们成了生死之交。可是你知道,我们对世界上任何东西都有办法,就是对爱情没有办法。多不幸,我的小妻子爱上了这位年青猎人。这对我真是一个报应。我知道死期也许真的来到了。她一离开我,我就会死去。她真的离开了我,我也真的差一点死去。

"后来,我的这位朋友一次猎熊,被熊爪抓破了胸膛,死去了。我的小妻子又回到了我的身边。在这片深山老林里,她离了男人没法活下去。我没有责备她,只带着死了一半的心和她过下来。我们一起埋葬了她的那个英勇情人。是我亲手安葬了他,给他垒了一座好坟。在坟的旁边还栽了一株最好的青冈木。就为了这一段记忆,我想写一部书。那时候就埋下了这个种子。

"我的小妻子死于难产,死在一条船上。我想她是跟了情人的灵魂走了。我非常惋惜,这时候已经不会流泪了。就这样,我一个人回到了家乡,身无分文。我心里只留下了一个悲惨故事,正想寻空儿把它写下来。很可惜,出于自尊和其他原因,我没有写出自己与那个年青猎人的瓜葛。我只是把他当成一个朋友,记下了友谊。实际上他夺去了我一半的生命。从那以后我就成了一个半死不活的人了。我做下的所有事情都是剩下的这一半生命在做,所以我后来干什么都丢三落四的……

"我爱那个非常小巧的、愿穿一身红衣服的、像小孩子似的女孩。可惜她没有了,再也没有了。有些非常美、非常小的女性,往往在品格上都是经不住推敲的。可是没有办法,世上的好汉往往都爱这种经不住推敲的女人。这是人类的一个悲剧。不仅如此,那些能够描画几笔的情种们,还往往忘情地去歌颂她们,就像我一样。我的这部书很少有人看到,这也未必不是一件好事。我的朋友,只有你看到了它,并且引起了好奇。可见你是个非同一般的人……你愿意听一首小诗吗?"

我问是什么小诗?他说是一首西班牙民歌。他将它读了一遍,又抄给我。这首小诗是这样的:

"小巧女人多妩媚/此理简明好通晓/凡物玲珑且娇小/铭记心中难忘掉。"

他赠我小诗之后,就伏在了一个地方。他一动不动,像死了一样。

艾草香

令我惊奇的是,他还写了这样一些歌:像清水一样纯净。如果不了解这个人的经历,也就不会感到惊奇。可是现在我却有点不安了。我像看一个奇异的魔怪一样看着眼前的这个人:瘦骨嶙峋的驼背歌手。他在屋子里一瘸一拐地走,但是两条腿却没有毛病。可能是被沉重的心事或其他什么所压迫,他有时总要像瘸子一样拐来拐去。这只有我,非常熟悉他的朋友,才不会对这种步态感到怪异。

他说从东北回来了,回到了流浪之前的那个海滨。他该好好计划一下自己的岁月了。他说没有办法,他非常地爱诗、爱歌、爱手中的笔和纸。这与他在那些年里所受的致命教育有关。"太可怕了!有些东西一旦在你心里扎下根来,你就再也不能拔掉。你必须让它生长,在你周身每一块骨骼、肌肉、血脉、心肺里爬上蔓子。这种缠绕啊,捆绑一生,让你再也不能解脱。你信不信?"

我没法回答。

在这些日子里,他开始好好整理自己的思绪、经历,考虑做点什么。像一个历尽沧桑的老人一样,他怀念过去的一切。他想起了更小的时候,到边地之前的一些经历,想起了伴他度过童年的那条河。他不停地回忆,记录,写下关于它们的故事。

童年友谊,那些老人,姑娘,童年伙伴。一个人对付悲凄的最好办法就是多想一下更早时候的事,最好能把它们记下来、唱出来,每记下一首、唱出一首,就像喝了一杯酒一样。他的心会短暂地得到一点甜美。这时候他就可以睡一个安稳觉了。

"那几天,我几乎天天都在做这种事情,回忆的事情,记录的事情。我记了满满三大本子,它们当中最好的,即被城里的朋友看中。他竟然把它们印出来。有意思的是,我小时候的一个伙伴,她在一个烟草公司里工作,看到了其中一篇,认定书中的那个女孩就是她。有一次她去城里开会,从那儿打听到了我的住处,千里迢迢找来,带了好多酒和其他东西。她特别带了劲儿很大、很贵的一种烤烟。她怎么知道我喜欢这种烟呢?没有这种烟,我就宁可吸现在的苦烟斗。就那样,我们一边吃东西、吸烟,一边在一块儿玩,不知不觉天就黑了。她临走的时候告诉我,她最怀念的就是小时候的事,深深感谢我把它写下来……要分手,就是分不了。我们握手,握了一会儿就走开了。我送她,走了一会儿又停下,又握手。后来,她的身体倚到了我的身上。我们俩不停地接吻。你知道那时候我年纪大了,对接吻没有多少兴趣。可她正好相反。我好好看了看她,发现她四十多岁了,长得并不显老,方方正正的身体和面庞,两个肩膀啊,像男人一样平坦。我两只大手压在她的肩膀上,晃动了一会儿。我盯着她非常美丽的大眼睛。这双眼睛像处子一样忽闪不停。她告诉她现在都是一个处长了。我说这我倒不管。她说那个处经常接触一些外国人,而且经常到国外去。这就使我明白了她的好烟是从哪里来的了。拉拉杂杂,两人在月亮地说了很久。她真要离开了。她离开之后我才突然发觉:她在我身上留下了很浓重的一股子艾草香味。我非常喜欢艾草的香味,这可能是我在荒原上流落惯了的缘故。奇怪的是,我这一生从来没有遇到过身上有这种气味的女人。她走了,我们再也没有见面,到现在都没有。就因为她,我觉得我的这一部专门回忆的书是合算的。看看吧,这些记录唤起了一个人多么强烈的共鸣。她能挣脱一切世俗羁绊,走这么远的路来送我礼物,来与我接吻,还给我身上留下这么多艾草的香味。这多么不容易啊!"

土人笔记

面前这个瘦削不堪的歌手写了很多歌,一沓子厚厚薄薄。我最看重的是这样一本:写一个秋天里的古怪故事,一帮流浪汉的故事。

这部书不仅让我喜欢,而且许多人甚至认为,这个故事抵得上他所有的狂唱。他们这种看法有点夸张,但我宁可同意。

我不知道他是怎样记录和讲述了这样一个故事的,看上去简直是狂放不羁的痴唱。

我试着问起它的前后经过。一开始他不作声,后来给自己倒了一杯浓浓的煎茶,一饮而尽。他紧紧握住我的手,过了一会儿又颓丧地坐下。他大口喘息、大口吸烟。他像刚刚舒出一口气,说再也找不到那样的故事了……就因为这种失望和绝望的情绪,他才急剧衰老下来。它像一块石头一样挡住了他的出路,没法往前了。

这使我突然明白过来:原来他自己也同样看重这个故事。这哪里是歌是书,这其实是一卷野人痴语。一个人只要不能抛弃世俗欢乐,各种各样的诱惑,就不会有那样的歌唱。只有一个深知人生奥秘,又纯粹得像水洗过一样的人,才会有那样的歌唱。

我想问清它的年代。我想这肯定是他从水手夫人那儿走开之后的事儿。他的回答与我的判断完全一致。他说为了纪念夫人,就写了一首长歌。这才使他得以喘息。但也让他感到了强烈的不满足。他觉得仅有这样的纪念是远远不够的。因为他还有好多至今仍在边地的异性朋友。

"记录整个边地,而不是哪一个人,这才是最为重要的啊。"他张大嘴巴感叹着,露出了满口漆黑的牙齿。他的舌头有点臃肿,在黑色牙齿之间跳动,让我感到了一阵同情的悲哀。

他使劲咳嗽、咳弯了腰,止息之后又望着窗户:"在边地那些日子,可真是一些要命的日子。没有它就没有现在的我。我在那儿活过来、长起来,弄清了很多事哩。这一切都没法改变。我想我该有一部真正的书来纪念这一切:它很大,它不是一个人,它是边地。它使我再生、使我返回。我的灵魂说话了:'俺哪,返回!'如果不这样做,这灵魂就会干瘪、悬空,最后我就变成一个空心人。这是一个使我再生的伟大计划啊,怎么办呢?就因为这个,为了做好这个,我才离开了闹市,离开了村镇。后来还是不行,我又搬到海边林子里,自己搭了一座茅屋住下。因为在边地流浪的时候经常听到一些狗吠,所以又养了一只狗。我养了鸡、养了鹅,这样半夜闭上眼,听到它们嘈杂,就像回到了边地。我想象着那里的稼禾、林木、各种各样的朋友,想着在他们身边的夜晚。我的头发长得很长,胡须也不刮。我吃最简单的饭食,只沉在那样的一种岁月里。我完全脱离了眼前这个时代,忘记了它,只回到自己的时光。我觉得连喝的水都是水手夫人为我倒的;我吃的糖果、米饭,都是那个代销点的姑娘为我偷来的。还有,我想着那个脸色苍白的小学教师,我们的山盟海誓。我在那时候遇到的许多古怪朋友:亲爱的朋友、无私忘我的朋友。我们之间所有的故事都被我从头滤过了一遍。在这样的时刻,我就摸黑写下了一些纸片,白天一看字迹重叠。它们大大小小,最后堆成了一大簸箩。这个簸箩是我白天搓烟叶、晒烟末用的,现在把那些烟末倒在一张大纸上,而改用它盛这些纸片。最后再也盛不下的时候,我就开始把它们拼贴在几张大报纸上,涂抹改写,最后又重新誊抄。

"那些零零散散的故事完整了,连成一片了,我才舒了一口气。最后我背上它们到闹市,去找那些朋友,让他们看。他们看了都大吃一惊,说这是怎样的怪物啊,土里土气又……它是一部土人笔记。

"我这时候一下瘫在地上。不是因为激动,而是因为我长期以来吃着最简陋的食物,又与世隔绝,身体的能量全部耗尽了。那天我被朋友送到医院,在那里住下了。

"从医院里出来的第二天,我一下想起了茅屋。那里有我的狗,有我的鸡鸭。我发疯一般跑去。心想:坏了,它们都该饿死了。就这样,我日夜兼程赶回了茅屋。一看:鸡剩下了几只,狗挣脱了链子——它肯定是在绝望的一刻挣脱。两只鹅都死了,猪也死了。这就是我犯下的大罪。

"我对不起它们。"

绝 交 书

歌手有一个短章,很短,不足万字,可是下笔犀利。它简直不是用墨写成的,而是用刀子刻成的。字里行间那些自责真是句句沉重、入木三分,我读时毛发都竖起来了。有好几次,我甚至认为这个短章就是写给我的。当然我知道不是这样。另几位朋友读了,也觉得这是写给他们的。这都是误解。

就带着这样的疑问,继续自己的采访。

他否认那些具体指认。他说这不过是一个人进入老年之后的心绪。他连连叹息：站在这片孤地上望去，前面是苍茫一片，找不到朋友，看不到故友。他们都离他而去了。不仅如此，这些人中的一部分现在正做着可怕的事情：尾随蛮强，伸出臭烘烘的舌头。这与当年上路时的约定正好相反。他们害怕贫困，向权贵摇尾乞怜。就因为这个，他一次又一次拒绝了他们，从不到他们那里去。

他离开了他们，也离开了人群，回到了一座茅屋。他觉得他们没有直接伤害自己，可有时又觉得正是他们操刀执矛，深深刺入了自己的心窝。

他视他们为晚辈、稚童，只有自己才是一个苍老的人。是的，他们永远都长不大。他们不仅是一些无知的孩子，而且还是一些可耻的后代。他们不敢有个立场，不敢说一句真话。就为了追求一点点私欲，变卖了一切。

就带着这种孤愤，他写出了一些绝交的文字。就是这样。他向他们告别。

他说：“我在一生的浪迹当中犯过各种各样的错误，可是我没有背叛。我心存怀念，深刻检讨；我有羞愧，同时我有正义；我不敢尾随、诬陷。我拥有这爱，回报这爱，尽我所能。

"眼看几个朋友在这个时节里做出了不齿之事。我留恋友谊，可是我无法认其为友。

"其中有一个极坏的家伙，竟然欺辱自己千里寻来的老母。欺侮母亲的人如同粪土。而我的一两个所谓'朋友'，就为了一点私欲，竟奉粪土为楷模。

"当年物质匮乏，精肉难买，他们就从他那儿领取肉票。一个真正的人宁可一辈子吞咽粗糠，也不能去接受那张二指宽的纸条。这是个分流和归属的时代，时候到了。我觉得我的茅屋正在散发出一种光荣的气息。

"是的,我有这样的自豪感。我脚踏的这片土地尽管荒芜,却是坚实,它没有陷落。所以我可以从这里拉圆我的弓。我没有做错。我已经这么老了,还怕什么,有什么可患得患失!要说羞愧,我总觉得对不起边地,对不起流浪的岁月。

"现在我已没有别的选择。你听我半夜里吭吭咳嗽,人快不行了。我还有什么选择呢?我也许很快就要死了,死在谁也不知晓的地方。或许那一天,身边连一个为我捧土埋丘的人都没有……"

他说到这里声音低落。我很难过。

浪子泣血

如果我没有说错的话,那么这部厚厚的书稿是歌手最长、最庄重的一部著作。不仅是它的长度,而是他绘制的这幅画卷中所囊括的不同时代的众多人物、泅浸的心血,都可以称为面前这个人的一次长途跋涉。这当然是精神的跋涉。

关于它,我的朋友似乎不愿过多地谈论什么。我想它涉及了自身隐秘,比如说他的亲人。浓浓的煎茶喝过一杯又一杯,时针已划过午夜。我们将用沉默迎来黎明。

今夜星辰如此明亮,银河极为清晰:它果真在这个时刻绽着寒浪吗?我长久伏在窗前,倾听野外露水滴答之音。煎茶的炉火还在不停地响,特异的茶香充斥了整个茅屋。

我不知道歌手身边是否真有那种九死一生的英雄;还有,那个浪迹天涯的、让人入迷的骑士?既然得不到回答,我就不能过多询问。

　　后来，他用低沉柔软的声音讲起了一个人。慢慢地，我听出那是他的亲人了。是啊，一个人只有讲起自己的亲人，才会使用这种口气。讲完了一个，又讲另一个。他并不指明这些人与自己的关系。我明白，这只能来自先人在世时的回述。一首长歌，可以看成是歌手在完成先人嘱托。

　　这部书起码对于他是不可取代的。它占有极特殊的位置。它需要更长久的时间去生长。是的，如果是一部好书，总要随着时间的延续伸展枝干和叶芽，这几乎没有个例外。一部艺术品所跳动着的活鲜的灵魂，总是与它所遭逢的时代冲撞、交汇，从而滋生出崭新的东西。

　　他像害冷一样吸着烟斗，两手紧紧抱着肩膀。他说那些日子里，有好几次他觉得再也不能忍受了，不能忍受这种生活。而在任何时期，当一支笔在纸上挪动的时候，都是辛苦伴随幸福。唯有这一次，实在是一种煎熬。他没法沉浸到自己正讲述的这个故事里去。有好几次，他觉得即将被这个故事所散发出来的炽热和滚烫给耗干了汁水。他就要因为这个故事、为触犯人生的禁忌，而宿命般地死亡。

　　他一个人在茅屋里度过了冬天和夏天。一年四季浸在自己的血脉中。深夜，他就吸着这个烟斗，喝着这样的煎茶。有好几次他都觉得自己行将死亡。那时，将没有一个人知道浪迹天涯的歌手就倒在这片荒原上。他害怕留在荒原上的是半部书稿、残片短章，是风雨吹打下的枯叶纸片。就因为害怕这个结局，他咬住了牙关，不停地工作，通宵达旦。那时他骨瘦如柴，比现在还要瘦得多。

　　他说到这儿，瞪了我一眼。我想不出这个人如果再瘦下去会是什么样子？他说当时他躺在床上，翻身时都能听到自己骨节相撞的声音，就像铁环、枯木和树枝。"那时候食物简单极了，为了不使食物变馊，我就烙了很多锅饼。锅饼，生葱，姜，咸豆子。就是这些东西打发一日三餐。有一天，我到最近的一个地方去买面条，路上遇到的第一个人就被我吓跑了。他看见了我破旧的衣衫、芜乱的头发，还有深陷在眼眶里的眼睛；我走路摇摇摆摆，随时都要跌倒的样子……就是这些把他给吓住了。他嚎叫一声，一头扎进了路旁的灌木丛。

"总之，那个时候没有一个人相信我还会活上一个星期。可是我挺过来了。这部书稿写得真苦。写完之后，我躺在炕上呻吟不停，大睡了几天几夜，几乎没有吃饭。醒来时捏几枚咸豆子吞下，喝几口水。不知多少天过去，我喘着、带着一身冷汗爬起，小心翼翼煮一锅粥，又吃了一点儿烂面条。一点一点恢复，觉得身上有一点力气的时候，就背上它，锁了茅屋，到最近的一个镇子找邮局去了。

"在那儿，我把书稿打好包裹。

"你看，就是这样。"

他搓着干燥的两手，全身抖得更厉害了。

我记起这首长歌中还夹杂一些互不连贯的怪歌。它是以歌手们惯有的节奏和热情唱出来的。可是它们更像一些隐语和谜语。我刚想就此问点什么，他却到隔壁翻找起来。

他抱出一个很大的像枕头模样的东西。我原以为里面装了很多麦草、谷糠之类。歌手提起来，像拿一个口袋那样甩动两下。带子扎起，他把带子解开，伸手从里面掏出一把一把的纸片。天哪，这些纸片写满了长长短短的句子。

我赶紧把它们捧起，拿到桅灯旁边。我明白了，它们有的就是在那部书稿中出现过的。

他说无论在任何时候，他都不能中止这样的歌唱。他把歌声记下、刻下，装入口袋，装得满满，再找一条口袋……而当他讲述故事时，无论正在讲一些什么故事，其中也仍旧要响彻这样的歌唱。它们总是相互环绕、依靠，就像一些藤蔓总要环绕着一棵大树的枝茎往上缠绕一样。我问他担心不担心那些议论，比如说他们提出的质询：为什么一边唱这些不成调子的歌，一边写出这么一个庄重的故事？

他瞪大了那双深陷在眼眶里的眼睛，好像在问：你忘了我是什么人？你忘记了我曾浪迹天涯？我除了歌唱还会做什么？难道你让我变成一个哑巴吗？

我垂下头，一口又一口喝着苦苦的煎茶。

逃亡者

一本薄薄的小书，字数不足十万。它写了一个孤儿，一个在悲惨年代里远走他乡的孤儿，去东北、踏南山，这样一个孤儿的故事。它写逃婚，写一个人为了心爱的女人，在寂寞凄凉的山野里度过的难忘岁月。那种特异的幸福让人垂泪，让人感激得泪花闪闪。

总觉得这是驼背诗人自己的故事。

可是他身边好像又没有那样一位姑娘。我总想证实什么：如果她不是虚拟的，那么她现在的下落呢？

我这样问起，他一个劲儿摇头。他说这是在大山里遇到的一位朋友的故事。他原想为朋友写下一部传记，结果只写了这么一个片段。

驼背诗人遇到这个朋友的时候，正好是他们双双对对从一个海边平原上逃出来。姑娘叛离了自己的亲人，他则远离了岳父：一个当地头人。那是个罕见的凶神恶煞。两人当时住在山间一座最简陋的小草棚里，它尚不能遮风避雨，到处都是窟窿。这个双腿长长的小伙子用草和泥巴把小窝重新抹糊了一遍，就这样安顿下来。在这儿，他靠过人的聪明、热情和厚道，赢得了这个荒凉山村的信赖。他们接纳了他，让他在这儿藏身。奇怪的是在当年，非常严密的民兵组织也没有驱赶他们，没有盘问他们，两个外地人竟然在这儿过起了热汤热水的生活。

这些都在书中有过详细的描述。我最难忘记的是书中那个"小妻子"。

他说："我从前给你讲过，我喜欢非常小巧的女人。她就是这样的姑娘：个子不高，圆圆乎乎的。可是她比我以前所遇到的那个姑娘要壮一点儿。她们俩比较起来，只有那双眼睛是一样的。不过朋友妻子的一双眼眉比我那位要浓一点。这使她看上去显得有力又拗气，更能够经受粗粝生活。谁能想得到，她有那样一个父亲，他是那个平原上的一个地头蛇，一跺脚整个村庄都要发颤。眼前却是多么温软的一个女子，多情，脸色红红的，特别是双唇，有点厚，往上翻着，好像随时都准备亲吻。她黑白分明的眼睛看着你，让你的双手不知放哪儿才好。

"说实话，我非常羡慕这位朋友，同时也非常钦佩他。我不知道他究竟用什么办法把她从那个魔鬼旁边抢走。当然他这一生注定了会是坎坎坷坷、躲躲藏藏的。只要那个魔鬼不死，他就不可能返回自己的家乡。

"可是即便这样,他也仍然还是不幸中的万幸。想想看,他这一跑就拥有了这么好的一个女人!我只一眼就看出来了,她会好好照顾他一辈子,让他越活越值得。在深夜,我们拉呱,一块儿嚼了半笸箩炒花生。这都是他那个可爱的女人为他弄的。她不吃,只坐在旁边看我们两个吃。小女人刚刚离开座位,朋友就愤愤地握着拳头对我讲:他这一生所要做的最重要的一件事,就是杀了那个岳父。但他有时又觉得很难做到这一点,因为这一来就会严重地伤害妻子。'我到底怎么办呢?'他问我。我说我也不知道……朋友听到这儿站起来,在屋里来回踱步。

"我明白这是一种仇恨,不可化解。岳父也不行。人哪,只要有血性,就不可能违背自己的内心。可是他又那么爱他的妻子,要知道他要杀掉的就是妻子的父亲。这完全像一部传奇里的事儿,可又是真的,因为它就在眼前。我知道这可不是闹着玩的。我的眼睛和耳朵都没有骗我。

"我的这位朋友当年刚刚二十六七岁,长着一双粗胳膊,双腿像铁柱子一般,眼睛英气俊美,头发像马鬃,油亮闪光,在灯苗下跳动。他的额头四四方方,整个人都透着一股彪悍。我完全相信他有一天会完成复仇的计划。可是也正如他自己所说:也许这事儿一辈子都不能完成。

"那肯定是一个真正的恶魔。我相信,因为我自己也有那样的经历。我就不止一次遇到类似的恶魔,他们死有余辜。说起他们,不是'仇恨'两个字就能概括心中那股恶冤的。可是魔鬼却生出了这么好的一个女儿,这也是实际情况。

"他告诉,在这个恶魔和那几个猪狗不如的同伙手中,这些年断送了不止十个可爱的生命。因此他的复仇不仅是为自己、为自己的父母、兄弟姐妹，最重要的还有其他人。你看就是这种巨大的恨伴着对小妻子的巨大的爱，它们都同样真实。

"我们俩正讲着，她回来了。她那双热辣辣的、使所有人都会莫名羞愧的美目看看我，又看看男人。她给他加了一件衣服。

"就这样一连许多天，我夜晚都到他们家吃一点炒花生，喝一碗稀粥。他们的生活简单极了，白天无论做多么重的活，晚上都是这么随便的晚餐。我把自己找到的食物也携到这里来，因为我相信她的手会做得更香甜。有一段时间我们仨几乎成了一家人，过得非常之好。他们真心欢迎我，觉得我的命运与他们有些相似。我跟他们讲了许多自己的事，很容易就获得了共鸣。

"后来，一个大雨天，雷声隆隆的深夜，我的这位朋友突然出现了。他全身都被淋得透湿。我知道一准是出了什么事儿。果真不假。他说坏了，那个恶魔身边的狗腿子不知为什么来山里蹿开了，发现了他的藏身之地。他必须在这个夜晚就逃走。我问他逃到哪里？他说没有别的办法了，只有远走高飞，到东北，到更远的、谁也不知道的深山老林里去……

"就这样，他走了。

"这些年出于想念，加上好奇、友谊、愤怒和感激，我非常不安地把他们的故事写了下来。

"它打动了一些人。不过更多的读者却不认为这是一个真实的故事，不认为真有这样的苦难。还有，他们都不信人世间真有这样可爱的姑娘和勇敢的男人——你呢？你相信我吗？你相信这个故事吗？"

我点点头："不仅相信，而且还一度认为它是你自己的故事。"

他咳嗽着，又深吸一口烟斗："不。我说过了，这是朋友的故事。"

"那个朋友现在在哪儿？"

"不知道。我到他们老家看过，那儿的人都说他们回来过，可是又走了，再也没有音讯。在这个动荡年头，他们到底能去哪儿？"

他抬头望着外面："那条大河西岸就是他们的家乡。那是一个挺好的村庄，那个恶魔早死了。他患了胃癌。这时他们如果归来，会有一段很好的日月等着呢。他们现在大约都有五十多岁了，嗯，该是这把年纪。如果他们回来我就会知道，因为我常常到河西去走一走。不知为什么，我常常要到河西去走一走……"

流浪的荒原之草

我一直不明白的是，在他这把年纪，还会有那样忘情的、变声变调的痴唱。他有一首长歌，直看得我魂不守舍。慢慢沉浸，最后不能自已。我不敢说这是他最好的歌，但可以说这是最能打动我的一首歌。它拨动心弦，让人按捺不住。望着这位朋友的满脸皱纹、颀长的身躯、驼下的脊背，我不能不暗自感叹。

他说：人到了这把年纪往往都缄口不语了。其实呢，并非一定要停止歌唱。这把年纪的人只不过是多几声叹息罢了。叹息之声延长了，也就是一首歌。我不太明白。

"我一个人睡不着，就常常从头回顾一生：怎样离开故土，怎样在边地流浪，到东北，一次又一次的遭逢、各种友谊，特别是那些持续了一生的友谊……

"我怎么能够忘记?到了晚年,发现自己这一辈子欠别人的太多了,欠他们和她们的太多。这就到了偿还的时候。可是我又一无所有。我没有家室、没有儿女,也没有财产,两手空空,只有书几本。我拿什么去偿还呢?我得说,我只有拿出自己最珍贵的东西去偿还了。可是又有谁相信这是最珍贵的呢?我只有一颗心、一支笔,我用心写下的不是忏悔,而是呕心一哭。我愿意随着这歌唱往前,就这么去了罢!我知道已经到了最后时刻,我在用这首长歌做最后的偿还。我跟自己的心算账。我害怕一觉睡去不再醒来,那样就糟了,那就糊糊涂涂地结束了。那样一来我连最后报答的机会都没有了。我可不能像那些二百五歌手一样,一边写一边哭;我几乎没掉一滴眼泪。我的心很硬。我的心已经像我的手,磨出了老茧。

"不过你相信,我只有在这个时刻,才有真正的大欢欣和大悲苦。我这辈子啊,摔下过深崖,九死一生。我生还了,所以我又重温往日欢乐。我说过我怀念她们(他们),是她们给了我生命。她们将我挽救。我像一个即将溺死的人,是她们把我搭救起来,拖到岸上,抹去了浑身的污泥,喂下水饭。她们给我换一身崭新的衣裳,让我像个人样儿再往前走。

"这是怎样了不起的母性之手啊!我想她们是我的爱人,有时又像我的母亲。因为只有母亲才会这样疼怜和体贴自己的孩子,才这样对待一个生命。我的这首长歌是自责、感激、不安,还有或多或少的困惑。困惑在于:我欠了她们那么多,她们为什么从不向我索还?她们是上帝专门派来的搭救者吗?那么我有什么功德?我算得上一个圣徒吗?上帝为什么如此地怜惜我?我只知道自己是个一文不名的孤儿,一个地地道道的流浪汉。我在大地上无望地来往，赤着双脚，秋末冬初的寒霜把脚皴裂，满地淌血。是我一如既往的痛苦跋涉感动了上苍吗？上苍又是什么模样？我从来没有和上苍打过交道。老天，让我感激谁去？

"就怀着这一类困惑，我写下了这首长歌。有人试图从这里寻到一些惯常歌手所使用过的字眼，没有。这里连美妙的句子都没有，它们尤其不够奇巧，只是蓬头垢面的一些痴唱。有些人不知道它产生的状态，所以就不会理解它。

"我写给自己的心灵，舍得花费。蹩脚歌手最后只能求助于此。我与另一些人不同，我不唱歌就会半死，就会因为亏心而枯萎。有人听了这话也许以为是虚张声势、言过其实，是可笑。随他们去好了。我的朋友，你相信这些话吗？"

夜色深重，我看不清他的眼睛。但我相信他的话。我知道，任何人都没有可能在这么长的失声失调的歌唱中隐下自己的灵魂。

这是我们相伴的第几个夜晚？我知道，我就为了这次长谈才来到这片荒原。我心里常常要把他当成一个圣徒，尽管他从来只认自己是个孤儿、流浪者、荒原之草。

固执的爱

长期以来我对他的一部分文字都感到不安。我不习惯于这种方式：如此赤裸，毫不掩饰，而且，时有难捺的急切。

我甚至有些不喜欢。

当然我也曾在这些文字面前被打动，甚至产生过类似羞愧的某种感觉，但最终还是有些不解和不安。

我不知道这个惯于自语的、只在偏僻一角注视世界的人，为什么会这样。也许这种做法别有意义,也许另有他意。可是这与他惯有的姿态和方式简直大相径庭。

他在旅途上陷入了一场又一场辩论。这究竟是福是祸还很难说。这是诗人的坎,是率性和直接,是尽意挥发和自然流畅,是倔强自如,是一贯的行色?

有时候有人与他同行。尽管最后这些人总要不约而同地离去。在热闹的城市和偏僻的乡镇,都有人困住驼背诗人,不让他走,不让他上路。有人甚至一边设法使其滞留,一边假惺惺地给他盘缠。他们想与之展开辩论,试图寻一些破绽。这样做的目的是为了把他的自制力耗垮,让他再不能上路。当然这是从坏的方面设想。从好的方面来讲,他们当中也不乏求知者,不乏拗气汉。他们想从他身上获得共鸣。

他用低沉的口气回忆和总结旅途上发生的一些口角,一些事情:"我从来认为,人的一生只有两种事情是最值得的。一种是爱——好好地爱,爱你所爱,永不背叛;再就是倾诉——说真话,说出你对这个世界的真实看法。这其实也是一种互相诉说、互相安慰和互相启迪。没有这样的诉说,人的心灵之花就会枯败,面前的世界就会停滞。

"我觉得我一生都在做这两种事:好好地爱,好好地倾诉。我的话不是什么深奥的玄机,而是最普通的道理。可是这些普通的道理由于总是交还一点真实,所以也并非是可有可无的。"

灶火上的煎茶噜噜响,我往里加了一点冷水。这时候他突然蹲在了炕上。由于他的个子本来就高、就瘦,这次用力地往下弓着看我,模样像一只斗鸡。他用食指指着我说:"当时我被很多人包围在那儿,没有办法;他们挡住了我,人太多了,嘈杂声把什么都盖住了，我就蹦在了一张桌子上。这样我就可以俯视。我不断地讲，把我一路看到的、想到的，一路上的所思所想都毫无保留地告诉了他们。我觉得无论这观点与他们有什么不同，或者是冒犯了他们，但有一点他们是不会误解的，这就是：我本是一片好意。我并不想说服他们，我只想告诉他们；而且我更渴望他们把一路上看到的也告诉我。可惜这样的人很少。我发现，很少有人像我一样，把自己的真心毫无保留地袒露给别人。他们只满足于待在暗处，想看个热闹，想找个什么机会，拣个什么便宜；总之，他们不算是一些善良的人。我的好多想法今天看来也许片面，也许不够准确；但我勇于袒露自己的真诚和勇气，这在今天仍然珍贵。我不愿改变这些。就像对待我的昨天一样，我尊重它们。如果我为此而发出叹息，那只能说明我已衰老，来日无多了；像有些老人一样，勇气减弱了。这可不是什么好事。你看我这两只手，疙疙瘩瘩，满是筋脉和老茧。这样一双颤抖的手还能抓住多少真理呢？可我又能因为这衰老、这手，就放弃了我的责任、我的关切、我对这个世界的一片好意吗？如果说我过去的那些爱没有错，那么以前我这两只年轻的手也没有错。人哪，需要勇气、真实，需要为正义一搏一呼的冲荡气。如果一个人年纪轻轻就学会了四面讨巧，这样的人一辈子也不会有出息。

“在夜晚，你没来的那些夜晚，我一个人就不断地重复这些想法。我想得头疼。我爱的人这会儿或在天边，或已远离了我，或已死去；而有一两个人至今还在为我疯迷。这就是我为人的罪过。在许多人眼里，我不是一个正常的人。所以她们才疯迷。但我能肯定，很少有人像我一样，能如此固执地爱，一爱到底。”

弟子三千

我问他:"有人传说你像当年的孔子一样,有'弟子三千';而且,在这个现代社会里,你还很不人道地用异端邪说把他们引到了一片玉米林,在那里进行着原始耕种,守一口土井,养几只奶羊,过着相当可怕和简陋的生活。你们日出而作,日落而息。有很多时候,弟子们围在一棵杏树下,听你言说。这实际上是布道。你在把他们领向一个遥远的邪路。"

他把桅灯挪近了,这使我看到了一副定定的眼神、青铜似的脸庞。这张脸啊,由于过分瘦小,肌肉绷紧,皮肤毫无光泽。只是深刻的皱纹那儿总是渗露着难言的隐秘。这张脸如此地吸引我,竟让我一时忘了要说什么。

他这样盯了一会儿,突然使劲瘪着嘴角,一只手抖着去摸茶碗。我把碗往前推了推。他端起茶碗却不愿喝一口,重新放下。他看着煎茶罐子冒出的白气,长叹一声。

他说那是一生里最幸福、也是最寂寞的一个时期了。说到幸福,那是因为他一辈子很少获得这样的清静,与这么好的一些朋友待在一起。他说不是他把他们领到一个僻地,而是他投入到了他们中间。那时候他像一个打工者,每天做活、吃饭,几乎从不索取报酬。他只是和他们一块儿劳动。那是他们的土地,而他当时真是上无片瓦、下无立锥之地。

"那时候和现在还不同,我连一座茅屋也没有,连一个小院子也没有,没有自己的一棵树。当时的幸福就是无产者的幸福,无牵无挂,没有一个亲人,只有朋友。和朋友在一起畅所欲言,谈我这一生，我经历的事情，他们也谈自己的故事。他们有时把我的故事记下来。我不认为我比他们谈得更多。说到不幸，是因为我刚刚失去很多，由于一路的跋涉，死去了那么多的故友和挚爱；我不得不离开长期生活的那个城市；我心爱的人已经离开了，不是背叛，而是对我难以忍受。我觉得这是完全可以理解的，正像有时候我也难以忍受别人一样。幸好她没有为我生下一个孩子，如果这样，我该不知如何是好。

"那一天我把她送走了，我送她上路之后，回到那个空空荡荡的小窝，立刻觉得如此冷清。小屋里真空啊，一说话嗡嗡响。一种痛不欲生的情绪差一点把我毁掉。我在屋角寻到最后一袋方便面，就着冷水嚼完，同时一个念头也在心里生成：我得走了，我再也不回这座城市了。

"就这样我走开了。当年我五十三岁，够老的了。因为我和别人不同，我这五十三年走过的路太远，吞下的辛苦太多，所以看上去就像一个年近七十的人，头发稀疏，该白的白了，不该白的就秃了。我照了照镜子，发现右眼角那儿有一道深纹，简直像被刀子划过一样。真倒霉。有这样皱纹的人肯定是倒过大霉的。我背着一个小包裹四处奔走，又像当年在边地、我成家以前过的那种自由自在的生活了。

"当时和现在一样，已经允许打工，任何一个村庄都不会像过去那样，把来到的生人盘问来盘问去了。这样我就可以凭汗水获得自己的吃食。开始，我在一个果园里做活，后来那个果园的老板欺负一些女工，我打折了他的鼻梁就逃走了。

"我唯一后悔的是没有把那些女工也领走，我担心走开之后她们要继续受苦。我没有解救她们，大概只为她们惹下了更多麻烦。这就是我这个人一辈子做事不利索的方面。但我很痛快地逃跑了，跑到很远，跑到了一个好伙计开的农场里。我说他是个好伙计，是因为他老实、忠厚，凭力气吃饭。他对打工者从不另眼相看，和他们吃一样的食物、住一样的地方。现在这样的老板是多么少啊。就在那里，我找到了真正的家。而且，后来才知道，他那么爱好艺术，爱好思索和辩论。在他的身边，我常常出言无忌，一开口就走火。我大概说了很多不稳妥的话。还好，朋友们从不怪罪我……

"我这个人有一种癖，'交流癖'。我愿意跟远处的人、那些认识和不认识的人交谈。这未必是一种坏习惯。我的话常常招来各种各样的赞许和谩骂，这些都在预料之内。至于说他们说我率'弟子三千'长途跋涉，到了一个偏僻之地不毛之地，这都是非常可笑的，是无稽之谈。他们如果看看我这个衰老的样子，孤单的样子，就会原谅我。当然，他们的原谅我一点都不稀罕，它们对我屁用都没有。"

他说到这里停止了。我想起了什么，又问："还有谣传，说你跟女弟子之间还有一手。你真有那样的女弟子吗？"

这回他哈哈大笑，把手指骨节掰响了："我们打工者当中真有女的，有年轻姑娘；但更多的还是一些上年纪的女人，她们老得都和我差不多了。我们之间很要好。你知道，你现在总该知道，我是一个多情的人，所谓的'情种'。可是很简单，当时我们可没有什么，就是说我们还没有产生出什么故事。因为我的女友刚刚从身边走开，我再也不愿寻找那样的懊恼了。我的心情已经凉下来，只有怀念的份儿，而没有再一次从头开始的愿望了。从那时到现在都一样，我没有心情再找一个老伴儿，更没有去找一位'女弟子'。当然我有时心里很爱她们,只是这种爱已经和过去不同了。我不愿老成一个荒唐的老人,真的。"

古人的三位妻子

他曾将心比心地写过一位古人。

那个奇妙的人物离现在几千年了,可是他固执地想让他活下来。那个古人的神情、举止、语气,真的如在眼前。那是一次长长的迁徙,整个故事是一部史诗,是一部大传奇。我从来没有看到有人写过这个故事。他怎样将目光投向了这段历史,这在我看来有点奇怪。

这个"背叛"故国、告别故土的故事落在他的手中,即焕发出别一种色彩。我问他是否去过那个古人的流放之地?他斜着眼看了我一下。我明白了,"流放"这个词用得不确。

严格讲这不是流放。可是对于自己的故土而言,又是一次流放,自我流放。

这是一个背叛皇权,最终又不得不走向称帝之路的悲惨故事。一个充满智慧的古怪人物,来到一片蛮荒之地,重新开拓设计他的江河、山脉、宫殿、神阙,确是一个不大不小的难题。整个过程足以刺激读者的兴趣,而且它严格依据了正史,有的地方似乎也掺入了野史。那个古代人物的心灵与作者如此靠近,但又那么不同。我想如果让这位驼背诗人取代令他入迷的古代人物,他是否也会像那个人物一样,做出一番足够大的、惊天动地的事业?

那个古人有三任妻子。她们都是光彩夺人的形象,同时也是与主人公关系至为奇特的人物。一位是端庄高大的原配:他们真心相爱，都出身贵族。这种爱没有什么虚饰。他们应该有生离死别的情节。果然，后来的分离让人垂泪。那是真切动人的情感。对第一任妻子的怀念，在这部书中占有很重要的篇章。由于没有任何重聚的可能和希望，作为一个即将走向皇位的人，心绪该是何等复杂。他还需要新的女人。于是这个女人就出现了。与前一个不同，她长得非常纤细，小巧，而且是一个极为泼辣的、和他一起来到流放之地的女子。他比她年长四十多岁。在书中，她与他非同凡响的结合得到了特殊的镂刻。许多地方令人泪水潸潸。我觉得这需要一种人生经历。

我不由得想起了那些关于诗人的种种传闻……

我喝了一碗煎茶。在这静谧的边地夜晚，一切心理障碍都被打碎，我敢于毫无顾忌地询问一切。我从他晚年的生活谈起，问他是否准备这样独身一人度过余生，是否准备寻找自己的爱情——为本来就曲折浪漫的生活接续一个相应的结尾？

他毫不犹豫地摇头。他说自己已没有那样的权力。"你既然看过那首忏悔的长歌，就应该明白我再也没有那样的念头了。非常有意思的是，这部写古代人物的书让一个少女看了——她就像书中写的那样，是一个泼辣而羞涩的少女；她把自己当成了当年那个孩子。她推崇那样的志趣，不远千里，背着一个花布包袱，历尽曲折找到了这个寒冷的地方。她很是直截了当。她的泼辣劲儿也完全够了。她说，她的一生都要献给老师。我当时看着她低下的头，注意到了她后脖颈上那发黄的、非常柔软的一层茸毛。她多像一只温驯的小羊。我说：'孩子，你还是个孩子，你对我什么也不了解，你会厌恶我这把年纪的。'小羊抬起头，眼睛红了，因为痛苦和难过而口吃：'先生，我的老师，我什么也不需要知道,其实我什么都知道了。我把你的一切,让人厌恶和难堪的方面都想到了。我一点也不怕,所以我也就赶来了。每个人都有自己的一辈子,一辈子和一辈子比较起来都差不多,无论贫穷还是富贵。我是为自己的一辈子才来找你的,你不要赶我走开。'听听,这些话多像个过来人说的。我一辈子想起来都会吃惊。"

他说到这儿抬起了皮肤松弛的长颈,一下下搔着喉结,好像唯有那儿奇痒难受。他搔着,眯着眼,使劲皱着鼻子,咳嗽着。这使我看到了他那双鼻孔又大又难看。

"是的,我觉得那个女孩子真是有点鬼迷心窍,"他搔了一会儿说,"我告诉她一定会后悔的,她说她就为这'后悔'而来,她热爱那种'后悔',她将和我一块儿把那种'后悔'彻底埋葬。天哪!像做梦一样……"他叹息。

我在微弱的光线下又看到了顺着鼻子两侧流下的锃亮的两道长泪。

"多么傻的孩子。那时我由于痛惜、爱怜和一种说不出的答谢之情,伸手按在了她毛茸茸的颈部。我一下一下抚摸,感受小羊才有的温暖。我说:'孩子,这是铁定不行的,你走吧,一定走。'就这样,我们还是分手了。结果许多年里我都不得不怀念她。就这样,我往前设想,设想我跟她在一起的那个夜晚。我把这个夜晚的怀念一寸一寸都写到了书中。"

我难以遏制自己的好奇,问:"那么他的第三任妻子呢?"

我之所以这样问,是因为那是一个更为奇特的女人:一个异族女子,她的年纪同样比主人公少四十多岁。而这时的主人公是一个马上就要称帝的人。像上一次一样,他的婚姻是不自主的,是为了社稷江山,为了与当地土人的结盟。新婚之夜,令人难忘的是那个异族少女面对衰老的新郎发出的第一声惊呼。她把他当成了一个"老小孩",为他擦去鼻涕和口水。那是个让人同情的场面。这个年老的新郎,在几天内就要登基的皇帝,当他用颤抖的手抚摸自己的新娘时,连一声叹息都没有。他看到的是奇特的异族少女:满身竟覆盖着一层绒毛。这使他想起了故乡的桃子。

他在我的询问中苦笑,说完全没有类似的经历。那些场景到底来自哪里?只能说来自梦境。就在那时,一个晚上他做了一个梦,梦中身边躺卧着一个少女,浑身毛茸茸的。她使他想起了一种动物。他抚摸她,感觉着手底的滑润和温暖。这一夜他睡得非常香甜,醒来后还仍然能感到身边那股微微的暖香气。

这个梦境让他久久不忘。他要叙说那种特异的感受……

爱 的 寄 托

作为一个有些古怪的、背离了世俗潮流的歌手,他自己独居僻地,有多少痛苦,我们不得而知。我不知为什么常常为他感到一点惋惜和难过。我甚至想该有人不断地给他一些安慰。凭我的感觉,他活在人世的时间不会太长了,三年?五年?我甚至有这样的预感:当我明天奔到他的茅屋时,屋子里一片漆黑,那盏桅灯再也没人点亮,叫人不应——我也丝毫不会惊讶。是的,在他这样的年纪,他需要的是安慰、欢乐,是晚年的那种满足感和成就感,而不是过多的阔论,不是引他谈出一些不愉快的经历。

可是在我们这些不眠的长夜,他却一次又一次地提到另一些情节。有一部书,我们的话题还从来没有触及;但我心里承认那是我最喜欢的书之一。我认为眼前的这位朋友如果没有这部书,就会大大地减弱魅力。我知道，有人曾恶狠狠地诅咒过这部书。可是让我感到惊讶的是，书中并没有什么令人难堪的事情，更多的倒是温柔和诚恳……这到底是为什么？是什么东西触怒了他们，使他们不能忍受和承受？

这完全是一个时代里不约而同的某种禁忌被触犯。他们不能承受，是因为他们心灵的质地不行。

一个时代里的人会有共同的禁忌吗？通过他们的共同反应，我终于明白会有的。同时也让我相信：一位真正的诗人只有在一生中触犯过几次这样的禁忌，才无愧于诗人的称号。

在这些夜晚，我的朋友可能由于连续的激动、彻夜的交谈而变得越来越疲惫了。他不得不长时间仰靠床上，用又小又薄的被子盖住下肢。那个小小的被子我总觉得可爱极了，它只搭到小腹那儿。就这样，他仍然在抽烟、喝茶、与我对话。当我说起心里的一些想法时，他幸福地笑了。他说那些责难对他来说太好了，这只能加重他的思念。"要知道，我是为思念才写的啊。"

我站起来，声音略大一点："可是有人指出，你是因为激愤才写的。"

他鼻子哼了一声，把头扭到墙的那一边。他像自语，又像在小声咕哝："是啊，激愤，不思念怎么能激愤？那些日子，我有多么想念，他们就不知道了。我特别想念，一颗心变得从来也没有这样软。我觉得只有一个老人才有这样柔软的心肠哩。可奇怪的是，许多人都把我当成了一个毛头小伙子，好斗、偏激、不问青红皂白。这终于使我明白了：在这个年头，有人与其说是不允许别人激愤，倒不如说是不允许别人思念。一个人可不可以如此深情地缅怀和想念——如果谁这样做了，谁就会引起各种各样的说不清的嫉恨。是的，是嫉恨。因为他们守不住自己的爱，他们不曾获取那么美好的拥有，所以才要嫉恨。他们自己不曾这样怀念，也不允许别人这样怀念。

"只有这种思念、盼望和诉说，才能把内心深处的隐秘倾倒出来。这在平时都是藏得深深的。我有这个勇气，因为我活不了多久了。我是说照这样的活法，活不了多久了。如果我的肉体不是很快死去，那么另一个'我'也会很快死去。既然这样，我为什么不好好地说一说应该说的话呢？我可不能让它们积在心里，那会把我压个半死。如果每个人都怀着再生的愿望和勇气去写作，那么我想，这个世界上骗人的文字就会去掉多半。"

他说到这里有些燥热地把被子翻开，跳下炕去。他把茅屋的门打开，蹲在门口。一股凉气涌进，我打了个寒战。他一动不动，像个石雕，烟斗握在手里，盯着外面。这时一阵虫鸣传过，他的头颅侧过去，用力捕捉细碎的虫鸣。

"就是这样的夜晚，一样的夜晚；就在这个小屋，这个灶前。你看地方没变，夜晚也没变，可是我却变了。我承认我现在写不出那样的文字了。嗯。"

我说："你怀念的就是她吗？"

他转过脸："谁？"

"书中的那个人。"

"那不是一个人，那是数个人，许多许多，讲不清哩……"

"你是个'泛爱主义者'吗？"

"是的，泛爱，永远爱着许多人。如果你注意到，你就会发现我不仅在写女性，而且还写了男性。我把小伙子才有的勇敢和帅气，都赋予了她。你看，是这样，我是'泛爱'的。我在她们身上寄托了许多,这让我的心思有了去处。我再也不至于无路可逃了。当一个无路可逃的人可真痛苦。有些人就希望我这样,在黑夜里团团转,无处可去、无路可逃,最后痛苦而死、焦躁而死。我没有,我给自己开了一线生路。我想这就是他们愤怒的原因。不是我愤怒了,而是有人愤怒了。他们不会理解我,他们不会理解:我的爱也包括了他们,也是他们的一部分。有人把我的文字当成了独身者的呓语,也许是的。我不知道现在做一个心灵和形式上的独身者有多么困难。没有人敢于做。他们总是一群一群的,挤在一起;至少也要两三个人待在一块儿,抵挡这夜色,这漫天蒙地的喧嚣。可是这样他们就变得强大了吗?他们内心里失去了依据,又用什么去抵挡恐惧呢?"

"可是有人说你不应该把自己独身的观念强加于人。"

"我强加了吗?"

"他们是指你的语气。"

"我的肯定的语气吗?谁能剥夺我的这种语气?我有采取一种语气的权力和自由。我如果对事物不能够肯定,如果永远只是用试探的、商榷的口气,那么我肯定就是一个骗子。我认为应该肯定、应该坚定的时刻,就要真实地使用一种语气。这有什么罪过?只有那些骗子才王顾左右而言他。当我有了这样的语气的时候,别人也可以用同样的语气或完全不同的语气来表达自己。我可以不同意他们的表达,但我不会把他们所选择的语气视为大逆不道。他们太狭隘太霸道了。他们连别人的语气也要限制,他们的规定太多,他们所谓的'游戏规则'太多。是的,他们惯于'游戏',他们一辈子都在'游戏'。当我表示不愿在'游戏'中死亡的时候,他们就对我再也不客气了。"

他这样盯了一会儿夜色，说下去："不瞒你讲，也就在那些日子里，我失去了几个最好的朋友。他们死得都很惨，都出乎我的预料。那时候我才觉得自己是真正孤单的，真的变成了一个人。我再听不到他们的声音，接不到他们一封信。我知道在活着的这个世界上，在天地之间，再也找不回他们了。失去了就是失去了，不可能再造。怎么办呢？不允许我激愤吗？不允许一个如此孤单的人去想念朋友吗？深深的想念和一般的想念区别有多大，你会看得出的。我的朋友都是一些好人，却为一些不值得的事情死去了。我觉得现在是最需要他们的时候，可是他们被这个世界拒绝了。只有我最熟悉他们，我觉得他们像我一样，心里的爱很多。他们常常把这爱分给周围的人，就这样为别人服务了一生、劳累了一生，最后却无声地倒下，连一点起码的公正也没有赚下。我觉得他们的形象可以凝聚为一个异性——因为只有一个美好的女性才能拿来概括他们。他们的目光凝聚到一起就变成了一个最美的女性——女性明亮的眼睛。他们的头发、他们的形体，一切都可以归纳为一个女性。

"我同时也回忆了这一生所爱过的所有女人，尽可能从她们身上寻找那些最不能忘怀的方面。她们的眼色、头发、身躯，特别是她们的性格。她们那种柔软的、同时又是刚毅的心肠，是这些使我一次又一次从死亡的边缘挣脱回来。她们给我饮食，把我衰弱的生命照料得强壮起来，能够重新行走。我一次又一次从乙地奔到甲地，那是我浪漫不息的驿站。能让我不感激吗？不怀念吗？既然如此，那么我就可以反问一句：究竟是什么、是谁使我们失去了这一切？这一问，就产生了所谓的'激愤'。是的，在那些夜晚，我真想变成一个恶鬼揪住那些骗子的头发，把他们埋葬在世界上最肮脏的地方。这没有什么不好，我反正快死了，我说过这时候的我不能不讲一点真话。"

他蹲在那儿讲这些的时候，连连咳嗽，还发出莫名其妙的咔嚓咔嚓的树枝折断的声音。这种声音像从胸膛深处发出来的，让人害怕。有好几次我蹲到他的跟前，他又挥挥手把我赶开。我重新坐到煎茶的水罐前。扑扑冒出的白气让人心里非常高兴，给人安逸和幸福。

他长久地闭上眼睛："我的好朋友，我们经过这几个夜晚的谈话，总算彼此了解了一点。我也许很快就能回到你的地方去，也许你再一次返回这个茅屋，就找不到我了。因为我知道这里也不是最后的落脚点。到底哪里才是，那得看看我的年纪再说。你看不到我，就可以翻翻我的书，有我的书陪伴着你。你如果觉得它们都是胡言乱语，那你就把它们扔到一边去罢，最好是扔到海里。我的书在海里被波浪拍打，这才使我高兴。作为一个歌手，我唱了一辈子，我的歌声被记下来，又装订成册页，这是有福了。可是它们真的保存在纸张中？不是的，它们只能保存在我的身躯内、我的心里。它们装订成一册一册，不过是为了让我和朋友抚摸起来方便。其实无论怎么样，它们存在就是存在，我离开了，也不过是把它们带到了另一个世界。我说过我这一辈子只好好地做过两件事：一是爱，一是倾诉。这两点对一个人来说，很重要……"

1988 年 4 月 10 日

绿色遥思

我觉得作家天生就是一些与大自然保持紧密联系的人,从小到大,一直如此。他们比起其他人来,自由而质朴,敏感得很。这一切我想都是从大自然中汲取和培植而来。所以他能保住一腔柔情和自由的情怀。我读他们写海洋和高原、写城市和战争的作品,都明显地触摸到了那些东西。那是一种常常存在的力量,富有弹性,以柔克刚,无坚不摧。这种力量有时你还真分不清是纤细的还是粗犷的,可以用来做什么更好。我发现一个作家一旦割断了与大自然的这种联结,他也就算完了,想什么办法去补救都没有用。当然有的从事创作的人并且是很有名的人不讲究这个,我总觉得他本质上还不是一个诗人。

我反对很狭窄地去理解"大自然"这个概念。但当你的感觉与之接通的时刻,首先出现在心扉的总会是广阔的原野丛林、是未加雕饰的群山、是海洋及海岸上一望无际的灌木和野花。绿色永久地安慰着我们,我们也模模糊糊地知道:哪里树木葱茏,哪里就更有希望、就有幸福。连一些动物也汇集到那里,在其间藏身和繁衍。任何动物都不能脱离一种自然背景而独立存在,它们与大自然深深地交融铸和。也许是一种不自信、感到自己身单力薄或是什么别的，我那么珍惜关于这一切的经历和感觉，并且一生都愿意加强它寻找它。回想那夏季夜晚的篝火、与温驯的黄狗在一起迎接露水的情景，还有深夜的谛听、到高高的白杨树上打危险的瞌睡，等等；这一切才和艺术的发条连在一起，并且从那时开始拧紧拧紧，使我有动力做出关于日月星辰的运动即时间的表述。宇宙间多么渺小的一颗微粒，它在迫不得已地游浮，但总还是感受到了万物有寿，感受到了称作"时光"的东西。

我小时候曾很有幸地生活在人口稀疏的林子里。一片杂生果林，连着无边的荒野，荒野再连着无边的海。苹果长到指甲大就可以偷吃，直吃到发红、成熟；所有的苹果都收走了，我和我的朋友却将一堆果子埋在沙土下，这样一直可以吃到冬天。各种野果自然而然地属于我们，即便涩得拉不动舌头还是喜欢。我饲养过刺猬和野兔和无数的鸟。我觉得最可爱的是拳头大小的野兔。不过它们是养不活的，即使你无微不至地照料也是枉然。所以我后来听到谁说他小时候把一只野兔养大了就觉得是吹牛。一只野兔不值多少钱，但要饲养难度极大，因而他吹嘘的可能是一件了不起的事情，青蛙身上光滑、有斑纹，很精神很美丽。我们捉来饲养；当它有些疲倦的时候，就把它放掉。刺猬是忠厚的、看不透的，我不知为什么很同情它。因为这些微小的经历，我的生活也受到了微小的影响。比如我至今不能吃青蛙做成的"田鸡"菜；一个老实的朋友窗外悬挂了两张刺猬皮，问他，他说吃了两个刺猬——我从此觉得他很不好。人不可貌取。当说到这里的时候，我明白一个人的品性可能是很脆弱的，而形成的原因极其复杂。不过这种脆弱往往和极度的要求平等，要求给予普通生命起码的尊严，特别是要求群起反对强暴以保护弱者的心理素质紧紧相连。缺少的是那种强悍，但更缺少的是被邪恶所利用的可能性。有着那样的心理状态，为人的一生将触犯很多很多东西，这点不存侥幸。

当我沉浸在这些往事里，当我试图以此来维持一份精神生活的同时，我常常感到与窗外大街上新兴的生活反差太大。如今各种欲望都涨满起来，本来就少得可怜的一点斯文被野性一扫而光。普通人被诱惑，但他们无能为力，像过去一样善良无欺，只是增添了三分焦虑。我看到他们就不想停留，不想待在人群里。我急匆匆地奔向河边，奔向草地和树林。凉凉的风里有草药的香味，一只只鸟儿在树梢上鸣叫。蜻蜓咬在一支芦秆上，它的红色肚腹像指针一样指向我。宁静而遥远的天空就像童年一样颜色，可是它把童年隔开了。三五只灰蓝的鸽子落下来，小心地伸开粉丹丹的小脚掌。我可以看到它们光光的一丝不染的额头，看到那一对不安的红豇豆般的圆眼。我想象它们在我的手掌下，让我轻轻抚摸时所感受到的一阵阵滑润。然而它们始终远远地伫立。那种惊恐和提防一般来说是没有错的。周围一片绿色，散布在空中的花粉的气味钻进鼻孔。我一人独处，倾听着天籁，默默接受着崭新的启示。我没有力量，没有一点力量。然而唯有这里可以让我悄悄地恢复起什么。

我曾经一个人在山区里奔波过。当时我刚满十七岁。那是一段艰难的日子，当然它也教给我很多很多。极度的沮丧和失望，双脚皴裂了还要攀登，难言的痛楚和哀怨，早早来临的仇视。当我今天回忆那些时候，总要想起几个绚丽迷人的画面，它使我久久回味，再三地咀嚼。记得我急急地顶着烈日翻山，一件背心握在手里，不知不觉钻到了山隙深处。强劲的阳光把石头照得雪亮，所有的山草都像到了最后时刻。山间无声无息，万物都在默默忍受。我一个人踢响了石子，一个人听着孤单的回声。不知脚下的路是否对，口渴难耐。我一直是瞅准最高的那座山往前走，听人说翻过它也就到了。我那时有一阵深切的忧虑和惆怅泛上来，恨不能立刻遇到一个活的伙伴，即便一只猫也好。我的心怦怦跳着。后来我从一个陡陡的砾石坡上滑下来，脚板灼热地落定在一个小山谷里。映入眼帘的是一片清澈透底的亮水，是弯到山根后面去的光滑水流。我来不及仔细端量就扑入水中，先饱饱地喝了一顿，然后在浅水处仰下来。这时我才发现，这条水流的基底由沙岩构成，表层是布满气孔的熔岩。这么多气孔，它说明了当时岩浆喷涌而出的那会儿含有大量的气体，水在上面滑过，永无尽头地涮洗，有一尾黄色的半透明的小鱼卧在熔岩上，睁着不眠的小眼。细细的石英沙浮到身上，像些富有灵性的小东西似的，给我以安慰。就是这个酷热的中午，我躺在水里，想了很多事情。我想过了一个个的亲属，他们的不同的处境、与我的关系，以及我所负有的巨大的责任。就是在这一刻我才恍然大悟："我年轻极了，简直就像熔岩上的小鱼一样稚嫩，我还有很多时间可以成长，可以往前赶路。"不久，我登上了那座山。

　　有一次我夜宿在山间一座孤房子里。那是没有月亮的夜晚，屋内像墨一样黑。半夜里被山风和滚石惊醒，接上再也睡不着。我想这山里该有多少奇怪的东西，他们必定都乐于在夜间活动，它们包围了我。我以前听过了无数鬼怪故事，这时万分后悔耳鼓里装过那些声音。比如人们讲的黑屋子里跳动的小矮人，他从一角走出，跳到人的肚子上，牙牙学语等等。我一动不动地盯着屋角，两眼发酸，我想人们为什么要在这么荒凉的地方盖一座独屋呢？这是非常奇怪的。天亮了，山里一个人告诉我：独屋上有很多扒坟扒出的砖石木料，它是那些热闹年头盖成的。我大白天就惊慌起来，不敢走进独屋。接下去的一夜我是在野地里挨过的，背靠着一棵杨树。我一点也没有害怕，因为我周围是没有遮拦的坡地和山影，是土壤和一棵棵的树。那一夜我的心飞到了海滩平原上，回到了我童年生活过的丛林中去。我思念着儿时的伙伴，发现他们和当时当地的灌木浆果混在一起，无法分割。一切都是一样的甘甜可口，是已经失去的昨天的滋味。当时我流下了泪水。我真想飞回到林子里，去享受一下那里熟悉的夜露。这一夜天有些凉，我的衣服差不多半湿了。这说明野地里水气充盈，一切都是蛮好的，像海边上的一样。待太阳升起的时候，我又可以看到一座连着一座的大山了，苍苍茫茫，云雾缠绕。我因此而自豪。因为我们的那一帮谁也没有见过真正的山。我已经在山里生活了这么多天了，并且能在山野中独处一个夜晚。这作为一个经历，并不比其他经历逊色，因为我至今还记得起来。就是那个夜晚我明白了，宽阔的大地让人安怡，而人们手工搭成的东西才装满了恐惧。

　　人不能背叛友谊。我相信自己从小跟那片绿野及绿野上聪慧的生灵有了血肉般的联结，我一生都不背叛它们。它们与我为伴，永远也不会欺辱我、歧视我，与我为善。我的同类的强暴和蛮横加在了它们身上，倒使我浑身战栗。在果园居住时我们养了一条深灰色的雌狗，叫小青。我真不愿提起它的名字，大概这是第一次。它和小孩子一样有童年，有顽皮的岁月，有天真无邪的双目。后来当然它长大一些了，灰黄的毛发开始微微变蓝。它有些胖，圆乎乎的鼻子有一股不易察觉的香味散发出来。我们都确凿无疑地知道它是一个姑娘，并且随着年龄的增长有了人一样的羞涩和自尊，有了矜持。我从外祖母那里得知了给狗计算年龄的方法，即人的一个月相当于它的一年，那么小青二十岁了。我们干什么都在一块儿，差不多有相同的愉快和不愉快。它像我们一样喜欢吃水果，遇到发酸的青果也闭上一个眼睛，流出口水。它没有衣服，没有鞋子，这在我看来是极不公平的。大约是一个普通的秋天，一个丝毫没有恶兆的挺好的秋天，突然从远处传来了新的不容更变的命令：打狗。所有的狗都要打，备战备荒。战争好像即将来临，一场坚守或者撤离就在眼前，杀掉多余的东西。我当时的感觉就是这样。我完全懵了，什么也听不清。全家人都为小青胆战心惊，有的提出送到亲戚家，有的出主意藏到丛林深处。当然这些方法都行不通。后来由母亲出面去找人商量，提出小青可否作为例外留下来，因为它在林子里。对方回答不行，没有一点变通的余地。接下去是残忍的等待。我记得清楚，是一天下午，负责打狗的人带了一个旧筐子来了，筐子里装了一根短棍和绳索，一把片子刀。我捂着耳朵跑到了林子深处。

　　那天深夜我才回到家里。到处没有一点声音。没有一个人睡，也没有一个人发出响动。天亮了，我想看到一点什么痕迹，什么也没有。院子里铺了一层洁净的沙子。

　　二十余年过去了。从那一次我明白了好多，仿佛一瞬间领悟了人世间全部的不平和残暴。从此生活中发生什么我都不会惊讶。他们硬是用暴力终止了一个挺好的生命，不允许它再呼吸。我有理由永远不停地诅咒他们，有理由做出这样的预言：残暴的人管理不好我们的生活，我一生也不会信任那些凶恶冷酷的人。

如果我不这样，我就是一个背叛者。

说到这里我想起了人的苦难经历与一个人的信念的关系。不知怎么，我现在越来越警惕那些言必称苦难的人，特别是具体到自己的苦难的人。一个饱受贫困的折磨和精神摧残的人，不见得就是让人放心的人。因为我发现，一个人有过痛苦的不幸经历是极为重要的，但更为重要的是懂得珍惜这一切。你可能也亲眼看见了这样的情景：有人也许并不缺少艰难的昨天，可是他们在生活中总是自觉不自觉地与一个地方一个时期最黑暗的势力站在一起。他们心灵的指针任何时候也不曾指向弱者，谎言和不负责任的大话一学就会。我将不断地向自己叮嘱这一点，罗列这些现象，以守住心中最神圣的那么一点东西。如果我不能，我也是一个背叛者。

我明白恶的引诱是太多太多了。比如人的一生中会碰到很多宴会，并且大多会愉快地参加。宴会很丰盛，差不多总是吃掉一半剩下一半，差不多总是以荤为主。这就有了两个问题：一是当他坐在桌边，会想到自己的亲属，还有很多认识的不认识的人，同一时刻正在嚼着简陋的难以下咽的食品吗？那么这张桌子摆这么多东西是合理的吗？或许他会转念又一想：我如果离开这张桌子，那么大多数人是不会离开的，这里那里，今天明天，无数的宴会总要不断地进行下去。而我吃掉自己的一份，起码并没有连同心中的责任一同吞咽下去，它甚至可以化为气力，去为那些贫穷的人争得什么。如果真是这样，那也可怕得很。无数这样的个人心理恰恰造成了客观上极其宽泛的残酷。它的现实是，一方面是对温饱的渴求，另一方面是酒肉的河流。第二个问题是吃荤。谁在美餐的时刻想到动物在流血、一个个生命被屠宰呢？它们活着的时候不是挺可爱的吗？它们在梳理羽毛，它们在眨动眼睛。你可能喜欢它们。然而这一切都被牙齿粉碎了。看来心中的一点怜悯还不足以抵挡口腹之欲。我与大多数人同样伪善和虚妄，似乎无力超越。我不止一次对人说过我的预测、我的一个至关重要的判断：如果我们的文明发展得还不算太慢的话，如果还来得及，那么人类总有一天会告别餐食动物的历史；也只有到了这一天，人类才会从根本上摆脱似乎是从来不可避免的悲剧。这差不多成了一个标志、一个界限。因为人类不可能用沾满鲜血的双手去摘取宇宙间完美的果子。我对此坚信不疑。

要说的太多了。让我们还是回到生机盎然的原野上吧，回到绿色中间。那儿或者沉默或者喧哗。但总会有一种久远的强大的旋律，这是在其他地方所听不到的。自然界的大小生命一起参与弹拨一只琴，妙不可言。我相信最终还有一种矫正人心的更为深远的力量潜藏其间，那即是向善的力量。让我们感觉它、搜寻它、依靠它，一辈子也不犹疑。

想来想去，我觉得没有更多的东西可以信赖，今天如此，明天大概还是如此。一切都在变化，都在显露真形，都会余下一缕淡弱的尾音，唯有大自然给我永恒的启示。

1988 年 7 月 29 日于龙口

鸟之倔强与幽默

屺姆岛上的鸟儿可真多,除了一群群的海鸥,还有数不清的其他种类。相处久了,会发现它们的性格与人一样,也是明显的、千差万别的。它们因为飞翔,离开地面,常常被人忽视了心情,不太在乎其喜怒哀乐。除非近距离接触,谁也不会注意一只鸟的心事。在岛上,只有养鸟的人才会知道自己的鸟高不高兴,喜悦或者忧郁。

岛上的麻雀是一种很倔强的鸟。它们照理说离人最近,哪里有人哪里就有麻雀,几乎与人非常亲近。但是它们其实极度追求自由和自尊。如果将一只成年麻雀关在笼里,它会气愤不已。无论喂给多好的食水,它看都不看一眼,直到绝食而死。不自由,毋宁死,这就是麻雀。有人为了讨孩子欢心,曾捉住麻雀让孩子把玩,谁知它一落入孩子手中就开始大口喘气,一会儿就气得昏厥倒地。

还有一种蓝翅小鸟,一旦被囚禁就会频频撞击,直撞得头破血流,气绝而亡。

鸟儿习惯了空阔,自由是最起码的条件。任何鸟儿都极度依赖自由，除非是从小奴役驯化的畸形宠物。

岛上的鸟儿怎样看待渔人，这是一个谜。鸽子和喜鹊、猫头鹰、蓝点颏、游隼等等体积及生活习性迥异的鸟类，对人的看法肯定是不同的。鸽子和鹰一旦驯化，可以当人的帮手，它们和猫狗的作用几近相似。鸽子温柔可人，长时间偎在主人身边休息，光润的额头引人抚摸。鹰的锐目和铁爪能够帮人狩猎，乐于显能。而大多数鸟儿是无法驯化的，它们从不与人为伍。

一群喜鹊守住一树桑葚多年，每年夏秋季节都要饱餐这些甘甜的果子。当有人来采摘时，它们就怒不可遏，在一旁围攻，叫声不绝。从声音上判断，一定夹杂了许多谩骂。

我在岛上住了十天。有一只不知名的大鸟，在长达一个多星期的时间里，总要于凌晨四点左右踹我的屋门。它的蹄脚壮实，踢在门上，的确有踹击之力。那在凌晨响起的门板震动声，总是将我惊醒。我后来明白，它是凌晨即起，而我一直睡懒觉，它实在看不下去了。

还有一只花斑啄木鸟，总在午餐时偷看我吃饭，在窗外探头探脑，一副做鬼脸的样子。当我开窗找它时，它就躲开；我重新坐下用餐，它就再次探头。我将食物放在窗外，它就低头看看，仿佛在笑，不动一口。它吃的东西与我当然是完全不同的。

有一只又大又胖的花喜鹊也多次在窗前逗我，它也选择了午餐的时间。

一只大草鸮面阔如小儿，站在黄昏的光色里。这样的光线中它是能够看清对方的。在离我几米远的地方，它竟然一动不动，从高处看着我，一对大眼睁睁闭闭。由于它的脸部被细密的羽毛遮住，所以我无法看清细部表情，却分明感受到它的幽默意味。

它好像在说:"伙计,你该睡觉了,我该干活了。"

  散步时携回一只受伤的大斑鸠。这种大鸟像鸽子,也就像对待鸽子一样对待它了。它伤好之后,我为了防止它飞掉,就用胶布粘住了一半羽翅。它在屋里夌着双翅,像推小车一样来来去去。当它玩累了时,就伸出长长的喙,一下一下摩擦我的手背。这种痒丝丝的感觉让人实在受不了。这种亲昵和友谊深深地打动了我,我就解开了它身上的胶布,抱着它来到海蚀崖。我是在崖上遇到它的。

  站在崖畔,放眼碧海中的点点舟影。它在掌心站了一瞬,转眼展翅而去,化入空阔之中。

2015 年 4 月

拉网号子考

屺姆岛由一个沙坝与龙口城区相连,终成一个半岛。它形成的年代太远了,大概数以千万年计。从此就有了一个美丽的"龙口湾":从半岛最里端的石崖开始,由沙坝往东南方划出一道弧线,直抵龙口城区,形成了一大片椭圆形的海面。整个龙口湾内外都是优良的渔场。

海岛的西部和北部都是陡峭的海蚀崖,居住了大量海鸥。站在崖上看海,那水清澈无一丝杂质,真正像蓝缎子。如果是阴雨风天,温柔美丽的海又变得黑乌乌的,凝重肃穆。龙口湾东部靠近城区分别有一个客货大港、一个渔港。两个大码头都有几百年的历史了,属于北方老港。

渔船有不同的猎鱼方法:进深海使用拖网等器具;将一面大网抛进一二百米远的海中,由岸上人扯住两端往上拉,即通常说的"拉大网"。在过去,后一种方法才是最重要的,是收获最大、最壮观的捕鱼方式。那时候鱼多,机械捕鱼船还没有,所以"拉大网"的收获常常是十分惊人的,一网就能拉上一座高高的鱼山。

沿长长的沙坝往东,可以一直走到烟台。这一溜海岸线除了有几处被山崖阻断,大半都是可以"拉大网"的开阔沙岸。所以这一段岸线的渔民最多,也最富裕。这种劳动方式已经延续了千百年,直至今日才有了改变:鱼类资源和人力资源同时减少,渔民只好驾小船去深海了。

"拉大网"人多势众,要同心协力就必须倚仗拉网号子。这种半喊半歌竟然演变成重要的劳动艺术,在千百年的豪唱中,其形式和内容渐渐固定下来。从屺崂岛往东几百里,不知要穿过多少渔村,也不知有多少渔场。这沿岸一途下去,拉网号子也多多少少地变化着,从内容到调式都稍有差异。

屺崂岛的拉网号子比起东部,最大的不同是音调起伏变化大,似乎更具舞台表演性。比如它能从最大声的嚎叫,一转而成小声的数叨,声音由低到高,由急到缓,再一次掀起高潮,然后放声嚎唱起来。

整个号子喊唱的内容与东部差不了多少,核心部分仍旧要提到一个"子虚乌有"的人:"二姑娘"。这个"二姑娘"是一个不会衰老的女子,年龄永远在十八九至三十岁之间,在海边活了千余年,至今风姿绰约。拉网号子中直接描述她的文字少而又少,一直重复的不过就那么几句,可妙就妙在每次重复的音调与口气不同、声高不同,再配以长长的感叹、和声,一个活脱脱的形象就出来了。

这个"二姑娘"在号子中大致是顽皮的、俏丽风骚的,还有点小小的邪恶。她极有可能出身于贫苦人家,是个常来海边玩耍或买卖鱼虾的女子。由于夏天拉网的男子通常不穿衣服,所以绝少有女人靠近海边,一旦有个姑娘出现,那一定会引人起哄的。

除非万不得已，女子是不会来拉网现场的。这种情景或偶有发生，或直接就是杜撰，是打鱼人为了解除劳动的辛苦寂寞而幻想和创造出来的。从屺姆岛往东至少五十里，沿岸拉大网的人所喊的号子中都有一位"二姑娘"。

"'二姑娘'这个鸟儿啊，不是个鸟儿啊！嗜哉！嗜哉！"这是他们反复喊出的一声独吼、一片和声和长长的感叹。前边第一个分句由一个嗓门最粗最躁的壮汉喊出，第二个分句则由众人应答；"嗜哉"两字是所有人一起呼叫的，节奏感极强。"鸟儿"在此并非不雅的字眼，而是相当于"这东西""这家伙"之类，有玩笑调侃的成分。以前有人解为诟语，是不确的，属于望文生义。后面的齐声"嗜哉"，也有人解为一句脏话的音转，其实也不对。在这里联系全部号子的语境和意涵，可理解为"好家伙"的音转。这是夸张和感叹，是突然看到"二姑娘"出现时，大家不约而同的惊呼。

可以想见，一群身强力壮的光腚男子在拉网，此时此刻出现了一位不速之客、一位光彩照人的女子，他们该是多么惊讶和兴奋。一群人干得更起劲了，完全忘记了劳累。在女性的注视之下，"拉大网"的工作顿生色彩和意趣。

"来一杆呀，又一杆呀！又一杆呀！又一杆呀！"这种一再重复的呼喊，同样是一人领唱，众人应和。对这极有限的内容，统一的解释中仍然未能挣脱淫秽的意思，其实仍旧是以讹传讹。这同样是呼喊中拖腔的音变，真实的字样应为："拉一绠啊！又一绠啊！"

屺姆岛东部一带，除了号子内容稍有不同之外，再就是调式的区别了。比如第一句领唱者呼号出的关键词"二姑娘"，就比屺姆人喊叫得尖细悠长多了，极具戏谑意味。而屺姆人却粗噱猛烈强悍，一直到后面的和声都是如此。这极有可能是因为东部沿岸气候更柔和一些，风势一般不大，拉网人也相对舒服懒散，表演性就增强了。而屺姆岛海风强劲，领喊号子的人除非要大力粗吼，不然就带不起后面的和声。

屺姆号子的"启网""收网""卷网""抬网"，分别有不同的号子。这些号子与东部号子既有相同处，又有很大的区别，除了语句变更，调性也改变了。"抬网"号子加了"往前走哇，到龙口哇！嗜哉！嗜哉！"说明从龙口湾西部收网，抬起渔网行进的方向为东，一抬头看到了龙口城区，那里是打鱼人的念想。

在呼喊的节奏与高低变化方面，屺姆号子比起东部有明显的差异。一般来说屺姆号子节奏更强，起伏更大，竟然可以从极为粗壮响亮的呼吼，一变而为悄悄私语，真是奇妙到不可思议。

这种改变的原因在哪里？由于一代代人都是这样喊唱过来的，所以必有一个漫长的演变过程。观测屺姆沙坝内外，一边是龙口湾，这里是主要渔场；一边直接面对了辽阔的渤海。在春夏秋三个捕鱼季节，不是西南季风就是西北季风，而秋末又是猛烈的东北风。这三个季节的风向因为屺姆崖的影响，在龙口湾内外拉网的人常常要"吃风"，就是一张嘴遇到迎面而来的海风。于是当他们喊"嗜哉"时，就要将口型改变一下，这样形成的一片"和声"也就压低了，久而久之成为例行的"悄语"。这不是由谁规定的，而是自然形成的规矩，谁如果不这样喊，就会被指为"棒槌"了。

拉网号子貌似简单，实则千变万化。它的特点是内容单薄，几乎没有几句实在的、语意分明的叙述，却能在极简中表达相当丰富的意蕴。从屺姆岛往东，号子变化越来越明显；往北，则是渤海湾中的桑岛和长山列岛，那里的拉网号子又是另一番风味了。

2015 年 4 月

图书在版编目（CIP）数据

梭罗木屋:张炜经典散文/张炜著.—济南:山东文艺出版社,2019.5
ISBN 978-7-5329-5827-6

Ⅰ.①梭… Ⅱ.①张… Ⅲ.①散文集-中国-当代 Ⅳ.①I267

中国版本图书馆 CIP 数据核字(2019)第 042778 号

梭罗木屋
张炜经典散文
张　炜　著

主管单位	山东出版传媒股份有限公司
出版发行	山东文艺出版社
社　　址	山东省济南市英雄山路 189 号
邮　　编	250002
网　　址	www.sdwypress.com

读者服务	0531-82098776(总编室)
	0531-82098775(市场营销部)
电子邮箱	sdwy@ sdpress.com.cn

印　刷	山东临沂新华印刷物流集团有限责任公司
开　本	880 毫米×1230 毫米　1/32
印　张	10　插页/4
字　数	220 千
版　次	2019 年 5 月第 1 版
印　次	2019 年 5 月第 1 次印刷
书　号	ISBN 978-7-5329-5827-6
定　价	39.00 元

版权专有,侵权必究。如有图书质量问题,请与出版社联系调换。